Nelly Fehrenbach
Was für immer zählt

AF178689

TINTE
&
FEDER

Das Buch

Yvonne ist mit Hingabe Lehrerin an einer Klinik. In ihrem Beruf sucht sie Halt und Ablenkung, nachdem sie bei einem tragischen Autounfall ihren Mann und beinahe auch ihre Tochter Leonie verloren hat. Sie muss nicht nur mit ihrer eigenen Trauer umgehen, sondern auch mit ihren Schuldgefühlen, denn seit dem Unfall sitzt Leonie im Rollstuhl.

Als ein neuer Lehrer an die Klinik kommt, spürt Yvonne sofort eine Verbindung zu dem attraktiven Mann, obwohl sie es zuerst nicht wahrhaben will. Und auch Patrick, der mit eigenen Sorgen kämpft, fühlt sich zu Yvonne hingezogen. Haben sie den Mut, Widerstände zu überwinden und ihrer Liebe eine Chance zu geben?

Die Autorin

Nelly Fehrenbach hat in ihrer Jugend Schallplatten aufgelegt und als Krankenschwester gearbeitet, bevor eine schwere Erkrankung sie zum Schreiben brachte. Sie krempelte ihr Leben komplett um und lebt nun gemeinsam mit ihrem Mann abwechselnd in der kalifornischen Wüste und in einer idyllischen Kleinstadt am südlichen Rand des Münsterlandes.

https://www.facebook.com/AutorinFehrenbach
https://twitter.com/Nelly_Autorin

Nelly Fehrenbach

Was für immer zählt

ROMAN

Deutsche Erstveröffentlichung bei
Tinte & Feder, Amazon Media EU S.à r.l.
5 Rue Plaetis, L-2338 Luxembourg
September 2018
Copyright © der deutschsprachigen Ausgabe 2018
By Nelly Fehrenbach
All rights reserved.

Umschlaggestaltung: semper smile, München, www.sempersmile.de
Umschlagmotiv: © secondcorner / Shutterstock; © openeyed / Shutterstock;
© Le Panda / Shutterstock; © Seafowl / Shutterstock
Lektorat: Diana Schaumlöffel
Korrektorat: Manuela Tiller/DRSVS
Gedruckt durch:
Amazon Distribution GmbH, Amazonstraße 1, 04347 Leipzig /
Canon Deutschland Business Services GmbH, Ferdinand-Jühlke-Str. 7,
99095 Erfurt /
CPI books GmbH, Birkstraße 10, 25917 Leck

ISBN: 978-2-919-80289-0

www.tinte-feder.de

PROLOG

Der Traum beginnt immer gleich: Wassertropfen spiegeln sich im Licht der vorbeirauschenden Straßenlaternen. Das Gebläse läuft auf Hochtouren und pustet die beschlagenen Scheiben frei. Die Scheibenwischer quietschen.

Yvonne sitzt am Steuer, die Hände locker am Lenkrad. Sie friert und ihr ist ein bisschen flau im Magen. Der Sicherheitsgurt drückt. Sie hat zu viel gegessen. Sie alle haben zu viel gegessen. Yvonne, Tom und sogar Leonie, die sonst meistens am Essen herummäkelt. Tom hat einen Riesenauftrag an Land gezogen und sie zur Feier des Tages ausgeführt. Er sitzt auf dem Beifahrersitz und redet über den Auftrag, wie er es den ganzen Abend getan hat. Seine Stimme ist aufgeregt. Euphorisch. Er hatte Rotwein zum Essen, Yvonne nur Wasser. Wie immer hatten sie *Schnick, Schnack, Schnuck* gespielt, um auszulosen, wer zurückfährt, und wie immer hatte Tom seine Hand um Yvonnes Faust gelegt: Papier wickelt Stein ein.

Yvonne kämpft gegen die Bleigewichte an, die auf ihren Lidern lasten, will aufwachen, den Traum jetzt, wo ihre Familie noch heil ist, hinter sich lassen. Sie will nicht in den Stadttunnel fahren. Auf keinen Fall. Ihr Herz wummert im Rhythmus der Musik, die aus den Autolautsprechern dröhnt. Auch wenn die

Melodie nur ein weißes Wabern in ihrem Kopf ist, weiß sie, dass es immer derselbe Song ist.

»Hey, hör mal!« Tom dreht das Radio lauter. Sie blickt kurz in den Rückspiegel. Leonie malt Herzchen an die beschlagene Seitenscheibe. Tom sagt etwas über den Lärm hinweg. Scharf. Schneidend. Yvonne sieht in seine Richtung. Und obwohl sie schläft, hofft sie, dass es diesmal anders ist. Dass sie diesmal sein Gesicht sieht. Mit der Sicherheit der Schlafenden weiß sie, dass es dann vorbei wäre.

Doch sein Gesicht ist wieder nur ein heller Fleck über dem schwarzen Rollkragenpullover. Dabei trägt sie es in ihrem Herzen: hohe Wangenknochen, kantiges Kinn, die leicht schiefe Nase, der Bartschatten um den zum Lachen bereiten Mund, das dunkle Haar mit dem ersten Schimmer von Grau an den Schläfen. Auch wenn Yvonne sein Gesicht nicht erkennen kann, weiß sie, dass er wütend ist. Aber warum? Was hat sie falsch gemacht? Ihr Herzschlag stolpert, sie schnappt nach Luft, ihre Finger krallen sich ins Bettlaken. Und dann schlägt sie die Augen auf und sieht das leere Bett an ihrer Seite. Jeden Morgen wieder. Seit sechs Jahren. Sie rollt sich zusammen, schlingt die Arme um ihren Körper, damit sie nicht auseinanderbricht, und fragt sich wie jeden Morgen: Was habe ich nur getan?

1. Kapitel

Die Arme immer noch um den Körper geschlungen, schlurft Yvonne zum Bad. Montags fällt es ihr immer besonders schwer, in den Tag zu starten. Vor allem, wenn sie wieder geträumt hat. Sie friert in dem dünnen Kimono, den sie sich übergeworfen hat. Die Morgenluft bläht die Gardinen vor der Terrassentür. Jetzt im Juni ist es morgens noch frisch. Hanni und Nanni stört das wenig. Die beiden Katzen liegen zusammengerollt auf der Gartenliege. Wahrscheinlich haben sie die Nacht in Leonies Zimmer verbracht, das ebenfalls eine Tür zum Garten hat. Sie heben nicht einmal den Kopf, als Yvonne nach ihnen sieht, doch sobald sie das Ploppen hören, mit dem die Kühlschranktür zufällt, werden sie hereinkommen.

Wie jeden Morgen schaltet Yvonne im Vorbeigehen die vorbereitete Kaffeemaschine ein, klopft gegen Leonies Tür und drückt dann die Klinke der Badezimmertür herunter.

»Verdammt!« Die Tür ist abgeschlossen. Ungeduldig tritt Yvonne von einem Bein aufs andere. Ihre Blase funkt SOS, es ist sieben und in spätestens einer Dreiviertelstunde muss sie sich aufs Rad schwingen, um einigermaßen pünktlich zum Unterricht zu erscheinen.

»Leonie!« Sie klopft an die Badezimmertür. Keine Antwort. Sofort steigt Angst in ihr auf. Ein irrationaler Reflex. Das ist ihr durchaus bewusst. Trotzdem presst sie das Ohr gegen die Tür, hört jedoch nur das Rauschen der Dusche. Die Bilder aus dem Traum holen sie ein, Panik überfällt sie und lässt sie nach der Münze greifen, die für den Notfall im Korb auf der Flurkommode liegt. Yvonne drückt sie in den Spalt der Schlossrosette. Eine leichte Drehung des Handgelenks und die Tür springt auf. Feuchter Dampf schlägt ihr entgegen und Leonies Krücken landen polternd auf Yvonnes nackten Füßen.

»Scheiße!« Yvonne stolpert vorwärts. Feuchtwarme Luft legt sich auf ihre Haut. Sie reißt den Duschvorhang auf. Leonie hockt auf dem Klappsitz, hält ihr Gesicht in den Wasserstrahl.

»Verdammt noch mal!« Yvonne flucht vor Erleichterung. »Kannst du nicht antworten?« Sie greift über Leonie hinweg und stellt das Wasser ab.

Überrascht reißt Leonie die Augen auf. Sofort schießt Yvonne der schon vertraute Schmerz in die Magengrube. Leonie hat die Augen ihres Vaters. Dunkelblau mit langen schwarzen Wimpern und ebenso schwarzen Augenbrauen. Die perfekte Kombination zu den weizenblonden Haaren, die sie von ihr hat.

»Was soll das?« Mit der ganzen Empörung ihrer fünfzehn Lebensjahre funkelt Leonie sie an. »Kann man in diesem Haus nicht mal in Ruhe duschen?«

»Ich habe geklopft und gerufen.« Yvonne zieht ein Handtuch von der Heizung und reicht es ihrer Tochter, dann geht sie hinüber zur Toilette. Jetzt wo die Angst vorbei ist, meldet sich ihre Blase mit aller Macht. Hanni steht schnüffelnd in der Tür, vielleicht ist es auch Nanni. Im Gegensatz zu Leonie kann Yvonne die beiden nur schlecht auseinanderhalten. Graziös steigt die Katze über die am Boden liegenden Krücken. Augenblicke später schmiegt sie ihren Kopf an Yvonnes nackte Schienbeine.

»Ich hab mir Sorgen gemacht.« Yvonne hat das Gefühl, sich verteidigen zu müssen.

»Ich bin kein Baby mehr.« Leonie schlägt sich auf die dünnen Oberschenkel. »Nur behindert.«

Yvonne entgegnet nichts, obwohl sie es hasst, wenn Leonie von sich selbst als behindert spricht. Für einen Augenblick ist das Plätschern ihres Urins das einzige Geräusch im Badezimmer.

»Nicht ein Hauch von Privatsphäre.« Leonie zieht sich am Haltegriff hoch und stakst die zwei Schritte zum Waschbecken hinüber.

Yvonne senkt den Blick. Vor dem Unfall war Leonie eine richtige Springmaus. Nach dem Unfall hat es zwei Jahre gedauert, bis sie überhaupt wieder auf eigenen Beinen stehen konnte. Der Kampf um die Genesung ihrer Tochter gab Yvonne die Kraft weiterzumachen. Beide steckten ihre gesamte Energie und Beharrlichkeit in dieses eine Ziel und Leonie machte Fortschritte. Doch dann ging es einfach nicht weiter. Und schließlich hieß es, sie müssten Leonie das linke Bein unterhalb des Knies amputieren, damit sie überhaupt eine Chance habe, wieder laufen zu können. An diesem Punkt hatte Leonie sich verweigert. Sie wollte kein einbeiniger Krüppel sein, selbst wenn das bedeutete, dass sie den Rest ihres Lebens im Rollstuhl verbringen würde.

Yvonne solle ihr Zeit lassen, hatte der Arzt damals geraten. Leonie müsse es selbst wollen. Und so vergingen die Jahre. Leonie blockte jedes Gespräch über die Operation ab. Innerhalb der Wohnung lief sie mit den Krücken, über die Yvonne gestolpert war, außerhalb des Hauses benutzte sie einen rosafarbenen, extraschmalen Rollstuhl. Wenn sie wollte, kurvte sie damit so schnell durch die Gegend, dass ihre Begleiter Mühe hatten, Schritt zu halten. Sie schien gut zurechtzukommen. Doch jetzt war sie in der Pubertät, hasste alles und jeden und am meisten ihre dünnen, vernarbten Beine.

Eine gute Gelegenheit, wieder über die Amputation zu sprechen. Und das tat Yvonne mit gleichbleibendem Misserfolg.

Doch wie heißt es so schön: *Steter Tropfen höhlt den Stein.* Yvonne schiebt mit dem Fuß die Katze zur Seite und lässt den Kimono fallen. Im Spiegel begegnet sie Leonies Blick, sieht den Neid in den Augen ihrer Tochter und die stumme, nie ausgesprochene Anklage. Dann senkt Leonie den Blick und greift nach ihrer Zahnbürste.

Yvonne stellt sich unter die Dusche und zieht den Vorhang vor. Ihre Tränen rinnen mit dem heißen Wasser über ihre Wangen.

Als sie aus der Dusche kommt, hat Leonie ein Herz auf den beschlagenen Spiegel gemalt und das Bad verlassen.

Für einen Moment lehnt Yvonne die Stirn gegen den Spiegel. Noch immer steckt ihr der Traum in den Knochen. Dann sieht sie zu, dass sie fertig wird. Sie zieht den Kimono unter der Katze hervor, die sich daraufhin trollt, und stopft ihn zusammen mit den Handtüchern in den Wäschekorb, öffnet das schmale Fenster, um Luft hereinzulassen, und kehrt in ihr Schlafzimmer zurück.

Leonie sitzt bereits am Küchentisch, das Handy neben der Müslischale. Sie tippt, ohne aufzublicken, auf dem Display herum.

Yvonne nimmt sich eine Tasse aus dem Schrank, schenkt sich Kaffee ein und verscheucht die Katzen vom Küchenstuhl. »Liegt heute etwas Besonderes an?«

»Nö.« Immer noch über ihr Handy wischend, führt Leonie den Löffel zum Mund. Milch tropft auf die Tischdecke.

»Mehr links«, sagt Yvonne.

»Was?« Stirnrunzelnd sieht Leonie von ihrem Handy auf.

»Dein Mund.« Yvonne führt den Zeigefinger an die Lippen. »Er ist mehr links.«

»Sehr witzig.« Leonie konzentriert sich wieder auf ihr Handy. »Ich brauche eine Entschuldigung«, sagt sie nebenbei.

»Wofür?«

»Schulschwimmen.«

»Aber du kannst schwimmen.« Yvonne nippt an ihrem Kaffee. Viel zu heiß. Sie stellt die Tasse ab.

»Mit *den* Beinen?«

»Gerade mit *den* Beinen«, beharrt Yvonne. »Du weißt, dass es wichtig ist, die Muskeln zu stärken.«

»*Ma-ma!*« Leonie verdreht die Augen. Es ist erstaunlich, wie viel Verdrossenheit in zwei Silben passen.

»Was? *Ma-ma?*«

»Musst du nicht los?«

»Zehn Minuten hab ich noch.«

»Na dann viel Spaß.«

»Ich meine es ernst.«

»Ich auch.« Leonie schiebt die Müslischale fort und verschränkt die Arme vor der Brust. Sofort springen die Katzen auf den Tisch und versenken ihre Mäuler in der süßen Milch. Alle Versuche Yvonnes, es ihnen abzugewöhnen, scheitern an Leonie.

»Lass es raus!«, zischt Leonie. »Dann haben wir es für die Woche hinter uns.«

»Was?«, fragt Yvonne. Nicht, weil sie es nicht weiß, sondern weil sie will, dass Leonie es ausspricht. Manchmal hasst sie sich für ihre küchenpsychologischen Tricks.

»Ich komme gut zurecht. Ich lass mir das Bein nicht abnehmen.«

»Den Unterschenkel«, korrigiert Yvonne, auch wenn sie weiß, dass sie jetzt am besten die Klappe hält. Aber das ist das Gefährliche an der Küchenpsychologie. Sie ist die Schmierseife auf dem Weg in die Hölle. Yvonne spürt geradezu, wie sie mit Affenzahn ins Fegefeuer rutscht, doch sie kann sich nicht mehr bremsen. Vielleicht ist es der Traum, vielleicht ihr schlechtes Gewissen. Vielleicht ist sie aber auch einfach nur zu ungeduldig, den richtigen Zeitpunkt abzuwarten. Die Worte sprudeln nur so aus ihr heraus.

»Ein amputierter Unterschenkel ist nicht das Ende der Welt. Denk an Oscar Pistorius oder Heather Mills.«

»Du willst also, dass ich entweder meine Freundin erschieße oder meinen Ehemann verprügele?« Leonie hebt spöttisch die Brauen.

Ganz der Vater. Yvonnes Finger krallen sich um die Tasse. »Du hast dich also mit den beiden beschäftigt«, erwidert sie.

»Immer drehst du alles so, wie du es haben willst.« Tränen steigen Leonie in die Augen.

»Das stimmt nicht.« Yvonne streckt die Hand nach ihrer Tochter aus, sofort schlägt eine der Katzen nach ihr, die Angst hat, von der Müslischale vertrieben zu werden.

»Es ist ja nicht meine Schuld.« Leonies juliblaue Augen fixieren Yvonne.

»Es war ein Unfall.« *Bremslichter, die Wand und dann das Kreischen aus Blech und Schmerz.* Yvonne blinzelt die Bilder aus ihrem Kopf.

»Ich weiß.« Leonie wischt sich mit dem Handrücken die Nase. »Bitte, Mama, zwing mich nicht zu dieser Operation.«

»Willst du denn nicht laufen können?«

»Es geht mir gut. Ich habe Emma, meinen Rolli und ich komme zurecht. Außerdem könnte ich Mono-Ski fahren, wenn du schon so verrückt darauf bist, dass ich Sport treibe.«

»Ist ja gut«, lenkt Yvonne ein. Es wird Zeit, die Kurve zu kriegen. Aber dann hat sie doch noch einen Rückfall. »Vielleicht willst du ja einmal mehr vom Leben, als Emmas Freundin zu sein.«

»*Ma-ma!*« Zwei Silben voller Protest, Unsicherheit und Verzweiflung.

2. Kapitel

»Guten Morgen.« Renates Stimme schallt aus dem Flur.

Ihre Wohnungen sind über einen Aufzug miteinander verbunden. So kann Leonie jederzeit zu ihrer Oma.

Renate steckt den Kopf zur Küchentür herein. Wie immer sitzt ihre sportliche Kurzhaarfrisur perfekt. Yvonne hat es ihrer Schwiegermutter zu verdanken, dass auch ihr Haar perfekt die Narben an ihrem Kopf verdeckt.

»Frisch ist es hier.« Schaudernd zieht Renate die Schultern hoch. »Hast du wieder die Terrassentür über Nacht offen gehabt?« Ihr vorwurfsvoller Blick streift Yvonne. »Irgendwann finde ich euch ermordet in den Betten, wenn ich morgens herunterkomme.« Sie füllt die Küche mit ihrer Geschäftigkeit, öffnet den Kühlschrank, was sofort die Katzen vom Tisch lockt. Erwartungsvoll streifen sie Renate um die Beine.

»Haben sie euch wieder vergessen?« Renate füllt ihre Futterschalen, dann packt sie Käsedose, Brettchen und Messer auf den Tisch. Im Vorbeigehen drückt sie Leonies Kopf an ihren sehnigen Körper. »Und was macht meine Kleine? Hast du wieder dieses süße Zeug gegessen?« Ein weiterer vorwurfsvoller Blick geht in Yvonnes Richtung.

»Ich muss los.« Yvonne stellt ihre Tasse in die Spüle. Morgens erträgt sie Renates muntere Geschwätzigkeit nur sehr schwer. Ihre Schwiegermutter ist eine ehemalige Friseurin und in der Lage, in einer Tour zu reden.

»Aber du musst was essen.«

»Ich bin nicht hungrig.«

»Was bist du nur für ein Vorbild!«, lamentiert Renate. »Thomas ist nie ohne Frühstück aus dem Haus gegangen.« Sie ist die Einzige, die Toms Taufnamen benutzt.

»Ich auch nicht«, nutzt Leonie die Gelegenheit, sich mit ihrer Oma zu verbünden.

»Das ist sehr vernünftig von dir«, pflichtet Yvonne ihr bei. »Tu immer schön alles, was Omi sagt.«

Im Gegensatz zu Renate, die freundlich nickt, weil sie keine Antenne für Ironie hat, weiß Leonie, dass sie gerade verspottet wurde. Yvonne spürt geradezu, wie sie fieberhaft nach einer witzigen Antwort sucht. Weil ihr keine einfällt, wendet sie sich wieder ihrem Handy zu.

Sofort kassiert Yvonne eine Ohrfeige ihres mütterlichen Gewissens. Diesen Spruch hätte sie sich wirklich sparen können. Sie ist nicht mehr fünfzehn, ihr Gehirn also nicht wegen Umbau geschlossen. Sie ist zweiundvierzig und damit weder in der Pubertät noch in den Wechseljahren, sondern in der Vernunftzone. Also sollte sie sich altersentsprechend benehmen.

»Hab dich lieb.« Reuevoll beugt sich Yvonne über den gesenkten Kopf ihrer Tochter und haucht einen Kuss auf ihren Scheitel. »Und dich auch.« Sie schickt einen Luftkuss in Renates Richtung, nimmt sich ein Croissant aus der Brötchentüte und beißt hinein. Mit einem leisen Krachen gibt die Kruste dem Druck ihrer Zähne nach und der buttrige Geschmack füllt ihren Mund.

»Du krümelst doch alles voll.« Renates Vorwurf folgt Yvonne in den Flur.

Sie klemmt sich das Croissant zwischen die Zähne, was ziemlich albern aussieht, wie ihr der Spiegel verrät, setzt den

Fahrradhelm auf und holt ihre Notebooktasche aus dem Arbeitszimmer.

»Schlüssel?« Renate lehnt in der Tür. »Handy? Portemonnaie? Ausweis?«

»Ich hab alles.« Yvonne klopft auf ihre Handtasche und zieht die Wohnungstür hinter sich ins Schloss. Sie hasst diese ständige Fragerei, muss aber zugeben, dass sie dazu neigt, Sachen zu vergessen.

Die Häuserzeile, in der sie leben, liegt an einer von hohen Gebäuden und Kastanien gesäumten Durchgangsstraße. Ideal für ein Ladengeschäft mit Laufkundschaft, weniger ideal als Wohnung. Trotzdem hat Yvonne nach Toms Tod das Reihenhaus in Tübingen verkauft und ist ins Haus ihrer Schwiegermutter gezogen. Ihre Eltern verbringen die meiste Zeit an der Algarve und irgendwie hatte Yvonne das Gefühl, dass sie mit Renate besser klarkommen würde als mit ihrer eigenen Mutter, der sie nichts recht machen kann.

Renate ist da anders. Allein, dass Yvonne studiert hat und Fremdsprachen beherrscht, bewundert sie. Dabei muss sie sich selbst auch nicht verstecken. Sie ist eine Selfmade-Frau, die mit beiden Beinen fest im Leben steht. Ihre Schwiegermutter hat sich alles erschnippelt: den Lebensunterhalt für sich und ihren Sohn, das Mietshaus, in dem sie leben, Toms Studium und den Umbau ihrer *Schnippelstube* zur barrierefreien Wohnung für Yvonne und Leonie.

Während Yvonne ihr Fahrrad, das ebenso rosa ist wie der Rollstuhl ihrer Tochter, aus dem Durchgang neben dem Haus holt, verweilen ihre Gedanken noch bei ihrer häuslichen Situation.

Sie liebt und bewundert ihre Schwiegermutter, auch wenn Renates Fürsorglichkeit sie oft in die Rolle eines Teenagers katapultiert. Kein Krümel wird ihre Rückkehr erleben. Da ist sie sich sicher. Doch Renate wird nie zugeben, dass sie sich um

Yvonnes Haushalt kümmert. Sie zieht höchstens einmal den Staubsauger durch die Wohnung. Und wenn sie dabei das eine oder andere Kleidungsstück aufhebt und in die Wäsche tut, ist das kein *Hinterherräumen*, sondern spart Wasser. Sie kann es einfach nicht lassen. Doch was ist die Alternative? Nur das Zusammenleben mit Renate ermöglicht es Yvonne, weiterhin als Lehrerin zu arbeiten. Allerdings unterrichtet sie nicht mehr an der Gesamtschule, sondern an einer Krankenhausschule für Kinder. Kollegen und Freunde reagierten erstaunt und auch ihre damalige Therapeutin hat diese Entscheidung hinterfragt. Schließlich hätte sie ja ein krankes Kind zu Hause.

Doch genau Leonies lange Krankenhausaufenthalte haben ihr gezeigt, wie wichtig dieses Stück Normalität im Krankenhausalltag ist. An diesen Gedanken wie an dem Croissant kauend, schlängelt sich Yvonne an den Autos vorbei, die sich an der großen Kreuzung stauen.

Zwei Kreuzungen weiter biegt sie rechts ab und erreicht kurze Zeit später ihr Ziel. Ein wenig atemlos schiebt sie ihr Fahrrad in den überdachten Drahtverhau vor dem Eingang.

Nach rechts und links grüßend durchquert Yvonne die weitläufige Eingangshalle. Ihr Weg führt sie hinunter in den Keller und von dort in den Hof. Die Krankenhausschule ist in einem Container auf dem weitläufigen Gelände des Klinikums untergebracht und besteht aus einem Klassenraum und dem Lehrerzimmer. Seit Yvonne hier vor fünf Jahren angefangen hat, hängen die Pläne für den Bau eines Schulpavillons im Besprechungszimmer. Es wird wahrscheinlich noch fünf weitere Jahre dauern, bis das Bauvorhaben in die Tat umgesetzt wird. Doch dann haben sie barrierefreie Unterrichtsräume und müssen die Gruppen nicht mehr unter diesen beengten Verhältnissen unterrichten. Dann können auch mehr Schüler zu ihnen in die Schule kommen. Nur Yvonnes Klasse wird nicht umziehen. Sie unterrichtet in der geschlossenen Psychiatrie. Dort hat sie ein eigenes Klassenzimmer im ehemaligen Frühstückssalon der Villa.

Stimmen lassen Yvonne aufschauen. Durch das hell erleuchtete Fenster sieht sie Benjamin Wagenhorst, der am Medienschrank lehnt. Benjamin ist ein freundlicher Teddybär mit gepflegtem Bart, Nickelbrille und Zopf. Er führt die unvermeidliche Tasse zu den Lippen. Für Benjamin ist Kaffee überlebenswichtig. Bekommt er keinen, ist er wie einer dieser Trolle, die beim ersten Sonnenstrahl zu Stein werden. Solange er jedoch regelmäßig sein Suchtmittel genießen kann, ist er der beste Kollege, den man sich vorstellen kann.

Mit wem er wohl spricht? Gedankenverloren wischt sich Yvonne die fettigen Finger an der Jeans ab und steigt die Metallstufen zum Eingang hinauf. Gerade als sie die Hand nach der Klinke ausstreckt, fliegt die Tür auf. Instinktiv springt Yvonne zurück und knickt dabei mit dem linken Fuß um. Fluchend greift sie nach dem Geländer und massiert sich den malträtierten Knöchel.

»Tut mir leid.« Eine dunkle Männerstimme. »Haben Sie sich verletzt?«

Yvonne schaut auf. Der Grund ihres Missgeschicks ist braun gebrannt, trägt ein kariertes Hemd, Cordhosen und einen bestürzten Gesichtsausdruck.

»Geht schon.« Vorsichtig belastet Yvonne den Knöchel. Ein kurzer Schmerz, dann steht sie wieder fest auf beiden Beinen. Gebrochen scheint also nichts zu sein.

Benjamin taucht hinter dem neuen Kollegen auf. Er übertrifft ihn sowohl an Länge als auch an Breite. »Darf ich vorstellen?«, sagt er. »Patrick Schildknecht. Yvonne Engelbrecht.«

»Ich bin die Schwangerschaftsvertretung«, fügt Schildknecht hinzu. »Sehr erfreut.« Yvonnes zweiter Versuch, die Treppen zu nehmen, gelingt. Lächelnd streckt sie dem neuen Kollegen die Hand entgegen. Es ist gut, dass sie Verstärkung kriegen.

Die Kollegin, die bisher mit Benjamin das Klassenzimmer und die Stationen betreut hat, ist seit ein paar Wochen im Beschäftigungsverbot.

»Die Freude liegt ganz auf meiner Seite«, erwidert Schildknecht. Das klingt steif und formell, doch dann fügt er grinsend hinzu: »Auch wenn unser erstes Zusammentreffen vielleicht nicht ganz so glücklich verlaufen ist. Tut es sehr weh?« Er ergreift ihre Hand. Sein Händedruck ist warm und fest und dauert vielleicht einen Moment zu lange.

Während sie sich die Hände schütteln, fragt sich Yvonne, wie alt er wohl ist. An den Schläfen zeigen sich erste silberne Strähnen in den dunklen Haaren und die nebelgrauen Augen sind von einem Netz von Lachfältchen umgeben.

»Yvonne ist mit einem Kollegen, der nur für den Fachunterricht kommt, für die Psychos verantwortlich«, erklärt Benjamin.

»Klingt interessant.« Schildknecht erinnert sich irgendwie wieder an ihre Hand in seiner und lässt sie los. »Soweit ich das verstanden habe, werde ich mich hier«, er deutet mit dem Daumen über die Schulter, »um unsere Schüler kümmern.«

»Benjamin kann Verstärkung gebrauchen.« Noch immer spürt Yvonne die Wärme seiner Haut in der Handfläche. Weil sie das verwirrt, schaltet sie auf Small Talk um. »An was für einer Schule haben Sie bisher unterrichtet?«

»Am Institut für Sonderpädagogik in Frankfurt.« Die Antwort kommt etwas zögernd, so als sei es ihm peinlich, dass er bisher an der Uni gelehrt hat.

»Und dann wechseln Sie hierher?« Fassungslos schüttelt Yvonne den Kopf. Die meisten Kollegen, die sie in den Jahren ihrer Tätigkeit an der Krankenhausschule kennengelernt hat, kamen von Gesamtschulen mit zu großen Klassen und unmotivierten Schülern, aber nicht von der Uni.

»Ich fand es an der Zeit, mal wieder Praxisluft zu schnuppern.«

Schildknecht lächelt unverbindlich und Yvonne glaubt ihm kein Wort.

»Und da ist eine Schwangerschaftsvertretung keine schlechte Idee«, fügt er hinzu, als spüre er ihre Ungläubigkeit.

»Was sagt denn Ihre Frau dazu?« Unwillkürlich blickt Yvonne auf seine rechte Hand. Er trägt einen schmalen Goldreif am Ringfinger. Das Lächeln kippt Schildknecht regelrecht aus den Mundwinkeln. Falsche Frage.

»Entschuldigen Sie.« Yvonne hält dem nebelgrauen Blick stand. »Ich wollte nicht indiskret sein.«

»Kein Problem.« Schildknechts Blick wandert zu einem Punkt knapp oberhalb von Yvonnes Seitenscheitel. »Ich muss dann mal zur Personalabteilung.«

»Ich bring dich hin«, bietet Benjamin an. Wenn er die Spannung wahrgenommen hat, lässt er sich zumindest nichts anmerken. »Wir haben noch Zeit, bis der Unterricht beginnt. Du hast da übrigens was.« Grinsend tippt er sich an den Mundwinkel.

Errötend wischt sich Yvonne den Blätterteigkrümel von der Wange.

Im Lehrerzimmer, so nennen sie etwas hochtrabend den ersten Raum des Containers, riecht es nach Kaffee, Duschgel und Rasierwasser. Yvonne öffnet das Fenster und lässt die frische Morgenluft ein. Zu viele männliche Gerüche am Morgen machen sie traurig. Für einen Moment genießt sie das Zwitschern der Vögel, bevor sie wie jeden Morgen Kater Mikesch, die abgeliebte Handpuppe aus Frotteestoff, und die Arbeitsblätter für den Tag aus ihrem Fach nimmt, den letzten Schluck Kaffee in ihren Metallbecher füllt und sich auf den Weg zu ihrer Station macht.

Das Klinikum, zu dem die Krankenhausschule gehört, ist über die Jahre hinweg gewachsen. Alte Gebäude wurden abgerissen, neue aufgebaut. Weil der Platz trotzdem nicht reichte, wurden nach und nach die umliegenden Villen aufgekauft.

In einer dieser Villen, inmitten eines weitläufigen Gartens, ist die geschlossene Station der Jugendpsychiatrie untergebracht.

Vor ihrem ersten Arbeitstag auf der geschlossenen Station dachte Yvonne noch, die Gesellschaft müsse vor den Patienten geschützt werden. Mittlerweile weiß sie, dass dieser Aspekt nur eine Seite der Münze ist. Genauso müssen diese Jugendlichen vor der Welt geschützt werden.

Die Jahre haben Yvonne gelehrt, dass jede Station ihr eigenes Mikroklima hat. Und wie das Weltklima ist es Schwankungen unterworfen. Wobei beim Stationsklima weniger die Jahreszeiten eine Rolle spielen als vielmehr die Zusammensetzung der Schichten und der Patientengruppen, die sich gut oder schlecht auswirken können.

Sobald also Yvonne die Station betritt, weiß sie, ob es ein guter oder ein schlechter Tag werden wird.

Als sie jetzt die Tür öffnet, hängt der Tag wie eine drohende Gewitterwolke über dem Stationsflur. Yvonnes Nackenhaare sträuben sich und unwillkürlich schließen sich ihre Finger fester um den Henkel ihres Kaffeebechers.

3. Kapitel

Während Patrick seinem alten Kumpel Benjamin folgt, massiert er unbewusst den Ringfinger seiner rechten Hand. *Was sagt denn Ihre Frau dazu?* Er hat noch Engelbrechts Stimme im Ohr – eine nette Stimme, ein wenig atemlos und heiser.

Meine Frau! Patrick will den Ring vom Finger ziehen, aber er sitzt zu fest. Nach einem schnellen Seitenblick auf Benjamin, der nicht weiter auf ihn zu achten scheint, steckt er den Finger hastig in den Mund. Angefeuchtet durch den Speichel gelingt es ihm schließlich, den Ring abzustreifen. Er steckt ihn in die Kleingeldtasche der Jeans. Irgendwie fühlt sich seine Hand jetzt anders an. Leichter, nicht besser.

Meine Frau ist froh, dass sie mich los ist, beantwortet er in Gedanken Engelbrechts Frage.

»Yvonne ist manchmal ein bisschen direkt«, sagt Benjamin.

Er hat die Aktion mit dem Ring also doch bemerkt. Schlimmer geht immer. »So sind Frauen eben«, antwortet Patrick, weil ihm nichts Besseres einfällt. Amelia hat ihm auch sehr direkt gesagt, dass sie keine Zukunft für ihre Ehe sieht und es deshalb besser sei, sich zu trennen. Sie hat ihn behandelt wie einen Prozessgegner und das war er wahrscheinlich auch für sie. Ein Prozessgegner, mit dem man einen Vergleich schließen muss.

»Wenn du das sagst.« Benjamin lacht. »Ich kenne mich da nicht so aus.«

»Ich dachte, Schwule sind Frauenversteher.« Patrick zwingt sich, in das Lachen einzufallen. Er ist nicht aus Frankfurt fortgegangen, um nun hier an Amelia zu denken.

»Keine Regel ohne Ausnahme.« Benjamin räuspert sich. In ihrer gemeinsamen Gymnasialzeit in einer mittelfränkischen Kleinstadt hatte er mehr Freundinnen als Patrick, der schon früh mit Amelia zusammen war. Meistens hatte er sie allerdings nach spätestens drei Wochen abserviert. Doch dann hatte Amelia ihn mit Maria verkuppelt, einem eher schüchternen Mädchen. Mit ihr war Benjamin dann bis zu ihrem Coming-out zusammen. Mittlerweile führt er eine stabile Wochenendbeziehung mit seinem Lebenspartner Lars, der in Berlin wohnt, und Maria lebt mit einer Erzieherin zusammen. Maria und Benjamin sind immer noch die besten Freunde und er ist der Vater ihres sechsjährigen Sohnes Silas, der dadurch zwei Väter und zwei Mütter hat und ziemlich verwöhnt ist.

»Sie ist Witwe«, sagt Benjamin plötzlich.

»Was?« Patrick schreckt aus seinen Gedanken auf. »Sie ist doch noch so jung.« Er sieht das zarte Gesicht vor sich, den zum Lachen bereiten Mund.

»Soweit ich weiß, gibt es keine Altersbeschränkung für Witwen.« Benjamin stoppt vor einer schmalen Tür und hält sein Namensschild vor einen Sensor. Ein Summen ertönt und er drückt die Tür auf. Sie betreten einen hell erleuchteten Gang. Richtungspfeile und Hinweisschilder sind an den Wänden angebracht. Unter der Decke hängen Versorgungsrohre, die sich an den Kreuzungen verzweigen.

Ihre Schritte hallen auf dem gekachelten Fußboden, der im Licht der Neonröhren feucht glänzt. Ein gelbes Stolpergefahr-Warnschild zeigt die Anwesenheit einer Putzfrau an.

»Da entlang.« Benjamin geht zu den Aufzügen. »In diesem Teil des Gebäudes sind nur Büros und Ambulanzen«, erklärt er. »Wenn du zu den Stationen willst, gehst du dort entlang.« Er zeigt auf einen weiteren von Neonröhren erhellten Flur. »Da hinten sind die Aufzüge für den Neubau. Die Kinderstationen, für die wir zuständig sind, befinden sich in der dritten und vierten Etage West.«

»Wow!« Patrick ist beeindruckt. Er hatte keine Vorstellung von der Größe des Klinikums. Wenn er ehrlich ist, hat er sich überhaupt keine Gedanken über seinen neuen Arbeitsplatz gemacht. Er war einfach nur froh, nicht nach Frankfurt zurückzumüssen.

»Außerdem gibt es noch das Palliativhaus.« Benjamin klingt jetzt wie ein Fremdenführer. »Und natürlich die Geschlossene, in der Yvonne unterrichtet. Die sind allerdings in Villen untergebracht«, fügt Benjamin hinzu. »Bis das Krankenhaus sich hier ausgebreitet hat, war das mal eine bessere Wohngegend. Jetzt ist alles nur noch Klinikum.«

Die Sachbearbeiterin in der Personalabteilung ist sehr nett und wenig später verfügt auch Patrick über ein Namensschild mit Foto und einem Sensor, der ihm den Zutritt zu einigen Bereichen der Klinik ermöglicht, die nicht öffentlich zugänglich sind. Ohne Probleme findet er den Weg zurück zum Container, wo Benjamin auf ihn wartet.

»Wir machen erst einmal Unterricht zusammen.« Im Lehrerzimmer duftet es nach frisch gemahlenen Kaffeebohnen und die Kaffeemaschine faucht. »Ab nächste Woche teilen wir uns dann auf und unterrichten parallel. Die Stationen werden heilfroh sein, wenn wieder ein regelmäßiger Schulalltag einkehrt und sie keine Mittagessen mehr aufwärmen müssen.«

»Okay.« Patrick hat auf einmal Angst. Seine Entscheidung hierherzukommen ist schneller gefallen, als er blinzeln konnte. Nachdem er wieder in Deutschland war, hatte er zunächst nicht gewusst, wohin, und war deshalb in Benjamins Gästezimmer gezogen. Die Woche über leben nur er und Benjamin in der geräumigen Altbauwohnung. Am Wochenende kommt dann Lars aus Berlin und jedes zweite Wochenende bringt er Silas mit, dessen Zimmer neben dem Gästezimmer liegt. Von Benjamin hat Patrick auch von der freien Stelle erfahren. Der Begriff Beschäftigungsverbot, den Benjamin benutzt hatte, klang in Patricks Ohren wie die Berufsverbote für Linke in den Siebzigern, aber anscheinend betrifft es wohl nur schwangere Frauen und ist so etwas wie eine Fürsorgemaßnahme. Und nun hockt er hier in diesem Container und hat das Gefühl, einen Riesenfehler begangen zu haben. Vor der Trennung hat er geforscht, mit Studenten gearbeitet. Kinder hat er seit dem Referendariat nicht mehr unterrichtet und gleich sitzen hier fünf kranke Kinder, jedes mit anderen Bedürfnissen. Panisch fällt ihm seine Betonvier in Mathe ein, die er bis zum Abitur geschleppt hat. Was, wenn einer der Schüler Unterstützung bei Mathe-Leistungskurs-Aufgaben benötigt?

»Meinst du, ich kann das?«

»Keine Panik.« Benjamin klopft ihm auf die Schulter, eine ebenso männliche wie hilflose Geste. »Die schlimmen Kids hat Yvonne.«

Patrick denkt an die zierliche Blondine und versucht sich zu trösten. Immerhin ist er einen Kopf größer als sie, aber irgendwie klappt das nicht. Hier geht es nicht um äußere Größe, sondern um innere, und was hatte Amelia in ihrem letzten Gespräch gesagt? »Werd endlich erwachsen.«

Schritte poltern auf der Metalltreppe. Patrick strafft die Schultern.

»Na denn.« Benjamin grinst ihn aufmunternd an. »Auf in den Kampf.«

Die Tür fliegt auf. Doch es ist kein Schüler, der ins Lehrerzimmer stürzt.

4. KAPITEL

»Was ist passiert?« Benjamin greift nach einer frischen Tasse, während sich Yvonne auf einen Stuhl fallen lässt.

»Wir fangen später an.« Sie fährt sich mit beiden Händen durchs Haar. »Einer der Jungen musste wiederbelebt werden.«

»Hat er versucht …?« Benjamin geht neben ihr in die Hocke und legt seine Hand auf ihre.

»… sich umzubringen?« Yvonne nickt.

»Geht das denn in einer Geschlossenen?«, fragt Patrick.

Yvonne mustert ihn. In seinem Blick ist ein Vorwurf, der nicht weiß, gegen wen er sich richten soll. Sie kennt dieses Gefühl. Genauso hat sie empfunden, als sie das erste Mal mit einem Selbstmordversuch konfrontiert war, die gleiche Empörung: Jemand ist schuld. Jemand hat nicht aufgepasst. Es ist so einfach, sich zu empören, wenn man keine Ahnung hat.

»Sie finden immer einen Weg.« Sie flüstert es fast, weil ihr die Erkenntnis immer noch die Kehle eng macht. »Es ist so einfach, wenn man es wirklich will.«

»Und dieser Junge hat es wirklich gewollt?«

Auch diesen Gedanken kennt Yvonne: Aufmerksamkeit erregen. »Er hat versucht, sich zu erhängen«, antwortet sie schlicht, »am Heizkörper. Gott sei Dank hat ihn ein Pfleger gerade noch rechtzeitig gefunden.«

»Also hat er es doch nicht ernst gemeint?«

»Die Kids meinen es ernst.« Yvonne steht auf und sieht sich nach ihrem Tagebuch um. »Ich muss gleich wieder rüber.«

»Trink erst einen Kaffee.«

Auch wenn ihr nicht danach zumute ist, spürt Yvonne, wie sich ein Lächeln in ihre Mundwinkel schleicht. Benjamin würde selbst einen akuten Blinddarm mit einer dampfenden Tasse Kaffee heilen wollen. Schritte poltern auf der Metalltreppe. Helles Kinderlachen. Zwei Jungen und drei Mädchen stürmen herein. Ihre Gesichter sind gerötet vom Marsch durch den Park. Neugierig mustern sie die Lehrer. Mit dem sicheren Instinkt des Kindes wissen sie, dass etwas nicht in Ordnung ist. Yvonne begrüßt sie herzlich. Eins der Mädchen war bis letzte Woche in ihrer Klasse. Ein langärmeliges Shirt verbirgt die Brandnarben auf ihren Unterarmen.

»Geht schon einmal ins Klassenzimmer«, sagt Benjamin. »Ich bin gleich bei euch.« Er runzelt die Stirn und bedeutet Patrick, noch dazubleiben, als dieser Anstalten macht, sich ebenfalls zu erheben.

Patrick lässt sich wieder auf seinen Stuhl sinken. Doch seine auf der Tischplatte verschränkten Hände verraten sein Unbehagen.

Jägerzaun, denkt Yvonne. Er versucht, sich zu schützen.

»Was passiert jetzt?«, fragt Patrick, als Benjamin die Tür hinter sich ins Schloss gezogen hat.

»Ein Therapeut spricht mit den Kids, deshalb fängt der Unterricht heute später an«, erklärt Yvonne.

»Sie machen Unterricht heute?« Seine Stimme klingt fassungslos.

»Wir duzen uns hier«, erwidert Yvonne. »Und ja, ich mache Unterricht.«

»Aber das ist doch eine traumatische Erfahrung für die Gruppe.« Reflexhaft wirft er sich vor die Schüler, die er nicht einmal kennt.

»Ja«, bestätigt Yvonne gedehnt. »Deshalb spricht ja ein Therapeut mit ihnen.«

»Aber ist es denn nicht schwierig, in so einer Situation zu unterrichten?«

»Natürlich ist es das.« Yvonne weiß das nur zu gut. Schließlich ist es nicht das erste Mal, dass sie den Kindern einen sicheren Raum bieten muss. »Doch diese Kids sind in ihrem Leben gegen so viele Stoppschilder geprallt, dass es gut ist, wenn es einfach so normal wie möglich weitergeht.«

»Selbst, wenn es nur Unterricht ist?«

»Selbst dann.« Yvonne ist es wichtig, dass Patrick sie versteht. Schließlich ist er der neue Kollege. »Unterricht ist anders hier. In der Klinik ist Schule eine Ressource für die Kids. Ein geschützter Bereich, in dem sie einfach Schüler sein können.« So wie ich einfach Lehrerin. Den Gedanken spricht sie nicht aus, weil er nur ihr gehört. Im Laufe der Jahre ist das Klinikum so etwas wie ein zweites Zuhause für sie geworden ist. Ihre eigenen Ängste und Albträume bleiben vor dem Kliniktor.

»Da ist es ja.« Sie zieht ihr Tagebuch unter einem Leitz-Ordner hervor und legt es auf den Tisch.

»Was ist das?« Patrick sieht neugierig zu ihr herüber.

»Was glaubst du?« Yvonne widersteht dem Impuls, die Hand schützend vor den Text zu halten, und hält stattdessen die Kladde hoch, sodass er die in Golddruck gehaltene Beschriftung sehen kann. »Unsere Schüler führen Lerntagebücher und ich ein Schultagebuch.« Sie nimmt einen der herumliegenden Stifte. »Es hilft mir, manche Sachen besser zu verstehen«, erklärt sie und fügt in Gedanken hinzu: mich besser zu verstehen.

»Ich weiß nicht, ob ich das will«, sagt Patrick.

Benjamins Stimme und die Melodie des Morgenliedes dröhnen in die Stille, die diesem Satz folgt. Yvonne wartet ab, den Stift in der Hand. Schließlich lacht Patrick kurz auf. Er fährt sich mit der Rechten übers Kinn. Nur ein schmaler blasser Hautstreifen erinnert an den Ring, den er heute Morgen noch getragen hat. Yvonne fragt sich, warum er den Ring abgenommen hat. Ihr Herzschlag beschleunigt sich und Hitze kriecht über ihre Nackenwirbel. Der neue Kollege verwirrt sie. Er rührt an einer Erinnerung, keiner konkreten, eher die Erinnerung an ein Gefühl, ein Prickeln wie Champagnerblasen auf der Haut unterhalb des Zwerchfells. »Was?«, fragt sie schließlich und räuspert die Heiserkeit aus ihrer Stimme. »Dich oder mich verstehen?«

»Natürlich mich.« Patrick senkt den Blick. »Du musst mich für den letzten Idioten halten.«

»Mach dir mal darüber keinen Kopf.«

»Mach ich aber.« Er sieht sie an.

Was für wunderschöne Augen er hat. Auf einmal ist dieses Champagnergefühl überwältigend. Erschrocken beugt sie sich über das weiße Blatt.

Patrick räuspert sich. »Ich geh dann mal.«

»Viel Spaß«, antwortet Yvonne, ohne aufzublicken. Und auch als er den Raum verlassen hat, schwebt der Stift über dem weißen Papier. Was passiert gerade mit ihr? Woher kommt dieses Gefühl? Schließlich reißt sie sich zusammen und füllt die Zeilen mit ihren Gedanken. Sie fragt sich, was sie in den vier Schulstunden übersehen hat, die sie täglich mit der Klasse verbringt. Felix mag Aufsätze und seine Rechtschreibung ist eine Katastrophe. Bewusst wählt sie Präsens, auch wenn das manchmal unbeholfen klingt; Imperfekt bedeutet, dass etwas vorbei ist; Plusquamperfekt, dass etwas unwiderruflich vergangen ist. Beides keine grammatikalischen Zeiten für einen Jungen, der versucht hat, sich umzubringen. In seinen guten Phasen ist Felix freundlich, nett und bemüht, alles richtig zu machen. In seinen schlechten Phasen ist er aggressiv, nimmt Drogen und hält sich an keine Regeln. Das weiß Yvonne aus seiner Akte. Dann wird er wieder eingeliefert, entweder bringt ihn die Polizei oder seine überforderte Mutter zur Notaufnahme, er randaliert zwei Tage, kriegt Psychopharmaka und ist die nächsten Wochen wieder so lieb und nett, wie ein Zwölfjähriger nur sein kann. Yvonne hat immer das Gefühl, er nimmt Urlaub von sich. Dann folgen Normalstation, Tagesklinik und schließlich kehrt er wieder zu seiner Mutter zurück. Und kaum ist er zu Hause, nimmt er seine Medikamente nicht mehr und alles fängt wieder von vorne an. Doch diesmal wird er nicht nach Hause gehen, das hat Yvonne im Stationsbüro erfahren. Diesmal wird er in eine therapeutische Wohngruppe ziehen. Seine Mutter hat keinen Mut mehr, es noch einmal mit ihm zu versuchen. Das hat sie gesagt, aber Yvonne weiß von Felix, dass sie einen Freund hat und schwanger ist. Vielleicht ihre Art eines Neuanfangs? Ein neues Kind, weil ihr Traum von der heilen Familie mit dem alten nicht geklappt hat? Auch diesen Gedanken schreibt Yvonne in ihr Tagebuch. Es ist wichtig, sich selbst gegenüber ehrlich zu sein. Damit sie weiß, wann der kleine grüne Steinbeißer in ihr Oberwasser bekommt und die Lücken in den Biografien ihrer Schüler mit seinen gehässigen Vermutungen füllt. Es ist so einfach zu richten, wenn man nichts weiß. Yvonne klappt das Tagebuch zu. Ihr Zwerchfell zieht sich zusammen und für die Dauer eines Wimpernschlages ist sie wieder in ihrem Schlafzimmer und starrt auf das leere Bett. Sie fragt sich, ob sie irgendwann in der Lage ist, wenigstens die Lücken in ihrer eigenen Biografie mit Wissen zu füllen. Und ob sie dann Toms Gesicht sehen wird.

5. KAPITEL

Yvonne schiebt ihr Rad in den Fahrradständer am Café Blond, wie sie es jeden Montag nach der Schule tut. Während sie den Helm abnimmt, mustert sie sich in der spiegelnden Schaufensterscheibe. Sie sieht abgekämpft aus: die Gesichtsfarbe so blass, dass die Konturen zu ihrem Haar verschwimmen. Unwillkürlich beißt sich Yvonne auf die Lippen, damit wenigstens die etwas Farbe bekommen, dann strafft sie die Schultern und zieht ihr T-Shirt glatt.

Das Café Blond liegt an dem kleinen Marktplatz des Stadtviertels, in dem Yvonne lebt. Weil heute Wochenmarkt war, fahren städtische Kehrmaschinen kreuz und quer über das Kopfsteinpflaster, beseitigen die letzten Spuren und füllen den Platz mit dem Lärm ihrer Motoren. Die Häuser in diesem Teil der Stadt sind überwiegend eintönige Zweckbauten, die nach dem Zweiten Weltkrieg hochgezogen wurden. Es gibt ein kleines Einkaufszentrum, zwei Kneipen, einige Arztpraxen, einen Döner und eben das Café Blond. Von außen sieht es nach nichts aus, der Putz um die Schaufensterscheibe bröckelt und ist grau von den Abgasen der Autos. Doch jenseits der Schwelle erwartet den Gast, und damit auch Yvonne, ein helles, mit gepolsterten weißen Stühlen, Holztischen und Bänken eingerichtetes Ladenlokal. Die Kaffeemaschine hinter der Theke zischt über das Gemurmel der Frauen hinweg, die an den Tischen sitzen und sich unterhalten. Es ist warm und sonnenhell im Café und duftet nach Hefekuchen und Kaffee. Der runde Tisch am Fenster ist wie jeden Markttag von den Rentnerinnen besetzt, die sich hier ihr montägliches Stück Torte gönnen. An den anderen Tischen sitzen Mütter mit Kinderwagen neben sich. Im Vorbeigehen hört Yvonne Worte wie Impftermin und Vorsorgeuntersuchung. Veronika steht hinter der Theke und bedient gerade eine junge Frau in weißer Praxishose und rotem Shirt, die eine Sammelbestellung für sich und ihre Kolleginnen aufgibt. Sie nickt Yvonne zu und zeigt auf den Familientisch neben der Theke, auf dem eine aufgeschlagene Zeitung liegt.

Heiner, Veronikas Mann, kommt mit einem Backblech aus der Backstube und packt wunderbar duftende Rosinenschnecken in die Auslage. Er ist ein kräftig gebauter Mann mit breiten Schultern und raspelkurz geschnittenen, rötlich schimmernden Haaren.

»Willst du eine?«, fragt er schon im Hinausgehen.

»Nein danke!«, ruft Yvonne ihm hinterher. »Renate macht mich einen Kopf kürzer, wenn ich mein Gemüse nicht esse.«

»Klingt ziemlich infantil.« Veronika setzt sich zu ihr an den Tisch und stellt einen Becher Kakao vor ihr ab.

Im Moment ist sie ebenso blond wie Yvonne. Doch Veronika ändert ständig ihre Haarfarbe. Yvonne kennt sie mit schwarzen, roten und selbst pinken Haaren. Außerdem mit glatter, krauser und zurzeit lockiger Haarpracht. Nach ihren drei Kindern und dem dunklen Haaransatz zu schließen, ist ihre natürliche Haarfarbe wahrscheinlich eher dunkelblond. Veronika hat sie mal in einem schwachen Augenblick als straßenköterblond bezeichnet.

»Mindestens so infantil wie Kakao.« Dankend nimmt Yvonne den Becher, während Veronika die Zeitung zusammenfaltet. Ihre Freundin liebt es, sie zu füttern. Früher war

Veronika klapperdürr, obwohl sie immer gern gegessen hat. Wahrscheinlich Bulimikerin, denkt Yvonne mit dem Wissen von heute. Die Backkunst ihres Mannes und ihre drei Kinder haben sie fraulicher werden lassen. Mittlerweile macht sie sich mehr Sorgen um Yvonnes Gewicht als um ihr eigenes.

»Ich komme eh nicht dazu, sie zu lesen.« Veronika klingt weniger unglücklich, als der Satz vermuten lässt. Mit sichtbarem Stolz blickt sie sich in ihrem Café um. Sie und Yvonne haben zusammen studiert, gemeinsam das Referendariat gemacht, an derselben Schule unterrichtet, doch dann haben sich Veronikas Schwiegereltern zur Ruhe gesetzt und Heiner hat das Café Blond übernommen. Es war ein Wagnis, doch sie haben es geschafft, dem altbackenen Café ein neues Gesicht zu geben, ohne die Stammkundschaft zu vergraulen. Nun ist das Café Blond der zentrale Treffpunkt für Jung und Alt.

»Wie war dein Tag?« Veronika verschränkt die Arme auf der Tischplatte und beugt sich vor.

»Ganz gut.« Yvonne will nicht über den Selbstmordversuch ihres Schülers reden. »Wir haben einen neuen Kollegen.«

»So siehst du aber nicht aus.« Veronika kennt sie zu gut, als dass sie sich mit solchen Floskeln abspeisen lässt.

»Ich habe wieder geträumt.« Besser eine halbe Wahrheit als eine ganze Lüge. Außer ihrer Therapeutin ist Veronika der einzige Mensch, der ihren Traum kennt.

»Du Arme!« Veronika tätschelt ihr den Unterarm. Dann runzelt sie die Stirn. »Einen Kollegen, sagst du?« Sie schnalzt mit der Zunge.

Mist, denkt Yvonne. Sie hätte nicht davon anfangen sollen. Ein Paar nebelgraue Augen schwebt plötzlich vor ihr im aufsteigenden Kakaodampf. Ein leiser Gong holt Yvonne in die Wirklichkeit zurück. Veronika steht auf und geht zur Durchreiche. Außer Gebäck bieten die Blonds mittags noch Gerichte wie Flammkuchen an, die vor allem bei den jungen

Müttern sehr beliebt sind. Veronika trägt zwei Holzplatten, die nach Zwiebeln und Speck duften, zu einem der Tische, kassiert an einem anderen ab und hilft einer alten Dame mit den Bremsen ihres Rollators, bevor sie sich wieder zu Yvonne an den Tisch setzt.

»Ist er die Schwangerschaftsvertretung?«, führt sie das Gespräch fort, als hätte es keine Unterbrechung gegeben.

Yvonne nickt.

»Sieht er gut aus?«

»Hör auf!« Es gelingt Yvonne nicht, das Lachen aus ihrer Stimme herauszuhalten.

Veronika findet, dass sie lange genug allein gewesen ist, und sieht in jedem männlichen Wesen einen potenziellen Heiratskandidaten.

Ich muss aufpassen, denkt Yvonne. Wenn ich ihr jetzt noch von dem Champagnergefühl erzähle, bestellt Veronika das Aufgebot.

»Das ist keine Antwort auf meine Frage.«

»Er ist verheiratet.«

»Sicher?«

»Er trägt einen Ehering.« Falsche Zeitform. Yvonne erinnert sich sehr wohl daran, dass der Ring bei ihrer zweiten Begegnung verschwunden war.

»Also sieht er gut aus.« Veronika strahlt jetzt über das ganze Gesicht.

»Wie kommst du darauf?«

»Wenn er nicht gut aussähe, hättest du den Ring überhaupt nicht bemerkt.«

»Du solltest nicht von dir auf andere schließen.« Hitze kriecht Yvonnes Hals hinauf. Wieder schieben sich nebelgraue, von Lachfältchen umrahmte Augen zwischen sie und ihre Umgebung.

»Vielleicht ist er ja nicht so richtig verheiratet.«

33

»Gib Ruhe.« Yvonne lacht ihre Verlegenheit weg. »Bist du schon so verzweifelt, dass dir jetzt jedes männliche Wesen recht ist?« Bin ich so verzweifelt? Yvonne weiß es nicht zu sagen.

»Ich meine ja nur.« Veronika reißt in gespielter Unschuld die Augen auf. »Ein Mann, der eine Schwangerschaftsvertretung übernimmt! Wo hat man so etwas denn schon gehört?«

»Wahrscheinlich passiert das häufiger, als du denkst.«

»Was hat er denn vorher gemacht.«

»Ich habe ihn nicht verhört.«

»Wem willst du das weismachen?« Veronika nimmt Yvonne den Becher aus der Hand und trinkt einen Schluck Kakao.

»Also gut.« Yvonne zieht den Becher wieder zu sich. »Trinkst du immer deinen Kunden den Kakao weg?«

»Geht aufs Haus.«

»Du ruinierst uns, Weib.« Unbemerkt ist Heiner an den Tisch getreten. »Mit Gemüse.« Er stellt einen Teller mit zwei halben Käsebrötchen auf den Tisch, die mit Salat, Tomate und Gurkenscheiben verziert sind.

»Sie hat einen neuen Kollegen«, sagt Veronika.

»Spielt er Doppelkopf?« Heiner verschwindet wieder in der Küche.

Für einen Moment weiß Yvonne nicht, ob sie lachen oder weinen soll. Als Tom noch lebte, haben sie regelmäßig Doppelkopf gespielt. Es war die Freundschaft ihrer Ehefrauen, die die Männer zusammengebracht hat. Sie selbst waren zu unterschiedlich, um wirklich gute Freunde zu sein, doch sie haben sich gut genug verstanden, um Karten zu spielen und hin und wieder gemeinsam den Grill anzuschmeißen.

»Hör nicht auf ihn.« Veronika blickt sich aufmerksam im Café um. Nachdem sie sich vergewissert hat, dass ihre Gäste versorgt sind, greift sie nach einer Brötchenhälfte. Die Kruste kracht zwischen ihren Zähnen. »Also?«, fragt sie kauend. »Woher kommt er?«

Yvonne erzählt es ihr.

»Von der Uni?« Veronika schüttelt skeptisch den Kopf.

»Der ist auf der Flucht.« Sie beißt wieder in das halbe Brötchen.

»Sei nicht so melodramatisch.« Yvonne nimmt sich die andere Hälfte.

»Nein, wirklich.« Veronika wischt sich mit dem Zeigefinger eine Butterflocke aus dem Mundwinkel. »Wahrscheinlich haben sie sich getrennt.«

»Du kennst die Leute doch nicht einmal.«

»Aber ich kenne die Menschen.« Kauend greift Veronika nach einer Serviette und putzt sich die Hände ab. »Dieser Mann ist auf der Flucht vor seiner Frau.«

»Wenn du das sagst.« Yvonne steckt sich die Tomate in den Mund. Ein Luftzug streift Yvonne und das Rattern der Kehrmaschinen, die immer noch den Marktplatz säubern, dröhnt durchs Café. Moritz, Veronikas siebzehnjähriger Sohn, hält die Tür für Leonie auf. Hinter dem Rollstuhl kommt Emma ins Café. Als die Tür schon zufällt, schlüpft noch Paula hinein. Sie ist der Nachzügler der Familie Blond und als einzige hellblond.

»Sie könnte deine sein«, murmelt Veronika.

Ja. Schmerzhaft zieht sich Yvonnes Herz zusammen. Sie wollten ein zweites Kind. Aber es hat nicht geklappt und jetzt ist Tom tot. Und so absurd es klingt, sie trauert ebenso um das ungezeugte Kind wie um ihn.

»Das sag ich Oma.« Leonie rollt geschickt neben ihre Mutter und greift nach dem Kakaobecher.

»Heute Nachmittag gehe ich shoppen«, verkündet Veronika. »Wer kommt mit?«

»Ohne mich«, antwortet Moritz. »Ich will ins Kino.« Er nimmt sich eine Rosinenschnecke aus der Auslage und verschwindet durch die Tür, die zur Backstube führt.

»Allein?«, ruft ihm Veronika hinterher. »Hat er eine Freundin?« Sie nimmt Emma ins Visier.

Yvonne spürt, wie Leonie neben ihr die Luft anhält. Verlieb dich nicht ausgerechnet in Moritz, denkt sie. Der Junge sieht aus wie der fleischgewordene Mädchentraum und weiß das auch. Außerdem betrachtet er Leonie als kleine Schwester, so wie Emma und Paula.

»Was weiß ich.« Emma weicht dem Blick ihrer Mutter aus.

»Ich hab sie gesehen«, mischt sich Paula ein. Als Nesthäkchen hat sie wenig Gelegenheit zu glänzen. »Am Bus. Sie haben geknutscht.«

»Halt die Klappe!«, faucht Emma.

»Aber es ist doch wahr.«

»Das heißt aber nicht, dass du es überall herumerzählen musst. Du Baby.«

»Aber ich hab's doch nur zu Mama gesagt.« Paulas Unterlippe zittert, sie ist noch zu jung, um den Zorn ihrer großen Schwester zu verstehen.

Emma verdreht theatralisch die Augen, dann schultert sie ihren Rucksack und verschwindet ebenfalls hinter der Theke.

»Ich hab heute Nachmittag auch keine Zeit«, sagt sie über die Schulter hinweg.

»Kommst du zu mir wegen Mathe?«, ruft Leonie ihr hinterher.

»Heute nicht«, antwortet Emma, ohne sich umzuwenden. »Ich bin verabredet.«

Leonie öffnet den Mund, um etwas zu sagen, schweigt dann jedoch. Yvonne spürt die Zurückweisung geradezu körperlich. Die beiden Mädchen sind die besten Freundinnen, zumindest gewesen, aber etwas hat sich verändert. Emma hat sich verändert. Und das Schlimme ist, dass Yvonne sie versteht. Wie alle Mädchen will auch Emma cool sein, dazugehören, und

Leonie ist weder cool, noch gehört sie dazu. Sie ist einfach nur das Mädchen im Rollstuhl.

»Bist du so weit?« Leonies Stimme klingt gepresst. Ihre Lippen sind ein schmaler Strich.

Sie ähnelt jetzt so sehr ihrer Schwiegermutter, dass es Yvonne einen Stich versetzt.

»Habt ihr beide nicht Lust, mit mir shoppen zu gehen?« Veronikas Stimme ist betont munter. Natürlich hat sie die Zurückweisung mitbekommen und Yvonne ist sich sicher, dass sie sich ihre Tochter zur Brust nehmen wird. Aber was nützt das? Freundschaft kann man nicht erzwingen. Freundschaft ist ein Geschenk.

»Ich geh auch mit.« Paula schmiegt sich an ihre Mutter.

»Was meinst du, Leonie?« Yvonne verbannt den Schmerz aus ihrer Stimme. »Klingt das nach einem guten Plan?«

»Ich muss Mathe machen.« Leonie ist ganz Abwehr. Wahrscheinlich wird sie sich für den Rest des Tages in ihrem Zimmer verkriechen.

»Ich kann dir helfen, wenn du magst.« Yvonne weiß, dass sie ihrer Tochter gerade ziemlich auf die Nerven fällt, trotzdem kann sie sich nicht bremsen. Für einen Moment ist sie wütend auf Emma, aber natürlich weiß sie, dass es nicht Emmas Schuld ist, sondern ihre. Ganz allein ihre.

6. Kapitel

Patricks erster Vormittag in der Krankenhausschule verläuft so ganz anders, als er es sich vorgestellt hat. Nach dem Unterricht im Klassenraum nimmt ihn Benjamin mit in die Cafeteria in der obersten Etage des Klinikums. Es ist ein heller Raum, der erfüllt ist mit dem Essensgeruch, der aus der Selbstbedienungstheke aufsteigt, dem Klappern der Bestecke und den Stimmen der Menschen, die hier ihre Mittagspause zwischen Kübeln mit Grünpflanzen verbringen. Sie haben Glück und finden einen freien Tisch auf der Dachterrasse.

»Nett.« Patrick setzt sein Tablett ab und lässt den Blick schweifen. Ein Flickenteppich aus Dachziegeln, Bäumen und Straßen breitet sich unter ihm aus. Der See, um den herum die Stadt gebaut ist, glitzert in der Mittagssonne. Weiße Segelboote dümpeln im Yachthafen.

»Ist die beste Aussicht der Stadt.« Benjamin fischt Möhrenscheiben aus seiner Suppe.

»Man vergisst glatt, dass man in einem Krankenhaus ist«, meint Patrick.

»Warte, bis du dein Essen probiert hast, dann fällt es dir schon wieder ein.«

»So schlimm?« Vorsichtig taucht Patrick den Löffel in die Suppe und probiert.

»Schmeckt blutdruckschonend.« Er greift nach dem Salzstreuer. »Wie geht's jetzt weiter?« Patrick würzt die Suppe nach und isst sie dann mit Appetit. Nach den Jahren in der Mensa ist das hier eine deutliche Verbesserung. Zwar kein Vergleich zu dem, was er in Hervey Bay in Australien bekommen hat, aber essbar.

»Später holen wir die Schüler ab, die nicht im Container beschult werden können.«

»Was ist das Problem?« Patrick schiebt die nun leere Suppentasse fort und widmet sich der Thunfischpizza. Auch hier greift er nach dem ersten Bissen zum Salz.

»Der Container ist nicht barrierefrei«, spricht Benjamin das Offensichtliche aus.

»Ich verstehe.« Patrick kommt sich vor wie ein Idiot. Dabei fällt ihm der Beinaheunfall ihrer Kollegin ein. Nach ihrem Gespräch am Morgen hat sie ihr Tagebuch liegen lassen. Er hat es zugeklappt und zurück ins Regal geschoben und wollte ihr das eigentlich noch sagen. »Wo ist eigentlich Yvonne?«

»Die isst nie in der Klinik.« Benjamin ist immer noch damit beschäftigt, Möhrenscheiben aus der Suppe zu angeln. »Sie zieht ihre Unterrichtsstunden durch und fährt dann nach Hause zu Oma und Kind.«

»Oma und Kind?«

»Ja.« Benjamin nickt. »Sie lebt bei ihrer Schwiegermutter im Haus. Nicht weit von hier.« Er streckt den Arm aus und zeigt mit dem Löffel Richtung Stadt.

»Bei ihrer Schwiegermutter?« Unwillkürlich versucht Patrick, sich die elegante, dunkelhaarige Amelia in der Etagenwohnung seiner Mutter vorzustellen. Ein absurder Gedanke. Allerdings fällt es ihm auch zunehmend schwer, sich Amelia in ihrem Frankfurter Penthouse vorzustellen, oder besser gesagt, sich selbst mit ihr in der Wohnung. Immerhin hat sie ihn rausgeschmissen, ihm die Koffer vor die Tür gestellt, beziehungsweise den Stuhl oder wie immer man das nennt. Dabei hat sie nichts von alldem getan. Sie hat ihm einfach nur erklärt, dass ihre Beziehung am Ende sei und sie ihn gern bei der Wohnungssuche unterstützen würde. Schließlich sei es ihre Wohnung: ihre Wohnung, ihr Auto. Selbst die Anzüge, die er trug, wenn er sie zu Partys begleitete, hatte sie bezahlt und ausgesucht. Als wissenschaftliche Hilfskraft an der Uni verdiente er einen Bruchteil dessen, was sie als Rechtsanwältin einer Frankfurter Wirtschaftskanzlei nach Hause brachte. Aber das war nie ein Problem zwischen ihnen gewesen. Zumindest nicht für ihn.

Aber vielleicht für sie? Amelia hatte ihm mit der gleichen Geste, mit der sie ihre Visitenkarten an Klienten verteilte, die Karte eines Maklers in die Hand gedrückt. Sie könne ihm auch eine hervorragende Kollegin empfehlen, die seine Interessen bei der Scheidung vertreten würde. An dieser Stelle des Gesprächs ist er gegangen. Die erste Nacht hat er in seinem Büro in der Uni verbracht, dann ist er ins Penthouse gefahren, hat ein paar Sachen in seinen Rucksack geschmissen und ist zum Flughafen gefahren. In einem Flug nach Sydney war noch ein Platz frei. Er hat eine SMS an seine Professorin geschickt und ist in den Flieger gestiegen. Ein Jahr ist er durch Australien gereist und hat sich dabei die Sehnsucht nach Amelia aus den Knochen geschwitzt. Es war nicht das Leben mit ihr, das er zurückhaben wollte, sondern die Frau. Seit der Mittelstufe sind sie ein Paar gewesen. Immer zusammen, niemals getrennt. Vielleicht war das der Fehler. Amelia war so selbstverständlich für ihn, dass er trotz des Penthouses und der lächerlichen Anzüge nicht mitbekam, wie sehr sie sich veränderte. Wenn er sie ansah oder mit ihr sprach, war sie immer nur das Mädchen mit der Zahnspange, in das er sich verliebt hatte. Erst in Australien, fern von ihr, lernte er, sie als die Frau zu sehen, zu der sie geworden war. Als er das geschafft hatte, konnte er zurückkehren, und seit einem Monat ist er nun wieder in Deutschland.

Neues Leben, neue Handynummer, neuer Job. Aber noch immer verheiratet. Verschwommen taucht Amelias Gesicht vor seinem inneren Auge auf: ihre dunklen Augen, die schmale Nase und die beiden Falten zwischen den dichten Brauen, die sich bilden, wenn sie intensiv nachdenkt. Und Amelia denkt ständig nach, im Gegensatz zu ihm.

»Wahrscheinlich wegen der Tochter.« Benjamin schiebt die Suppentasse von sich.

Patrick blinzelt die Erinnerung an seine zukünftige Exfrau weg. »Und was ist mit ihrem Mann?« Es ist so viel einfacher, sich mit dem Leben der anderen als mit dem eigenen zu beschäftigen.

»Tot.« Irritiert sieht Benjamin von der Banane auf, die er gerade schält. »Habe ich nicht erwähnt, dass sie Witwe ist?«

»Doch, schon.« Patrick fragt sich, warum er sich nicht daran erinnert hat. Vielleicht weil er den Begriff Witwe nicht mit Yvonne Engelbrecht zusammenbringt? Witwen sind für ihn grauhaarige Frauen, die über Friedhöfe schlurfen, keine Blondinen mit Lachgrübchen. Als sie ihm die Hand gegeben hat, ist dieses Grübchen aufgetaucht. Zusammen mit ihrem Lächeln. Er war so hin und weg, dass er nicht aufhören konnte, ihre Hand zu schütteln. Witwe! Das Wort ist viel zu wuchtig für so eine zierliche Frau. Wie sich das wohl anfühlt? Witwe sein? Oder Witwer? Was wäre, wenn Amelia tot wäre? Ob er ihren Verlust dann besser ertragen hätte? Müßige Gedanken. Amelia lebt und er wünscht ihr nicht den Tod. Er wünscht ihr ... An dieser Stelle seiner Gedanken prallt Patrick gegen eine Wand. Er hat ein Jahr gebraucht, um über Amelia hinwegzukommen. Trotzdem weiß er nicht, was er ihr wünschen soll: dass sie glücklich wird? Ohne ihn?

Lieber nicht darüber nachdenken. Im Hier bleiben, im Jetzt. Nicht abdriften in eine Vergangenheit, die er nicht ändern kann, und in eine Zukunft, die ohne ihn stattfindet.

»Was hatte er denn?« Patrick zwingt sich zurück in das Gespräch. »Krebs?« Nach seiner Erfahrung sterben die meisten Leute in ihrem Alter an Krebs.

»Autounfall«, antwortet Benjamin kauend.

»Wie tragisch.«

»Kannst du laut sagen. Yvonne saß am Steuer.«

»Und ihr ist nichts passiert?«

»Nicht allzu viel.« Benjamin beißt wieder in seine Banane, kaut, schluckt und spricht weiter, als Patrick schon nicht mehr mit einer Antwort rechnet.

»Sie hat wohl als Einzige Glück gehabt. Wenn man das so nennen will«, fügt er nachdenklich hinzu. »Ihr Mann ist tot und ihre Tochter sitzt seit dem Unfall im Rollstuhl.«

»Das relativiert den Ausdruck Glück gehabt.«

»Allerdings.« Benjamin rollt die Bananenschale auf. »Vor allem, weil es ihre Schuld war.«

»Ihre Schuld? Wow!« Patrick sieht ihr zartes Gesicht vor sich, die hellen Wimpern und Brauen. Hört ihre Stimme, so sanft und voller Trauer. Etwas verschiebt sich in seinem Herzen. Er glaubt nicht an Liebe auf den ersten Blick. Aber er glaubt an Seelenverwandtschaft. Und Yvonne Engelbrecht könnte so eine Seelenverwandte sein.

»Bist du so weit?« Benjamin steht auf. »Es wird Zeit, unsere Schüler abzuholen. Ich bin echt froh, dass du da bist.« Er zeigt ihm, wo sie ihre Tabletts abstellen können.

Sie holen drei Schüler von zwei Stationen, alle drei sitzen in Rollstühlen, zwei von ihnen haben einen Schlauch im Hals stecken, über den sie atmen. Sie kommunizieren über Tablets.

Trotz ihrer schweren Behinderung wirken sie fröhlich und Patrick wird einmal mehr klar, dass nicht nur Glück relativ ist, sondern auch das Gegenteil.

Der barrierefreie Unterrichtsraum ist nicht größer als eine Abstellkammer, und wahrscheinlich war er das auch, bevor er umfunktioniert wurde. Das Klassenzimmer hat keine Fenster und der Luftzug der Klimaanlage bewegt das Mobile an der Decke. Trotzdem sieht man dem Raum an, dass, wer immer ihn eingerichtet hat, bemüht war, die Nachteile durch freundliche Farben auszugleichen. Es gibt einen Stehtisch und ein Regal. Mehr nicht. Warum auch? Diese Kinder brauchen weder Stuhl noch Tisch.

An der Wand hängen bunte Kinderbilder: riesige Sonnen mit lachenden Gesichtern und grüne Wiesen mit bunten Blumen. Patrick hilft Benjamin, die Rollstühle in einem Halbkreis zu gruppieren. Auch wenn alles sehr beengt ist und er während des Unterrichts auch nicht viel machen kann, hat Patrick das Gefühl, in diesen Klassenraum zu gehören.

Nach der Stunde bringen sie die Schüler wieder zur Station und kehren dann in den Container zurück. Während Benjamin die Tassen spült und Patrick im Klassenzimmer die Stühle auf den runden Tisch stellt, denkt er über seinen Arbeitstag nach.

»Das hier ist schon was Besonderes«, sagt er schließlich. »So ganz anders, als ich es mir vorgestellt habe.«

»In der Geschlossenen ist es noch mal was anderes«, ruft Benjamin aus dem Lehrerzimmer. »Das wirst du sehen, wenn du Yvonne begleitest.«

»Ich dachte, ich arbeite hier.« Patrick geht ins Lehrerzimmer und stellt auch hier die Stühle auf den Tisch.

»Du musst alle Bereiche kennenlernen.« Benjamin greift ebenfalls zu einem Stuhl und hievt ihn hoch. Eine Tasche, die über der Lehne hängt, schlägt gegen die Tischkante.

»Yvonne würde auch ihren Kopf vergessen, wenn er nicht fest auf ihrem Hals säße.« Benjamin legt die Tasche gut sichtbar auf den Tisch. »Bist du so weit?«

Patrick blickt von seinem Freund zu der abgeschabten schwarzen Umhängetasche.

»Sollen wir sie ihr nicht vorbeibringen?«

»Lohnt nicht.« Benjamin schüttelt den Kopf. »Sie wird's schon selbst merken und hierher zurückkommen.« Benjamin setzt seine Schiebermütze auf. »Ich muss noch was einkaufen, kommst du mit?«

»Wenn es in Ordnung ist, würde ich mich gern hier noch ein wenig umschauen.« Patrick zeigt auf die bunten Leitz-Ordner mit den Namen der Schüler, die in den Regalen stehen.

»Wenn du meinst.« Benjamin tippt sich an den Mützenrand. »Nur denk dran, abzuschließen. Einfach deine ID gegen den Sensor halten.«

»Okay.«

Nachdem Benjamin gegangen ist, zieht Patrick den umfangreichsten Ordner aus dem Regal und blättert darin. Er gehört zu dem vierzehnjährigen Mädchen mit den vernarbten Armen. Lerntagebuch ist auf Lerntagebuch geheftet. Englisch und Deutsch sind von Yvonne unterschrieben. Mathe und Französisch von dem Kollegen, den Benjamin erwähnt hat. Immer wieder wandert Patricks Blick zu der Handtasche. Er meint, ein leises Brummen zu hören. Er nimmt sie in die Hand. Tatsächlich. In der Tasche vibriert ein Handy. Soll er drangehen? Bevor er zu einem Entschluss kommt, hört das Vibrieren auf. Patrick blättert noch eine Weile in dem Ordner, dann geht er zum Regal, um ihn zurückzustellen. Yvonnes Tagebuch ist in die Lücke gefallen. Er nimmt es in die Hand, Schritte klappern auf den Metallstufen.

Das fehlt Patrick gerade noch, dass Yvonne ihn mit ihrem Tagebuch erwischt. Hastig schiebt er es zurück, gerade noch rechtzeitig. Die Tür öffnet sich.

»Deine Tasche liegt auf dem Tisch.« Er dreht sich um und sieht in Amelias zu einem spöttischen Lächeln verzogenes Gesicht.

7. Kapitel

Natürlich hat Leonie keinen Bock auf einen Nachmittag mit ihrer Mutter und Veronika. Yvonne versteht ihre Tochter so gut, dass ihr das Herz blutet. Für sie musste sich Veronikas Vorschlag anfühlen wie Kinderprogramm. Vor allem, weil auch Paula dabei sein wird. Wenn Emma mitkäme, sähe die Sache anders aus, doch Emma kommt nicht mit. Emma ist verabredet.

Demonstrativ rollt Leonie zur Tür. »Kommst du?«, fragt sie über die Schulter hinweg.

»Moment«, antwortet Yvonne. »Ich muss nur eben noch meine Tasche …« Ihre Hand greift nach der Stuhllehne. Nichts! Sie rückt ihren Stuhl zur Seite und blickt unter den Tisch. »Verdammt!«

»Was ist?« Ungeduldig kippelt Leonie auf den Hinterrädern ihres Rollstuhls. Yvonne hasst es, wenn sie das macht. Wie leicht könnte sie umkippen.

»Meine Tasche. Sie ist weg.«

»Hattest du sie denn dabei?«, fragt Veronika.

»Natürlich.«

»Bestimmt hast du sie in der Satteltasche gelassen.« Leonies Stimme klingt entnervt.

»Natürlich nicht«, antwortet Yvonne. »Da kann sie doch jeder klauen.«

»Ich schau nach.« Leonie rollt zur Tür hinaus und hält wenig später Yvonnes Notebooktasche hoch. »Die kann auch jeder klauen.« Ihre Stimme klingt gedämpft durch die Scheibe. Paula läuft zum Eingang und hält ihr die Tür wieder auf.

»Deine Handtasche war nicht drin.« Leonie rollt zurück an den Tisch, die Notebooktasche auf dem Schoß. »Oder nicht mehr.«

Jetzt sieht sie nicht nur aus wie Renate, jetzt klingt sie auch schon so, schießt es Yvonne durch den Kopf. »Wahrscheinlich hast du sie in der Schule gelassen.« Veronika ist ein unverbesserlicher Optimist und außerdem kennt sie Yvonne.

»Ich weiß nicht.« Yvonne fährt sich mit gespreizten Fingern durch die Haare, spürt das taube Gefühl der Narbe über dem Ohr und versucht sich zu erinnern. »Es war ein Scheißtag«, seufzt sie schließlich.

»Und ich dachte, es sei nett gewesen mit dem neuen Kollegen«, spottet Veronika.

»Welchem neuen Kollegen?« Leonies Stimme klingt alarmiert.

So sehr Veronika und Heiner Yvonne verkuppeln wollen, so sehr hasst Leonie den Gedanken an einen neuen Mann im Leben ihrer Mutter.

»Niemand«, antwortet Yvonne ausweichend.

»Er ist frisch geschieden«, setzt Veronika noch eins drauf.

»Das weißt du doch gar nicht«, faucht Yvonne.

Gott sei Dank kommt jetzt Kundschaft herein. Ein Pärchen in Leonies Alter. Sie setzen sich an einen der Fenstertische. Veronika steht auf, um die Bestellung aufzunehmen, und Paula verschwindet hinter der Theke, nicht ohne sich eine Rosinenschnecke aus der Auslage zu nehmen.

»Was ist das für ein Kollege?«, bohrt Leonie nach.

»Er ist neu, sonst nichts.«

»Veronika klang aber nicht nach *sonst nichts*.« Leonie malt bei den letzten Worten Gänsefüßchen in die Luft.

»Du kennst doch Veronika.« In Augenblicken wie diesen sehnt sich Yvonne nach den Erziehungsprinzipien ihrer eigenen Kindheit: *Sei still! Das geht dich nichts an! Das ist nichts für Kinder!* Nur leider hat sie ihre Tochter nicht so erzogen. Und das ist gut und richtig, aber auch anstrengend. »Sie übertreibt.«

»Findest du ihn nett?«

»Ich finde viele Menschen nett.«

»Du weißt, was ich meine.«

»Er ist ein Freund von Benjamin.«

»Ach so.«

Leonies Schultern sacken herab, dafür heben sich ihre Mundwinkel. Ein Freund von Benjamin bedeutet für sie, dass der neue Kollege schwul und damit ungefährlich ist. Genau deshalb hat Yvonne die Freundschaft erwähnt. Ihre Art zu sagen: *Sei still! Das geht dich nichts an!*

»Fahr du schon mal nach Hause.« Sie steht auf und streicht ihr T-Shirt glatt. »Ich radle dann noch mal zur Schule.« Sie unterdrückt einen Seufzer. Das Leben wäre so viel einfacher, wenn sie nicht ständig irgendwo etwas liegen lassen würde.

»Heute ist Montag«, widerspricht Leonie.

»Scheiße, ja.« Yvonne beißt sich auf die Unterlippe. Montags ist ihre Schwiegermutter zum Turnen und anschließend in der Sauna. Diesen Rhythmus hat sie beibehalten, obwohl sie schon lange nicht mehr berufstätig ist. »Willst du so lange hierblei…«

»Nein.« Leonie schüttelt so heftig den Kopf, dass ihre langen Haare fliegen.

»Es dauert nicht lange.«

»Nein.«

»Hast du dich mit Emma gestritten?«

»*Ma-ma!* Ich habe Nein gesagt.«

»Also willst du dann mitkommen?« Yvonne ist verwirrt. Normalerweise meidet Leonie das Klinikum. Sie hat zu viel Zeit in Krankenhäusern wie diesem verbracht.

»Du kannst gern hierbleiben«, mischt sich Veronika ein, die mit zwei Eisschokoladen vorbeikommt und nichts von ihrer gezischelten Unterhaltung gehört hat.

»Nicht heute.« Leonie gelingt sogar ein Lächeln.

Wenn sich ihre Tochter nicht gerade mit ihr streitet, ist sie schrecklich beherrscht. Yvonne weiß nicht, ob sie sich darüber freuen soll. Irgendwie macht es ihr Angst, dass es Leonie so leichtfällt, ihre Gefühle zu verbergen.

»Willst du nicht erst anrufen?«, ruft Veronika über die Schulter zurück. »Vielleicht ist deine Tasche ja nicht in der Schule.«

»Sie wird schon dort sein.« Yvonne schiebt den Stuhl zurück und geht zur Tür. »Außerdem«, sie wirft einen Blick auf die Porzellanuhr über dem Eingang, »ist jetzt eh niemand mehr in der Schule. Kommst du?« Sie hält die Tür für ihre Tochter auf.

»Und ihr wollt wirklich nicht mit zum Shoppen?« So schnell gibt Veronika nicht auf. »Wann hab ich schon mal einen Nachmittag frei?«

Yvonne blickt zu Leonie, die ihren Rolli an ihr vorbeibugsiert.

»Auf mich musst du keine Rücksicht nehmen.« Leonies Antwort auf die unausgesprochene Frage fällt schmallippig aus.

»Vielleicht ein anderes Mal.« Mit einem leisen Klirren fällt die Tür hinter Yvonne ins Schloss.

»Hat Emma einen Freund?« Yvonne radelt neben Leonies Rolli her. Das ist zwar verboten, doch jetzt um die Mittagszeit sind die Bürgersteige menschenleer, also stört es niemanden. Aus den Wohnungen dringt der Geruch von gebratenem Fleisch auf die Straße und vermischt sich mit dem Abgasgestank. Vögel zwitschern über ihren Köpfen. Yvonne atmet tief ein. Sie liebt den Frühsommer, wenn alles blüht und die Farben noch frisch sind.

»Ich weiß nicht«, antwortet Leonie.

Yvonne sieht überrascht auf den Scheitel ihrer Tochter. Wenn sie ehrlich mit sich ist, hat sie keine Antwort auf ihre Frage erwartet. Zumindest keinen ganzen Satz, sondern eher eine Reaktion, wie: *Ma-ma!* Leonies Art zu sagen: *Sei still! Das geht dich nichts an!*

»Sie macht ein Riesengeheimnis daraus.«

»Habt ihr euch deshalb gestritten?«

»Nein«, erwidert Leonie sofort. »Es ist nur ...« Gleichmäßig bewegen ihre Hände die Schwungräder. Sie zuckt mit den Schultern. »Sie hat halt weniger Zeit.«

»Du wirst immer ihre beste Freundin sein.«

»Meinst du?« Leonie klingt nicht überzeugt. »Jungens ändern alles.« Ihre Stimme zittert vor Sehnsucht.

Yvonne kann gar nicht anders, als darauf zu reagieren. »Du wirst auch einmal einen Jungen kennenlernen. Du wirst sehen.«

»Ach ja.« Leonie legt mehr Kraft in ihre Arme. Der Rollstuhl rast jetzt den leicht abschüssigen Bürgersteig entlang. Die Kreuzung kommt erschreckend schnell näher. Rote Ampelmännchen leuchten ihnen entgegen. Yvonne blinzelt die Vision von Bremslichtern und kreischendem Metall fort, die sie überfällt, greift mit einer Hand instinktiv nach dem Rollstuhl und tritt gleichzeitig in die Bremsen. Sie hat Mühe, sich auf dem Rad zu halten. Der Rollstuhl bekommt einen leichten Linksdrall, wird aber langsamer. Kurz vor der Bordsteinkante kommt der Rollstuhl zum Stehen. Yvonne springt vom Rad. »Hast du den Verstand verloren?«, japst sie. Keine Antwort. Die Ampel springt um auf Grün, doch weder Yvonne noch Leonie überqueren in dieser Ampelphase die Straße.

8. Kapitel

»Woher weißt du …?« Patrick starrt auf die Frau, die ihm vor etwas mehr als einem Jahr den Laufpass gegeben hat. Gut sieht sie aus. Ihre Haare sind etwas länger, schmiegen sich in weichen Wellen an ihren Hals. Amelia hat die Farben ihrer spanischen Vorfahren geerbt. Dunkles Haar, nussbraune Augen, umrahmt von dichten Wimpern. Doch ihre Schönheit lässt sein Herz nicht mehr schneller schlagen, es tut auch nicht mehr weh, sie zu sehen. Dort wo einmal Liebe zu Hause war, hängt jetzt ein Schild: *Heart for rent.*

»Das war nicht schwierig.« Amelia sieht sich um, dabei wandern ihre Augenbrauen erst in die Höhe und bilden dann das V über ihrer Nasenwurzel, das Patrick so gut kennt. Ebenso wie ihren verhalten süßlichen Duft nach Blumenwiese. Er sieht den Flakon vor sich: *Coco Mademoiselle.* Wie immer ist sie ungeschminkt und trägt ein graues Business-Kostüm.

Weil das Schweigen andauert, blickt auch er sich um, sieht den Raum jetzt mit ihren Augen: die zerkratzte Tischplatte, die Enge, die fleckige Spüle, auf der die umgedrehten Becher trocknen. Mängel, wohin man schaut.

»Nett«, sagt sie schließlich.

»Warum bist du hier?«

»Kann man sich setzen? Oder ist es zu klebrig?« Ihr Lächeln hängt in den Mundwinkeln.

»Bitte.« Er hebt einen Stuhl vom Tisch und deutet mit der Hand darauf. »Also?« Auch er setzt sich wieder. Yvonnes Handtasche steht jetzt zwischen ihnen. Er nimmt sie und stellt sie hinter sich ins Regal.

»Du trägst deinen Ring nicht mehr.« Ihr Lächeln steigt nun doch von den Mundwinkeln in die Augen. »Aber noch nicht allzu lange. Sind die Kolleginnen nett?« Sie sieht an Patrick vorbei und er weiß, dass ihr Blick auf der Handtasche verweilt.

»Wird das ein Verhör?« Patrick legt die Hände übereinander und ärgert sich sofort über sich selbst. Wie immer drängt Amelia ihn in die Defensive. Er will nicht mit ihr über Yvonne reden. Die arme Frau hat ihr nichts getan, sie hat Amelias Spott nicht verdient. Und wieder fragt er sich, wo in dieser taffen Frau noch das ernsthafte Mädchen ist, das er geheiratet hat. Sie beide hatten die Welt zu einem besseren Ort machen wollen. Er durch seine Arbeit mit Schülern, die besonders gefördert werden müssen, sie als Anwältin. Doch dann hatte sie als beste Studentin ihres Jahrgangs das Angebot dieser Wirtschaftskanzlei angenommen. »Nur für zwei Jahre«, hatte sie gesagt. »Damit ich weiß, wie der Hase läuft.« Aber aus den zwei Jahren wurden fünf und aus der ernsthaften Amelia eine immer noch ernsthafte, aber auch knallharte Anwältin im Business-Kostüm.

»Du trägst ihn immerhin noch.« Demonstrativ blickt er auf ihre manikürte Rechte. »Sogar den Verlobungsring.« Er hat sich Geld von seinen Eltern leihen müssen, um ihr den Ring mit dem weißen Saphir zu kaufen.

»Ich bin verheiratet«, antwortet Amelia. »Schon vergessen?«

»Was soll das?« Ärger steigt in Patrick auf. »Du hast mich rausgeschmissen. Hast du das etwa vergessen?«

»Nein.« Amelia stellt ihre farblich auf ihr Kostüm abgestimmte Business-Bag auf den Tisch.

»Was *Nein*? Ist das deine Strategie? Willst du mir böswilliges Verlassen anhängen?« Seine Anwältin wird sich bei ihr gemeldet haben.

»Red keinen Unsinn.« Das V taucht wieder zwischen Amelias Augenbrauen auf. »Es gilt schon lange nur noch das Zerrüttungsprinzip. Mein *Nein* bezog sich auf dein *Hast du das etwa vergessen*. Wir leben seit einem Jahr getrennt, das reicht für eine Scheidung.«

»Also was dann?« Patrick fühlt sich wieder wie der letzte Idiot. »Soll ich etwas unterschreiben? Ich tu's. Ich hab meiner Anwältin gesagt, ich will nichts von dir.«

»Es ist immer das Gleiche.« Amelia seufzt. »Erst läufst du weg, dann soll auf einmal alles hopphopp gehen. Wann wirst du endlich erwachsen?«

»Was soll das?« Patrick hat das Gefühl, im falschen Film zu sein. »Du willst die Scheidung doch auch.«

»Und wenn nicht?«

»Was *wenn nicht*?« Fassungslos starrt Patrick Amelia an. »Du hast mich rausgeschmissen.«

»Das habe ich.« Sie nickt.

»Und was soll das dann jetzt?«

»Was?«

»Könntest du einmal eine Frage nicht mit einer Gegenfrage beantworten?«

»Tut mir leid.«

Patrick traut seinen Ohren nicht. Amelia hat sich noch nie bei ihm entschuldigt.

»Was?«

Sie hebt eine Augenbraue.

»Ich meine …« Patrick hat auf einmal einen trockenen Hals. »Was tut dir leid?«, krächzt er. »Die Trennung?«

Wieder taucht das V zwischen ihren Augenbrauen auf. Patrick ist verwirrt. Warum sagt sie nicht Nein? Lacht ihn nicht aus? Das Gespräch verläuft nicht so, wie Gespräche mit Amelia normalerweise ablaufen. Er horcht in sich hinein. Was macht dieses Zögern mit ihm: Ist da Freude? Sehnsucht?

»Es ist nicht ganz einfach.« Amelia spielt mit dem Verlobungsring. Ein tiefer Seufzer entfährt ihr. Sie öffnet den Mund, will offensichtlich noch etwas sagen und beißt sich dann doch nur auf die Unterlippe.

Das ist nicht Amelia, denkt Patrick. Sie ist nie unsicher. Amelia weiß, was sie will, und das kriegt sie. Genau deshalb hatte er sich in sie verliebt, weil sie so anders ist als er. Sie ist erwachsen, wo er Kind ist. Sie ergänzen sich. Haben sich ergänzt.

Patrick denkt das Undenkbare: Ob er ihr fehlt? Er spürt weder Genugtuung noch Erleichterung bei dem Gedanken. Vor einem halben Jahr noch wäre er auf ein Fingerschnipsen von ihr auf Knien nach Frankfurt zurückgekrochen, doch das ist vorbei. *Heart for rent.*

»Wo hast du deinen Ring?«

»Willst du ihn haben?« Er pfriemelt ihn aus der Kleingeldtasche seiner Jeans und legt ihn auf den Tisch. Ihre manikürten Finger greifen danach. Sie hält ihn so, dass sie die Inschrift lesen kann: ihr Name und das Datum ihrer standesamtlichen Trauung. Ihm stockt der Atem. Heute ist ihr Hochzeitstag. Ihre Blicke begegnen sich und Patrick weiß, dass Amelia das Gleiche denkt. Heute vor acht Jahren haben sie geheiratet. Es war eine kleine Hochzeit, obwohl ihre Eltern sich ein pompöses Fest gewünscht hatten, aber weder er noch Amelia waren gläubig genug, in Weiß und in einer Kirche zu heiraten. Amelia trug ein cremefarbenes Kleid, kleine weiße Blüten steckten in ihrem Haar. Sie hatte es offen getragen, so wie jetzt.

»Willst du die Scheidung?« Sie schaut von dem Ring auf.

»Wie bitte?« Nicht zum ersten Mal denkt Patrick, dass Menschen mit dunklen Augen einen Vorteil haben. Man kann ihnen nicht in die Seele blicken.

»Mach es mir bitte nicht noch schwerer, als es ohnehin schon ist.«

Das ist die Amelia, die er kennt: ihm die Schuld geben, wenn etwas nicht so läuft, wie sie es sich vorstellt. Genauso war es in ihrer Ehe. Sie hat ihn geheiratet, weil sie seine Leichtigkeit liebt. Sie hat gewusst, dass er keinen Bock auf Karriere und Geldscheffeln hat. Doch je steiler ihre Karriere verlief, desto unzufriedener wurde sie mit ihm. Und schließlich hat sie ihn rausgeschmissen.

»Du willst nicht sagen, dass dir die Trennung leidtut, oder?« Patrick hat das Gefühl, auf sehr dünnem Eis unterwegs zu sein.

»Ich …« Für einen Moment blitzen Amelias Augen auf, dann hat sie sich wieder in der Gewalt. »Ich denke, dass alles, was ich gesagt habe, stimmt: Du hast keinen Ehrgeiz und bist ein Kindskopf. Das hier«, sie machte eine ausladende Handbewegung, »ist der Beweis. Du verkriechst dich in einem Container.«

»Das nennt man Krankenhausschule und einen Arbeitsplatz.«

»Was ist mit deinem Job an der Uni?«

»Der war dir doch eh nie gut genug.«

»Schon«, räumt Amelia ein. »Aber es klingt irgendwie besser.«

»Bin ich jetzt gerade im falschen Film oder warum verstehe ich die Zeitform nicht?«

»Ach komm, Patrick.« Amelia streckt ihm die Hand entgegen, in der sie den Ring hält.

»Was hast du vor?«, fragt Patrick. »Willst du um meine Hand anhalten?«

»Nein.« Zu Patricks Erstaunen klingt Amelias Lachen fröhlich. »Ich will nur wissen, was du willst. Was sind deine Pläne?«

Patrick zuckt mit den Schultern. Wieder so ein ewiger Streitpunkt zwischen ihnen. Amelia machte Pläne und er warf sie über den Haufen. »Erst mal wieder in Deutschland ankommen«, antwortet er vorsichtig. »Arbeiten, leben.«

»Keine Frau?« Ihr Blick wandert zu der Handtasche.

»Warum ist dir das wichtig?«

»Weil: Da ist etwas, was du wissen solltest.« Amelia beugt sich vor.

9. Kapitel

»Du hast doch gesagt, da ist keiner.« Leonie lenkt den Rollstuhl neben die Metallstufen, die zum Container hinaufführen.

»Wahrscheinlich der neue Kollege.« Unschlüssig bleibt Yvonne stehen.

»Du hast sie doch nicht alle«, hallt es aus dem Container. Yvonne fragt sich, wen Patrick Schildknecht gerade anbrüllt?

»Ob er Krach mit Benjamin hat?«

»Ich weiß nicht.« Unschlüssig greift Yvonne nach dem Geländer.

»Willst du da wirklich rein?«, flüstert Leonie.

»Wenn wir nicht warten wollen, bis Oma kommt, um in unsere Wohnung zu können, bleibt mir wohl nichts anderes übrig. Du wartest hier.« Yvonne behält die Tür im Auge, um rechtzeitig zurückzuweichen.

Eine Frauenstimme fragt: »Wann wirst du endlich erwachsen?«

Also nicht Benjamin. Yvonne atmet tief ein, zieht ihr T-Shirt glatt und öffnet die Tür. Die Frau fährt zu ihr herum. Sie ist dunkelhaarig und in ihren braunen Augen funkelt Spott. Dass Patrick die Augen wütend zusammengekniffen und die Hände zu Fäusten geballt hat, scheint sie nicht im Mindesten zu beeindrucken.

»Überleg's dir!«, sagt sie und greift nach ihrer Tasche. »Schönen Tag noch.«

Yvonne tritt zur Seite, um sie vorbeizulassen. Die Pumps der Frau klappern auf den Metalltreppen.

»Eine Freundin von Ihnen?« Vor Schreck siezt sie Patrick wieder.

»Meine Ex«, presst er zwischen den Zähnen hervor.

»Oh …« Auf einmal ist Yvonne die Situation peinlich. Sie senkt den Blick. Der Ehering, den er bei ihrer ersten Begegnung getragen und dann abgenommen hat, liegt nun auf dem Tisch, und sie fragt sich, was das wohl zu bedeuten hat.

»Ich suche meine Tasche.« Wenigstens kann sie ihre Anwesenheit erklären. Im Gegensatz zu Patrick. Die Schule ist längst beendet. Er müsste auf dem Weg nach Hause oder wohin auch immer sein, auf jeden Fall nicht hier.

»Ich weiß.« Patrick greift hinter sich und holt ihre Handtasche aus dem Regal. »Ich wollte sie dir bringen, aber …«

»Danke«, unterbricht ihn Yvonne. Sie streckt die Hand nach der Tasche aus, doch Patrick macht keine Anstalten, sie ihr zu geben. In seiner Hand sieht ihre Tasche so viel schäbiger aus als die elegante Business-Bag der Frau. »Meine Ex«, hat er gesagt. Patrick war mit einer Frau wie aus einer Anwaltsserie verheiratet. Was bin ich dagegen, schießt es ihr durch den Kopf und gleichzeitig fragt sie sich, ob sie gerade den Verstand verliert. Sie braucht keinen Spiegel, um zu wissen, wie sie aussieht: Jeans, T-Shirt, Sneakers. Zweckmäßig, sauber und zum Gähnen langweilig. Nein, nicht zum Gähnen langweilig. Durchschnittlich halt. Und überhaupt: Warum stört sie das? Was ist an diesem Patrick, dass ihr das etwas ausmacht?

»… aber Benjamin meinte, du würdest zurückkommen.« Endlich reicht er ihr die Tasche über den Tisch.

»Ich vergesse häufiger etwas.« Yvonne greift nach der Tasche und ihre Hände berühren sich. Es fühlt sich an, als hätte sie einen elektrischen Schlag erhalten. Die Kraft rinnt ihr aus den Fingern und auch Patrick lässt die Tasche los. Sie fällt, beide greifen danach, und auf einmal sind ihre Gesichter einander so nahe, dass Yvonne seinen warmen Atem auf der Wange spürt. Sie schluckt.

»Hallo?« Leonies ungeduldige Stimme lässt den Augenblick zerbersten.

Mit einem verlegenen Lachen zieht Yvonne die Tasche zu sich. »Ich muss los.«

»Ist das deine Tochter?« Patrick geht zum Fenster und sieht hinaus. »Sie ist hübsch.«

Yvonne will sich für das Kompliment mit einer Plattitüde bedanken, stattdessen fragt sie: »Warum habt ihr euch getrennt?« Sie hält die Luft an und hätte jetzt nichts dagegen, wenn sich die Erde auftun und sie verschlingen würde. Was ist nur in sie gefahren? »Tut mir leid.«

»*Ma-ma?*«

»Ich bin nicht der Richtige für sie.« Patrick geht zurück zum Tisch und nimmt den Ring zwischen Daumen und Zeigefinger. »Und sie nicht für mich.« Er steckt den Ring in die Hosentasche und sieht Yvonne dabei merkwürdig intensiv an.

Und wieder spürt Yvonne dieses Kribbeln im Bauch.

»*Ma-ma!* Hast du die Tasche?«

»Sorry.« Yvonne weicht vor Patrick zurück wie vor einem Flaschengeist. Und irgendwie ist er das auch gerade für sie. Ein Flaschengeist, der ihr mit einem Blick seiner nebelgrauen Augen eine Welt verspricht.

Patrick hält ihr die Tür auf. »Bis morgen«, sagt er.

»Bis morgen.« Yvonne spürt, dass ihre Tochter sie misstrauisch beobachtet. »Das ist mein neuer Kollege Herr Schildknecht«, sagt sie betont munter, um ihre Verwirrung zu überspielen. »Und das ist meine Tochter Leonie.«

»Freut mich, dich kennenzulernen.« Patrick lächelt Leonie an.

»War das gerade Ihre Freundin?«

Yvonne spürt, wie Wärme ihren Hals hochkriecht.

»So ungefähr.« Ein Schmunzeln zuckt in Patricks Mundwinkeln.

»Ach.« Leonie runzelt die Stirn. »Und meine Mutter denkt, Sie sind ein Freund …«, bei dem letzten Wort hebt Leonie ihre dunklen Augenbrauen.

Yvonne weiß, was kommen wird, und sie hat keine Chance, es zu verhindern. Wie gern hätte sie ihrer Tochter jetzt den Mund verboten, doch das würde alles noch schlimmer machen.

»… von Herrn Wagenhorst«, fährt Leonie fort.

»Da hat deine Mutter recht«, antwortet Patrick. Er weiß, worauf Leonie anspielt, und es scheint ihn zu amüsieren. »Und ich hoffe, wir werden auch Freunde.«

»Unwahrscheinlich.« Leonie wendet den Rollstuhl und rollt davon.

»Entschuldige«, murmelt Yvonne. »Sie ist gerade in einer schwierigen Phase.«

»Sie ist in Ordnung.« Patrick lacht. »Du hättest mich mal in dem Alter erleben sollen. Bis morgen also«, verabschiedet er sich wieder. »Ach«, er hebt den Finger, als wolle er aufzeigen. »Was ist mit dem Jungen?«

»Er wird Ende der Woche wieder am Unterricht teilnehmen.«

»Einfach so?«

»Wir werden sehen.« Yvonne winkt ihm zum Abschied und folgt dann ihrer Tochter.

Leonie wartet am Hintereingang. Ohne ihre Mutter kommt sie nicht ins Gebäude. »Was für ein Arsch!« Ihre Stimme hallt über den Hof.

»Reiß dich zusammen!«, zischt Yvonne.

»Wieso?«, faucht Leonie. Sie ist viel zu schnell. Am Ende des Ganges müssen sie nach links abbiegen, um zu den Aufzügen zu kommen. Das Rad von Leonies Rollstuhl ratscht gegen die Ecke.

»Pass doch auf!« Yvonne greift nach den Griffen des Rollstuhls und bremst ihre Tochter zum zweiten Mal an diesem Tag aus.

Für einen Moment ringen sie um die Herrschaft über den Rolli, dann lehnt sich Leonie mit verschränkten Armen zurück.

»Pass du besser auf!«, erwidert sie trotzig.

»Mach dir um mich mal keine Sorgen.«

»Der Typ ist scharf auf dich.«

»Sei nicht albern. Er ist verheiratet.«

»War das«, die Augen weit aufgerissen, dreht Leonie sich um, »seine Frau? Die passen ja mal überhaupt nicht zusammen.«

»Da seid ihr ja einer Meinung.«

»Häh?«

Yvonne drückt den Aufzugsknopf. Manchmal ist Schweigen die bessere Alternative.

»Hat er dir etwa sein Herz ausgeschüttet?« So leicht gibt Leonie nicht auf.

»Quatsch!« Ein leises Klingeln kündigt das Eintreffen des Aufzugs an. Die Türen gleiten auseinander und Yvonne schiebt ihre Tochter in die mit Spiegeln ausgekleidete Kabine. Zu Yvonnes Erleichterung stehen Besucher im Aufzug. Schweigend fahren sie nach oben. Yvonne ist sich der verstohlenen Blicke der anderen bewusst. Sie kann ihre Gedanken lesen. Wie schade, so ein hübsches Mädchen, arme Kleine.

Auch Leonie ist sich der Blicke bewusst. Ihr Gesicht ist zur Maske gefroren und sie sitzt starr und aufrecht im Rolli. Nur ihre Finger bewegen sich, knibbeln nicht vorhandene Haut von der Nagelfalz. Yvonne widersteht dem Impuls, ihr einen Klaps auf die Hände zu geben, damit sie aufhört. Der Aufzug hält und sie schiebt den Rolli mit ihrer Tochter durch die Halle. Die Mitarbeiterin an der Zentrale grüßt freundlich.

»Können wir dann?« Yvonne setzt ihren Fahrradhelm auf. »Und möglichst unfallfrei?«

»Immer starren sie mich an.«

»Die Leute haben eben Mitleid.«

»Ich will ihr Mitleid nicht.«

»Mit einer Prothese ...« Yvonne legt ihre Hand auf die schmale Schulter ihrer Tochter.

»*Ma-ma!*«

»Ich bin ja schon still.« Yvonne schiebt ihr Rad aus dem Ständer.

»Ich wünschte, ich wäre bei Papa.«

»Papa ist tot.« Yvonne blinzelt die Tränen von den Wimpern.

»Ich weiß«, sagt Leonie. »Er hat's hinter sich. Ich sitze im Rollstuhl.«

»Du könntest laufen.«

»Aber nicht auf meinen eigenen zwei Beinen.« Leonie rollt los und Yvonne bleibt nur, ihr zu folgen. Die Straße verschwimmt vor ihren Augen. *Was soll ich nur tun, Tom?* Doch er antwortet nicht.

10. Kapitel

Als Patrick die Tür öffnet, steigt ihm der Duft von Basilikum und Tomate in die Nase. Wasser rauscht und fröhliche Musik dröhnt aus dem Küchenradio. Benjamin ist also schon zu Hause und macht das, was er am liebsten tut: kochen. Patrick schleicht sich an der offen stehenden Küchentür vorbei ins Gästezimmer und wirft sich aufs Bett. Der Streit mit Amelia liegt ihm schwer im Magen. Er fragt sich, was Yvonne und ihre Tochter gehört haben. Die Kleine war extrem feindselig und Yvonne verlegen. Er hätte nicht gedacht, dass ihre Tochter schon ein Teenager ist. Yvonne muss älter sein, als er angenommen hat. Außerdem hat er ihr heute gute Gründe geliefert, ihn für den letzten Idioten zu halten. Und das alles nur wegen Amelia. Was denkt diese Frau sich eigentlich? Erst schmeißt sie ihn raus und dann taucht sie einfach wieder auf und wirbelt sein Leben durcheinander.

»So schlimm war's doch gar nicht.« Benjamins Stimme poltert in seine Gedanken. Er steht mit einer geblümten Schürze vor dem Bauch in der offenen Tür.

»Weiß Amelia von dir, dass ich hier bin?«

»Hast du sie getroffen?« Benjamins Augen werden so rund wie die Gläser seiner Nickelbrille.

»Umgekehrt wird ein Schuh draus.« Patrick rollt sich zur Bettkante und schwingt die Beine aus dem Bett. »Also: Hast du mit ihr über mich gesprochen?«

»Natürlich nicht.« Benjamin klingt ehrlich entsetzt. Sie sind früher einmal die besten Freunde gewesen, aber in den letzten Jahren hatten zumindest Amelia und Benjamin wenig miteinander zu tun. Sie kreisen auf zwei weit voneinander entfernten Satellitenbahnen.

»Woher weiß sie es dann?«

»Wahrscheinlich von Maria.«

Maria. Natürlich. Patrick nickt unbewusst. Sie ist das verbindende Glied zwischen den beiden. Amelias beste Freundin und die Mutter von Benjamins Sohn.

»Na toll.« Patrick reibt sich den Schmerz aus dem Nacken. »Auf die Idee, dass es sie nichts angeht, bist du wohl nicht gekommen?«

»Auf die Idee, dass du dich nicht ganz fair verhältst, bist du nicht zufällig gekommen?«, kontert Benjamin.

»Was soll das denn jetzt heißen?«

»Na ja, du verschwindest einfach und ...« Benjamin zuckt mit den Schultern.

Das ist jetzt nicht wahr ... Patrick starrt Benjamin an. Das hört sich so falsch an. Benjamin weiß doch, wie dreckig es ihm damals gegangen ist.

»Stammt dieser Satz auch von Maria?« Enttäuschung diktiert ihm die Frage. »Hast du mit ihr mein Verhalten analysiert?«

»Nein«, erwidert Benjamin. »Aber mit Lars.«

»Und was sagt der dazu?« Benjamins Lebensgefährte ist Polizeipsychologe und damit der Letzte, von dem Patrick analysiert werden möchte.

»Frag ihn selbst«, antwortet Benjamin. »Er kommt am Wochenende.«

»Am besten, ich verbringe das Wochenende unter einer Brücke.« Patrick lässt sich aufs Bett zurückfallen und starrt gegen die Decke.

»Das hat Lars auch gesagt.«

»Was? Dass ich verschwinden soll, wenn er kommt?«

»Nein.« Benjamins Lachen gluckert fröhlich aus dem Bauch heraus.

»Was ist daran witzig?«

»Du solltest hier neben mir stehen und dich beobachten, dann wüsstest du es. Du bist eine echte Dramaqueen.«

»Wenn, dann bitte ein Dramaking.« Auch an Patricks Zwerchfell klopft ein Lachen.

»Lars meint, dass du dazu neigst, so lange wegzulaufen, bist du gegen eine Wand prallst.« Benjamin kratzt einen unsichtbaren Fleck von der Schürze. »Ein Verhalten, das sich übrigens in deiner Laufleidenschaft spiegelt.«

»Und welcher Typ Verbrecher bin ich dann? Etwa ein Amokläufer?« Patrick ballert mit einem imaginären Maschinengewehr durch den Raum.

»Kind würde es eher treffen. Scheiße, die Soße brennt an!« Benjamin stürzt in die Küche.

»Werd endlich erwachsen«, murmelt Patrick. Zumindest sind sich Lars und Amelia einig. Vielleicht sollten die beiden heiraten. Amelia ist verheiratet, schießt es ihm durch den Kopf. Mit mir. Patrick stützt die Arme auf die Knie und birgt den Kopf in den Händen. Und wie es aussieht, will sie es auch bleiben. Zumindest die nächsten Monate, denn sie hat die Chance, assoziierte Partnerin zu werden. Allerdings nicht, wenn sie geschieden ist.

»Die Kanzlei ist wertkonservativ, das weißt du ja«, hat sie gesagt. An dem Punkt ist er ausgeflippt. Und dann ist Yvonne aufgetaucht. Wie ein rettender Engel stand sie in der Tür. Der Unterschied zwischen den beiden Frauen hätte nicht größer sein können. Auf der einen Seite die kühle, immer beherrschte Amelia mit dem spöttischen Gesicht, das ebenso makellos gepflegt ist wie ihre Fingernägel, auf der anderen Seite Yvonne in Jeans und Shirt und mit dem niedlichen Kakaobart über der Oberlippe.

Was soll das? Patrick klopft sich mit den Fingerknöcheln gegen die Zähne. Kakaobart. Niedlich. Er hat diese Frau heute das erste Mal in seinem Leben gesehen und ihm fällt nichts Besseres ein, als für ihre Lachgrübchen und einen Kakaobart zu schwärmen? Amelia hat recht. Er ist ein Kindskopf, der sich bei der erstbesten Gelegenheit verliebt. Aber das stimmt nicht. Erstens ist er nicht verliebt und zweitens hatte er in Australien mehr als eine Chance, sich zu verlieben. Und er hat sie alle genutzt. Eine Zeit lang hat er gedacht, er könnte sich Amelia aus dem Kopf bumsen. Dass das nicht funktioniert, hat er schnell begriffen. Danach hat sich sein Verhältnis zu Frauen wieder entspannt. Er musste keine mehr flachlegen, um sich selbst zu beweisen. Patrick denkt ungern an die ersten Monate in Australien zurück. Er hat sich benommen, als gäbe es kein Morgen. Doch das ist vorbei. Er ist wieder in Deutschland, hat die Scheidung eingereicht und wird sein Leben in den Griff kriegen. Allerdings nicht als Amelias Aushilfsehemann.

»Was wollte sie denn von dir?« Benjamin steht wieder in der Tür. Seine Brillengläser sind beschlagen.

»Das glaubst du nicht.«

»Vielleicht doch.« Benjamin nimmt die Brille ab und putzt sie an seiner Schürze.

»Ich soll ihren Ehemann spielen.«

»Das klingt jetzt merkwürdig.« Benjamin setzt die Brille wieder auf. »Immerhin seid ihr ja noch verheiratet.«

»Und das sollen wir, wenn es nach ihr geht, auch bitte noch ein Weilchen bleiben.« Patrick erklärt ihm Amelias Plan.

»Und sonst hat sie nichts gesagt?«

»Wie meinst du das?«

»Keine Ahnung.«

»Du bist ein erbärmlicher Lügner.« Patrick kennt seinen Freund zu gut, um nicht die verräterische Rötung der Ohrmuscheln zu bemerken. »Was weißt du?«

11. KAPITEL

Emma ist dann doch noch zum Mathelernen gekommen. Sie wirkt ein wenig verbissen, als Yvonne ihr die Tür öffnet.

»Alles klar?«

»Ja, sicher«, antwortet Emma in dem Ton, in dem Teenager das Gegenteil von dem ausdrücken, was sie gerade sagen. Doch als Leonie in den Flur rollt, reißt sie sich zusammen. Was immer zwischen Emma und ihrer Mutter stattgefunden hat, sie scheint auf jeden Fall entschlossen, es Leonie nicht ausbaden zu lassen.

»Das ist toll, dass du kommen konntest.« Leonie strahlt über den Besuch der Freundin.

Yvonne sieht den beiden hinterher, die es sich auf der Terrasse bequem machen. Hanni und Nanni streichen um Emmas Beine. Sie fragt sich, ob es eine gute Idee von Veronika war, sich einzumischen. Doch dann schallt das Lachen der beiden Mädchen ins Wohnzimmer und sie ist einfach nur froh.

»Ich geh zum See, eine Runde laufen.« Sie bringt einen Krug von Renates selbst gemachter Zitronenlimonade zu den Mädchen auf die Terrasse hinaus. Die Eiswürfel klirren leise, als sie ihn abstellt. »Ihr habt alles?«

»Viel Spaß!« Ohne aufzublicken, schiebt Leonie Hanni von ihrem Mathebuch. »Ich durfte heute den neuen Kollegen meiner Mutter kennenlernen«, fügt sie, zu Emma gewandt, hinzu.

Sie betont *durfte*, als hielte sie das Wort mit spitzen Fingern weit von sich. Ihre folgenden Worte bestätigen Yvonnes Erkenntnis, dass ihre Tochter den neuen Kollegen ätzend findet und dass sie sicherstellen will, dass sie – ihre Mutter – das auch weiß. Ansonsten hätte sie nämlich gewartet, bis sie wieder im Haus wäre, bevor sie Emma von der Begegnung erzählt. »Voll der Schleimer.« Sie lacht verächtlich.

»Echt?« Emmas und Yvonnes Blicke treffen sich über den Tisch hinweg. Etwas wie Mitleid trübt Emmas Blick. Yvonne ist sich nicht sicher, wem das Mitleid gilt: ihr oder Leonie.

Wie immer im Sommer steht der Eiswagen am Hauptweg. Yvonne winkt dem Italiener unter dem bunten Sonnenschirm einen Gruß zu und trabt dann an. Irgendwo rattert ein Rasenmäher und die Luft duftet nach frisch gemähtem Gras. Yvonne genießt die Wärme der Sonnenstrahlen auf ihrem Scheitel. Wolken gleiten über den blauen Himmel wie die Segelboote über den See. Auf den Wegen flanieren Rentner und junge Frauen. Die einen schieben Rollatoren vor sich her, die anderen Kinderwagen. Es ist also Slalomjoggen angesagt. Die ersten Kilometer schmerzen Yvonnes Oberschenkel und Schienbeine, doch dann hat sich ihr Körper mit seinem Schicksal abgefunden und sie genießt die Wärme, die sich in ihren Muskeln ausbreitet. Yvonne sieht nur einen weiteren Jogger. Er legt ein Tempo vor, das bei Yvonne Schnappatmung auslöst. Auf einer der Bänke am Ufer albern Jugendliche herum. Sie sind ungefähr in Leonies Alter und in eine Wolke aus Testosteron und Duschgel gehüllt. Ob Leonie jemals Teil so einer Gruppe sein wird? Die frische Luft vertreibt Yvonnes düsteren Gedanken. Jedoch nur, bis ihr zwei Joggerinnen aus einem der Seitenwege entgegenkommen, bei denen es sich eindeutig um Mutter und Tochter handelt. Sie lachen über etwas, das die Ältere gesagt hat.

Ihr habt ja keine Ahnung! Unwillkürlich beschleunigt Yvonne ihren Schritt. Ihr wisst nicht, wie schnell das Leben zerbricht. In dem einen Moment ist man noch glücklich und im nächsten will man nur noch sterben. Und mit diesem Gedanken stirbt die Wut und mit ihr die Kraft, die Yvonne vorangetrieben hat. Sie sackt auf die nächste freie Parkbank, streckt die Beine von sich und konzentriert sich auf ihre Atmung. Die Sonne schimmert als hellroter Fleck durch ihre geschlossenen Lider. Mit dem Handrücken wischt sich Yvonne den Schweiß von der Stirn.

»Hi!«, grüßt sie eine atemlose Stimme. Sie klingt dunkel und Yvonne erkennt sie sofort.

Sie schlägt die Augen auf. Patrick Schildknecht steht vor ihr. Ein lichtumflorter Schatten.

»Du läufst auch?« Eine dämliche Frage.

»Nein.« Yvonne hält sich die Hand über die Augen, um ihn besser sehen zu können. »Wie kommst du darauf?« Sie hört den Spott in ihrer Stimme und fragt sich, ob sie gerade mit ihm flirtet. Ein grünlich schimmernder Gedanke, den sie am liebsten weit von sich schieben würde, doch der Steinbeißer hockt auf ihrem Schoß und starrt sie herausfordernd an.

»Okay.« Patrick reibt sich den Nacken. »War eine doofe Frage. Darf ich mich setzen?«

Bevor Yvonne antworten kann, sitzt er bereits neben ihr. Sein Schweiß riecht nach Salz und ein bisschen nach Tang.

»War auch eine doofe Antwort.« Während Yvonne etwas zur Seite rutscht, lächelt sie ihm entschuldigend zu. Auf einmal ist sie sich sehr ihres verschwitzten T-Shirts und der Hitze ihrer Haut bewusst. Sie braucht keinen Spiegel, um zu wissen, dass sie aussieht wie ein gesottener Krebs.

»Ist eine tolle Strecke«, sagt Patrick.

»Ist es«, pflichtet sie ihm bei.

Die Unterhaltung stockt. Yvonne wirft einen hastigen Seitenblick zu Patrick. Er sitzt vorgebeugt, die Hände zwischen den Knien. Der blasse Streifen Haut an seinem Ringfinger zieht Yvonnes Blick magisch an. Auf einmal sitzt Patricks Frau ebenfalls auf ihrem Schoß und mustert sie mit spöttischen braunen Augen.

»Wie – Es«, sagen Yvonne und Patrick gleichzeitig. Dann lachen sie und wissen nicht, wohin mit ihren Blicken.

»Du zuerst«, fordert Patrick sie auf und Yvonne fragt ihn nach seinem ersten Schultag.

»Willst du das wirklich wissen?«

»Natürlich.« Yvonne konzentriert sich auf ihre Hände. Patricks Nähe macht, dass sie sich noch schmuddeliger fühlt und sich in die Sicherheit ihrer Wohnung zurückwünscht. Gleichzeitig möchte sie genau hier sein, aber als hübschere, klügere Version ihrer selbst.

Patrick erzählt und ihre Gedanken rasen. Sie hört kaum, was er sagt, so verwirrt ist sie. Was passiert hier eigentlich gerade? Er ist nicht der erste neue Kollege ihres Lebens und wahrscheinlich hatten auch die anderen gut aussehende Ehefrauen oder Noch-Ehefrauen. Da ist er wieder, der Gedanke an diese wunderschöne Frau mit dem ironischen Blitzen in den Augen. Wie kann eine Frau, die man nicht einmal kennt, bewirken, dass man sich wie eine Kakerlake fühlt?

»Yvonne?«

Erst als er ihren Namen ausspricht, dämmert ihr, dass er sie etwas gefragt hat.

»Ja, natürlich. Klar. Auf jeden Fall.« Yvonne sagt das Erste, das ihr in den Sinn kommt. Es scheint zumindest nicht falsch zu sein, denn er nickt zustimmend. Obwohl er mindestens einen halben Meter von ihr entfernt sitzt, spürt sie die Wärme seines Körpers. Sie strafft die Schultern. Das ist nicht normal.

Sie benimmt sich wie ein hormonverwirrter Teenager. Wer bitte hat sich in ihren Kopf geschlichen?

»Und was wolltest du sagen?«, fragt sie.

»Ich wollte mich für Amelia entschuldigen.«

»Das musst du nicht.«

»Sie ist manchmal etwas schroff.«

»Sie ist sehr schön.« Wieder ein Satz, den sie sich besser geknickt hätte. Aber jetzt ist es zu spät. Warum tut sie sich das an?

»Ja«, erwidert Patrick. »Das ist sie und das weiß sie.«

»Seid ihr schon lange geschieden?« Yvonne fragt sich, ob er Kinder hat. Vielleicht eine Tochter mit den dunklen Haaren der Mutter und seinen nebelgrauen Augen.

»Wir sind nicht geschieden.«

»Oh.« Die Antwort fühlt sich an wie ein Schlag auf die Finger: Lass das! Nicht anfassen! Yvonne hat das dringende Bedürfnis, sich zu rechtfertigen. »Ich meine nur, weil du von ihr als deiner Ex gesprochen hast.«

»Wir leben getrennt«, erklärt Patrick. »Und gerade herrscht ein riesiges Durcheinander in meinem Kopf.«

»Das Gefühl kenne ich.« Yvonne seufzt. Sie würde eher ihre Zunge verschlucken, als zuzugeben, dass im Moment er für das Durcheinander in ihrem Kopf verantwortlich ist.

»Benjamin hat mir erzählt, dass du Witwe bist.« Er spricht das Wort aus, als würde es auf der Zunge brennen.

In diesem Augenblick hasst Yvonne Benjamin Wagenknecht. Sie will Patricks Mitleid nicht. Sie will – Yvonne denkt diesen Gedanken nicht einmal zu Ende. Es gibt nichts, was sie von dem neuen Kollegen will.

Wirklich nicht? Ihr kleiner grüner Steinbeißer rekelt sich genüsslich. Erwischt. Hast du dir nicht gerade gewünscht, dass er dich in die Arme nimmt?

Das ist nicht wahr. Aber ebenso wie ihr Steinbeißer weiß Yvonne, dass sie sich genau das gewünscht hat. Sie ist nicht gut darin, sich selbst zu belügen. Sie ist sich der Nähe des Mannes an ihrer Seite sehr bewusst, und sie genießt sie, auch wenn sie sich gleichzeitig wie eine Verräterin fühlt. Spürt Leonie ihre Verwirrung mit der ganzen hormongesteuerten Gewissheit ihrer fünfzehn Lebensjahre? Ist sie deshalb so unverschämt zu ihm? Weil sie ihn vergraulen will? Weil sie Angst vor dem hat, was er in ihrem Leben anrichten könnte? Aber könnte er das wirklich? Würde sie zulassen, dass er sie berührt? Das Blut rauscht schneller durch ihren Körper, ihre Schamlippen schwellen an. Yvonne schnappt nach Luft. Hastig steht sie auf.

»Ich muss dann mal wieder.« Bevor er überhaupt reagieren kann, rennt sie los. Fort von ihm und dem Verlangen, das in ihrem Schoß pocht. Er – ist – verheiratet. Er – ist – verheiratet. Er – ist – verheiratet. Worte im Rhythmus ihrer stampfenden Schritte. Immer schneller. Immer hastiger. Immer verzweifelter. Er – ist – verheiratet.

12. Kapitel

Na, das habe ich ja gut hingekriegt. Patrick starrt Yvonne hinterher. Ihr blonder Zopf fliegt von einer Schulter zur anderen. Sie läuft weg. Vor ihm? Natürlich vor ihm! Vor wem sonst. Wie konnte er sie bloß darauf ansprechen, dass sie Witwe ist? Was hat ihn da nur wieder geritten? Benjamins Stimme hallt durch seine Hirnwindungen. *Ihre Schuld.* Schlimmer geht immer.

»Du bist so vorhersehbar.«

Der Satz passt so gut in seine Gedanken und auch, dass es Amelias Stimme ist, die ihn ausspricht, dass er im ersten Augenblick nicht realisiert, dass sie tatsächlich vor ihm steht.

»Was machst du denn hier?«

»Eis essen, die Sonne genießen, mit meinem Mann sprechen? Willst du mal lecken? Ist Zitrone. Du magst doch Zitrone.« Sie streckt ihm ein Eishörnchen entgegen, wie sie es früher immer getan hat.

»Lass das!« Patrick schiebt ihre Hand zur Seite.

»Dann nicht.« Sie setzt sich neben ihn. Patrick atmet ihren blumigen Duft ein. Es ist, als würde er mit jedem Atemzug Amelia-Moleküle inhalieren. Unwillkürlich rückt er ab von ihr. Sie hält das Eis mit beiden Händen, ein cremiger Tropfen fließt über das Hörnchen, erreicht ihre Finger. Sie hebt es zum Mund, doch dann wirft sie es in den Abfalleimer neben der Bank und saugt nur das geschmolzene Eis vom Finger.

»Woher weißt du, dass ich hier bin?« Patrick nimmt ihr nicht ab, dass sie auf Verdacht zum See gekommen ist.

»Von gemeinsamen Freunden.«

»Was wird das jetzt?« Patrick beugt sich vor, die Unterarme auf den Oberschenkeln, und starrt auf die Zigarettenkippen zwischen seinen Schuhen. »Eine Hetzjagd?«

»Ich möchte, dass du über meinen Vorschlag nachdenkst.«

»Kein anderer Grund?« Er blickt zu ihr hoch.

»Nein.« Ihr Blick ist offen und fest, doch ihr Rücken ist durchgedrückt, die Füße stehen eng beieinander. Sie ist nicht entspannt. Sie ist auf der Hut. Der Gedanke gefällt Patrick nicht. Er ist nicht ihr Feind, auch wenn sie ihn so behandelt.

»Ich habe über deinen Vorschlag nachgedacht«, sagt er schließlich, lässt sich ein auf die Farce. »Und mir fehlen Worte wie Liebe, Respekt ...« Er weiß selbst, dass die Pause vor dem letzten Punkt ebenso billige Effekthascherei ist wie ihre Show mit dem Eis. Ihr Niveau, nicht seins. Oder vielleicht doch? »... so was wie: Ich habe dich vermisst.« Wenn schon Drama, dann richtig. Patrick kann sich nicht bremsen. Zu groß ist seine Verunsicherung, nachdem er Benjamin die Wahrheit aus den Rippen geleiert hat. So groß, dass sie ihn aus dem Haus getrieben hat.

»Mir fehlt ...«, ein Tusch, denkt er und holt tief Luft, um ihr den Rest des Satzes vor die Füße zu knallen. »... In der dunkelsten Stunde meines Lebens hätte ich mir gewünscht, dich an meiner Seite zu haben.«

»Was?«

»Ich weiß von der Schwangerschaft.«

»Oh!« Amelia blinzelt.

»Woher weißt du von der Schwangerschaft?«

»Gemeinsame Freunde.«

»Benjamin und Maria sind wirklich die schlimmsten Klatschtanten der Welt.« Amelia stößt einen Seufzer aus.

»Die Idioten sind dann wohl wir, wenn wir ihnen trotzdem unsere Geheimnisse anvertrauen.« Für einen Moment fühlt Patrick sich Amelia nahe. Auch sie braucht einen Freund und seit sie ihn aus ihrem Leben geworfen hat, bleibt ihr nur noch Maria.

»Ich wollte nicht, dass du es erfährst.« Ihre Stimme ist eine Nuance dunkler geworden. »Was hätte es genützt?«

»Wusstest du von der Schwangerschaft?«, fragt Patrick.

»Du meinst, als wir uns getrennt haben?«, hakt sie nach.

»Wir haben uns nicht getrennt«, widerspricht Patrick. »Du hast mich rausgeschmissen.«

»Und du bist gegangen, also haben wir uns wohl getrennt.«

Da ist sie wieder: Amelias unbestechliche Logik.

»Beantworten Sie bitte die Frage, Frau Zeugin.«

»Ich wusste gar nicht, dass du dir Anwaltsserien anschaust.«

»Tu ich auch nicht, aber ich dachte, wenn ich in deiner Sprache mit dir spreche, antwortest du mir vielleicht.«

»In meiner Sprache geht es um Anleihenrestrukturierung und Kapitalmarktrecht.«

»Und wie müsste meine Frage dann lauten, damit ich eine klare Antwort bekomme?« Patrick richtet sich auf, er will keine Zigarettenkippen mehr sehen und auch nicht ihr Gesicht von schräg unten. Er will auf Augenhöhe mit ihr sein.

»Nein.«

»Was nein?«

»Nein, ich wusste es nicht.«

»Hätte es etwas geändert?« Die Frage quält Patrick, seit er von der Schwangerschaft weiß.

»Ich ...« Amelia stockt. »Die Frage ist müßig. Ich wusste es nicht.«

»Weißt du, was es war?«

»Ich habe in dem Moment erfahren, dass ich schwanger bin, in dem ich das Kind verloren habe. Ich weiß nicht, was es war. Ein Zellklumpen. Blut. Gewebefetzen.« Sie knetet die Hände.

»Es tut mir leid.« Patrick legt seine Hände auf ihre. »Ich hätte das nicht fragen sollen.«

»Warum nicht?« Amelia räuspert sich. »Ich hab mir die gleiche Frage gestellt.«

»Hättest du …?«

»Was?«

»Ich meine, wenn du es nicht verloren hättest?« Die Frage ist sperrig und klemmt in der Kehle.

»Fragst du mich gerade, ob ich es hätte abtreiben lassen?« Sie zieht ihre Hände zurück, jetzt ist ihr Rücken wieder gerade, der Blick ihrer braunen Augen dunkel vor unterdrücktem Zorn.

»Nein«, widerspricht Patrick hastig. »Ich wollte fragen, ob du mir Bescheid gesagt hättest.«

»Ich weiß nicht.« Amelias Schultern sacken nach vorn. »Dann hätte ich es jetzt auf jeden Fall einfacher.« Ein Lächeln zuckt in ihren Mundwinkeln. »Ich müsste dich nicht anbetteln, zu mir zurückzukommen.«

»Du willst mich doch gar nicht zurück.«

»Sei nicht so ein Korinthenkacker!«, faucht sie plötzlich. »Wir waren mal Freunde.«

»Bis du mich vor die Tür gesetzt hast.«

»Ich habe nicht meinen Freund vor die Tür gesetzt, sondern meinen Ehemann.«

»Wer ist jetzt der Korinthenkacker?«

»Ich bitte dich doch nur um ein paar Monate. Herrgott!« Sie verdreht die Augen. »Du warst ein Jahr in Australien und hast nichts von dir hören lassen. Und kaum bist du wieder in Deutschland, reichst du die Scheidung ein. Ist es wegen einer Frau? Willst du wieder heiraten?« Ihre Augen werden zu schmalen Schlitzen. »Läuft was zwischen dir und diesem Blondchen? Arbeitest du deshalb als Lehrer in dieser Gummibärchenschule?«

»Lass Yvonne aus dem Spiel!«

»Oh, Blondie hat schon den Ritter in dir geweckt. Soll sie. Werde glücklich mit ihr. Sie ist der perfekte Scheidungsgrund.«

»Hast du mir nicht heute Morgen noch erklärt, es gäbe keine Scheidungsgründe mehr?«

»Keine rechtlichen, aber Menschen brauchen immer noch Gründe.«

»Ich nehme an, die Menschen, von denen du gerade sprichst, sind Teilhaber der Kanzlei?«

»Eher deren Ehefrauen. Du glaubst gar nicht, wie viel Einfluss Ehefrauen haben.« Sie seufzt. »Es ist perfekt, wirklich. Blondie muss auch gar nichts wissen. Du pfeifst einfach nur deine Anwältin zurück und …« Sie beißt sich auf die Unterlippe. »Und Blondie …«

»Sie heißt Yvonne und sie ist eine Kollegin, die ich heute das erste Mal gesehen habe.«

»Und mit der du dich gleich zum Joggen verabredet hast?«

»Das ist …« Patrick bricht ab. Es hat keinen Sinn. Amelia glaubt, was sie glauben will.

»Ich weiß, du hast recht. Sie ist eine wunderbare Frau und für ihre Haarfarbe kann sie schließlich nichts. Was ich nur sagen wollte: Sie braucht nicht zu wissen, wenn du mal am Wochenende bei mir in Frankfurt bist.«

»Wieso sollte ich ein Wochenende mit dir verbringen?«

»Um mir zu helfen, assoziierter Partner zu werden. Der Big Boss will eine Party geben und du bist eingeladen.«

»Hast du die ganze Zeit unsere Trennung verheimlicht?«

»Ich trenne Beruf und Privatleben.«

»Das klingt gerade nicht so. Außerdem …« Patrick ist nicht so gerissen wie Amelia, aber dumm ist er auch nicht. »Warum hast du mich überhaupt rausgeschmissen, wenn das so karriereschädigend ist? Hattest du ein anderes Eisen im Feuer?«

»Sagen wir mal, ich habe nicht nachgedacht. Was ist jetzt? Bitte. Für mich geht es wirklich um alles. Hasst du mich so sehr, dass du mein Leben ruinieren willst? Ich hab schon unser Kind verloren, mein Job ist alles, was ich noch habe.«

Patrick weiß, dass er gerade manipuliert wird, er weiß, dass Amelia dabei ist, ihre Niederlage in einen Sieg zu verwandeln. Aber warum soll er ihr den Gefallen nicht tun? Er ist nicht rachsüchtig und es stimmt, sie waren immer auch Freunde.

»Wann ist denn die Party?«, lenkt er also ein.

»Anfang Juli.«

»Hängen meine Anzüge noch im Schrank?«

»Heißt das Ja? Danke!« Ehe Patrick reagieren kann, schlingt Amelia die Arme um ihn, er taucht ein in ihren Duft und die Wärme ihres Körpers. Ohne darüber nachzudenken, drückt er die Frau an sich, die sein Herz besessen und fortgeworfen hat. Es fühlt sich an wie Benjamins Umarmung am Flughafen, ein bisschen steif und verlegen. Ein gutes Gefühl. Es sagt ihm: Es ist vorbei.

13. Kapitel

Schon wieder Montag, die Sonne scheint, es ist warm und Yvonne hat bereits Leonies hormoninduzierte Morgenmuffeligkeit und Renates gute Laune überlebt. Also alles bestens. Seufzend schluckt sie den letzten Bissen ihres Croissants herunter, wischt sich die fettigen Finger an der Jeans ab und steigt die Metallstufen zum Eingang der Schule hinauf. Fast erwartet sie, dass die Tür auffliegt, aber das tut sie natürlich nicht. Seit seinem ersten Arbeitstag hat Patrick sie nicht mehr von der Treppe gekegelt, allerdings hat er ihr Leben ansonsten ziemlich durcheinandergewirbelt. Also nicht unbedingt ihr Leben, das verläuft wie immer, sondern eher sie selbst. Es ist wie eine Unwucht, nichts passt mehr so richtig. Nach ihrer Begegnung im Park hat Patrick sie gefragt, ob sie ihm noch andere Joggingrunden zeigen könnte oder ob sie Lust hätte, mal einen Kaffee mit ihm zu trinken? Sie ist nicht darauf eingegangen. Nicht, weil sie nicht wollen würde – das ist es ja gerade, was ihr Angst macht. Sie würde wollen, wenn sie nicht … Ja, genau, denkt sie, immer noch vor der Tür stehend, den Augenblick hinauszögernd, in dem sein freundlich-nebelgrauer Blick ihr Herz hüpfen lässt. Dummes Herz, denkt sie. Auch wenn Patrick seinen Ehering nicht trägt, weiß Yvonne schließlich, was sie im Park gesehen hat. Die beiden haben sich umarmt. Von Benjamin weiß Yvonne, dass Patricks Frau Rechtsanwältin ist. Wirtschaftsrecht. Er hätte wahrscheinlich noch mehr ausgeplaudert, doch dann ist Patrick hereingekommen und übergangslos hat Benjamin über die Projektwoche gesprochen.

Yvonne ist nur noch im Lehrerzimmer, wenn es sich überhaupt nicht vermeiden lässt. Und sie weiß nicht einmal, vor wem oder was sie davonläuft. Vor Patricks umwerfendem Grinsen und seiner Stimme, die wie warmer Sand über ihre Rückenwirbel rinnt, oder vor sich selbst. Er spürt, dass sie ihm ausweicht. Er ist höflich, zurückhaltend, doch seine Augen folgen ihr. Sie ist jetzt auf der Hut, nimmt sich in Acht, will keine falschen Signale aussenden und ist kreuzunglücklich. Die Schule war bisher ihr sicherer Raum und nun verfolgen sie Patricks nebelgraue Augen nicht nur im Lehrerzimmer, sondern auch in ihren Träumen.

Nebelgrau? Wirklich? Geht's noch? Yvonnes Steinbeißer springt zuverlässig an, doch auch das nützt ihr wenig. Egal, wie sie es nennt, die Augen sind immer da.

Scheiße. Yvonne bläst die Wangen auf. Eine erwachsene Frau verliebt sich nicht innerhalb eines Tages. Trotzdem fühlt es sich so an. Und das ist ein unhaltbarer Zustand, den sie nicht will. Er verdirbt alles: Montags sehnt sie schon den Freitag herbei, weil sie Patrick dann zwei Tage nicht sehen muss, und sie weiß auf den Tag genau, wann die Sommerferien anfangen. Sechs Wochen ohne Patrick. Danach wird sie über ihn hinweg sein, zumindest hofft sie das. Ansonsten bleibt ihr nur, sich einen neuen Job zu suchen oder mit ihm ins Bett zu steigen. Vielleicht bricht der Zauber, wenn sie spürt, dass er nicht wie Tom ist. Kein Mann ist wie Tom. Sie klammert sich an diesen Gedanken wie an das Geländer. Er soll sie davor retten, den nächsten Schritt zuzulassen, dabei weiß sie, dass sie keinen zweiten Tom sucht. Selbst ein Klon könnte ihn nicht ersetzen, weil die gemeinsame Geschichte fehlt. Sie will durchaus einen neuen Mann, das weiß sie. Aber keinen Verheirateten.

»Moin.« Benjamin nickt ihr zu und setzt sich mit dem Kaffeebecher in der Hand an den Tisch. Er ist allein. »Patrick ist bei der Betriebsärztin«, beantwortet er die Frage, die Yvonne nicht gestellt hat. »Das ist vielleicht ganz gut so«, fügt er hinzu. »Dann können wir in Ruhe reden.«

»Reden?« Hitze kriecht ihr über den Kehlkopf. Yvonne wendet sich ab und nimmt eine Tasse aus der Spüle. Sie hat zwar gerade erst Kaffee getrunken, aber so fällt es wenigstens nicht auf, dass sie seinem Blick ausweicht. Benjamin will mit ihr reden und er ist froh, dass Patrick nicht dabei ist. Das kann nur eins bedeuten. Sie räuspert die Anspannung aus der Kehle.

»Wir haben ein Problem.«

»Ein Problem?«, fragt Yvonne, obwohl sie weiß, was kommt. Natürlich ist es ein Problem, wenn sich in einem Kollegium, das nur aus drei Lehrern besteht, zwei Kollegen aus dem Weg gehen. Wie festgetackert steht sie mit dem Rücken zu ihm an der Spüle. Die Hitze hat ihre Schläfen erreicht.

»Ja«, bestätigt Benjamin. »Die Hygieneschwester hat gerade angerufen.«

»Oh.« Yvonnes Schultern sacken herab. Sie hat das Gefühl, noch einmal davongekommen zu sein.

»Durchfall auf den Stationen.«

»Hat sie was zur Geschlossenen gesagt?«

»Die ist nicht betroffen.«

»Okay.« Yvonne setzt sich mit ihrem Kaffee zu Benjamin an den Tisch. »Habt ihr dann heute gar keine Schüler?«

»Wenn's nur das wäre«, seufzt Benjamin. »Sie hat außerdem eine Grundreinigung unserer Klassenräume für heute vorgesehen.«

»Oh.« Yvonne hebt die Augenbrauen. Es kommt zwar immer wieder vor, dass Durchfallerkrankungen die Kinderstationen heimsuchen und deshalb der Unterricht ausfällt, aber selten bringt das eine Grundreinigung der Schulräume mit sich.

»Deshalb habe ich mir überlegt, dass du Patrick heute mit in deine Klasse nimmst. Bisher hat es ja nicht geklappt.« Benjamin setzt seine Brille ab, hält sie gegens Licht und putzt sie dann mit seinem T-Shirt. Kurzsichtig blinzelt er sie an.

Nein, hat es nicht, denkt Yvonne. Dafür hat sie gesorgt.

»Gute Idee.« Fieberhaft sucht sie nach einer Ausrede. »Aber ich …« Jetzt hat sie doch glatt einen Satz mit Leonies Lieblingswort begonnen. Dabei ist ihr der plausibelste aller Gründe eingefallen: »Die Klasse ist im Moment recht schwierig.« Das ist nicht einmal gelogen. Ihre Schüler sind immer schwierig, sonst wären sie nicht in der Geschlossenen. Da ist Ibrahim, der afrikanische Junge, der als Einziger seiner Familie die Flucht übers Mittelmeer überlebt hat. Seine Schwimmweste war funktionstüchtig, die Westen seiner Eltern und Geschwister nicht. Er besteht nur aus großen Augen und zu einem Strich zusammengepressten Lippen. Er ist vermutlich sieben Jahre alt, vielleicht auch acht, auf keinen Fall älter als zehn, meinen die Ärzte. Es ist nicht immer einfach, das Alter afrikanischer Kinder zu bestimmen. Viele haben Phasen von Mangelernährung hinter sich. Deshalb sind sie oft kleiner und zarter als gleichaltrige deutsche Kinder. Seine Tante, die schon vor einiger Zeit nach Deutschland geflohen ist, hat ihn in die Klinik gebracht und so langsam taut er auf. Ihre Besuche sind die Höhepunkte seiner Woche. Doch jetzt droht ihr die Abschiebung und dann hat Ibrahim niemanden mehr.

Außerdem ist noch Hannah in ihrer Klasse, sie ist siebzehn und hat mehr Narben auf der Seele als auf den Unterarmen. Was etwas heißen will. Sie ritzt seit ihrem elften Lebensjahr. Und dann ist da noch der zwölfjährige Felix, der immer nur in seinen manischen Phasen glücklich ist und letztens versucht hat, sich am Heizkörper zu erhängen. Keine leichte Klasse, aber auch keine, die einen Unterrichtsbesuch unmöglich macht. »Ich frage besser vorher auf der Station an.«

»Habe ich bereits.« Benjamin setzt die Brille wieder auf und grinst sie an, als hätte er etwas besonders Tolles vollbracht. Wäre er ein Hund, würde er mit dem Schwanz wedeln.

»Okay.« Yvonne nippt an ihrem Kaffee. Sie muss nicht fragen, was die Station gesagt hat. Sie sitzt in der Falle. Es gibt keinen Ausweg, sie muss Patrick mit in ihren letzten, sicheren Raum nehmen.

Bisschen melodramatisch, oder? Zum ersten Mal fällt ihr auf, dass ihr innerer Zensor wie Veronika klingt. Halt du dich da raus, denkt sie und stellt die Tasse ab. Ein wenig zu heftig, denn Kaffee schwappt auf die Tischplatte. Hastig schiebt Yvonne ein paar Unterrichtsbögen zur Seite.

»Was hast du gegen ihn?«

»Was?« Yvonne liegt noch im Clinch mit ihrem inneren Zensor, deshalb kann sie die Frage nicht sofort richtig einsortieren. Dann klickt es bei ihr. Na wunderbar, denkt sie. So muss sich ein Flüchtling fühlen, dem sich kurz vor der rettenden Grenze ein Häscher in den Weg stellt.

»Nichts.« Yvonne reißt die Augen auf wie Leonie, wenn sie so tut, als wüsste sie nicht, wovon sie spricht. Leider funktioniert diese Strategie bei Benjamin genauso wenig wie bei ihr.

»Was ist das Problem?«

Am liebsten würde Yvonne antworten: »Das geht dich nichts an, kümmere dich um deinen Kram.« Leider ist das nicht richtig. Auch wenn sie nur eine Zwergschule sind, haben sie so etwas wie einen Rektor, und der ist Benjamin. Also geht es ihn etwas an.

»Wie kommst du darauf?«, fragt sie, um Zeit zu gewinnen.

»Ich bin nicht blöd. Du benimmst dich, wie – ach, ich weiß nicht. Wenn du mit ihm sprichst, hört sich das an, als würdest du jeden Satz auf Waffen abklopfen.«

Das war ziemlich gut beobachtet. Weil ihr so schnell keine Antwort einfällt, pustet Yvonne erst einmal in ihren Kaffee.

»Also: Was stört dich an ihm?«

»Nichts«, antwortet Yvonne. Alles, denkt sie.

»Ist er dir zu nahe getreten?«

Der Satz klingt so gestelzt aus dem Mund eines schwulen Teddybärs mit dünnem Zopf und Nickelbrille, dass Yvonne unwillkürlich lachen muss. Trotzdem meint Benjamin es ernst, das ist mal sicher.

»Natürlich nicht.« Yvonne steht auf und holt ein Tuch von der Spüle. Außer in meinen Träumen, aber das geht nur mich etwas an.

»Da bin ich aber froh.« Benjamin nimmt schon wieder die Brille ab und putzt sie an seinem T-Shirt. Dieses Gespräch ist ihm ebenso unangenehm wie ihr. »Patrick ist manchmal etwas überschwänglich, wenn er jemanden gut leiden mag. Und dich mag er gut leiden.«

»Was wird das?« Yvonne wischt den Kaffeefleck von der Tischplatte. Sie versteht die Richtung nicht, in die sich das Gespräch entwickelt. »Willst du mich mit deinem verheirateten Jugendfreund verkuppeln?« Die Bemerkung sollte ein Scherz sein, doch sie klingt wie ein Vorwurf.

»Natürlich nicht.«

»Dann ist ja gut.« Yvonne geht an Benjamin vorbei zur Spüle und dreht den Wasserhahn auf. Sie wäscht den Lappen aus und in ihrem Inneren steigt dabei ein Bild von Patrick und seiner Frau auf, die sich umarmen.

»Ich muss los.« Yvonne wringt den Lappen aus und stellt sich vor, es sei Benjamins Hals. Auf einmal ist die Rettung so nahe. Es gibt zwei ungeschriebene Gesetze. Das erste lautet: Der

Unterricht beginnt pünktlich. Das zweite: Kein Lehrer stört den Unterricht eines Kollegen. Es reicht schon, dass die Pfleger und Ärzte ständig in den Unterricht platzen.

»Ich hole Patrick dann in der Pause ab.« Man muss auch für kleine Gnaden dankbar sein. Doch sie freut sich zu früh. Schritte hallen auf den Metallstufen.

14. Kapitel

Patrick hört die Stimmen. Er atmet tief ein, klatscht sich ein Grinsen ins Gesicht und öffnet die Tür zum Lehrerzimmer. Für einen Augenblick sacken Yvonnes Mundwinkel herab.

»Können wir?« Ihre Stimme klingt, als seien bereits diese zwei Worte eine Zumutung. Seinem Blick ausweichend, geht sie zu ihrem Fach und holt ihre Handpuppe und das Klassenbuch.

»Was?« Patrick schaut sich verwirrt um. Benjamin sitzt am Tisch und putzt seine Brille. Das hat er schon früher gemacht, wenn er etwas ausgeheckt hat, von dem er nicht weiß, ob es funktioniert. Wahrscheinlich denkt er, eine geputzte Brille würde ihm helfen, den Durchblick zu behalten.

»Ich dachte mir, du gehst heute mit in Yvonnes Klasse«, antwortet Benjamin. »Wegen der Grundreinigung.«

»Wegen der Grundreinigung?« Patrick schluckt. Ein ganzer Vormittag mit Yvonne. Das wäre wunderbar, wenn sie nicht so verzweifelt bemüht wäre, ihm aus dem Weg zu gehen. Seit sie sich beim Joggen getroffen haben, ist sie kaum noch im Lehrerzimmer, und wenn, übersieht sie ihn und konzentriert sich auf Benjamin.

Ihr Verhalten passt nicht hierher, in diese … Wie hat Amelia sie genannt? Gummibärchenschule? Und noch viel weniger passt es zu Yvonne. Selbst Benjamin ist Yvonnes seltsames

Benehmen aufgefallen. Er macht sich Sorgen, fühlt sich verantwortlich. Schließlich hat er ihn an diese Schule gebracht. Möglicherweise ist diese Aktion sein Versuch, das Eis zwischen Yvonne und ihm zu brechen.

Patrick unterdrückt einen Seufzer. Er hätte im Park das mit der Witwe nicht erwähnen sollen. Vielleicht ergibt sich heute eine Gelegenheit, sich bei ihr zu entschuldigen. Einfach wird's nicht. Yvonne drückt sich an ihm vorbei, als wäre er der Grund für die Reinigungsaktion, ihre Schuhe klappern auf dem Metallrost der Stufen. Patrick versucht erst gar nicht, zu ihr aufzuschließen. Sie schreitet zügig aus, ihr Po wippt in der Jeans. Patrick wendet den Blick ab.

Die zweigeschossige Backsteinvilla, in der die Geschlossene untergebracht ist, liegt am Rand des Parks und ist von einer Mauer umgeben, in die ein kleines schmiedeeisernes Tor eingelassen ist. Yvonne drückt ihren Badge an ein Kontaktfeld und das Tor schwingt auf.

Verblüfft bleibt Patrick stehen. Er könnte nicht sagen, womit er gerechnet hat, aber sicherlich nicht mit einem Bauerngarten mit Gemüsebeeten, einer Kräuterspirale und Hühnern, die im Staub picken. »Wow!«, murmelt er.

»Die Gartenarbeit gehört zum therapeutischen Konzept.« Yvonnes Schultern sind steif zurückgezogen. Wie eine Fremdenführerin fährt sie fort: »Wir sind hier im Nutzgarten. Vor dem Haus sieht's herrschaftlicher aus, da säumen Blumenrabatten und Sträucher den Kiesweg, der zum Portal führt.«

»Und das halten alles die Patienten in Schuss?«

»Sie werden vom Klinikgärtner unterstützt.« Zum ersten Mal lächelt Yvonne und sofort taucht wieder dieses Grübchen in ihrer Wange auf. »Aber die Kids haben durchaus ihre Aufgaben. Vor allem in diesem Teil des Gartens.«

»Klingt wie Ferien auf dem Bauernhof.«

Yvonnes Blick verdunkelt sich und Patrick ahnt, dass er mal wieder mit Schwung in einem Fettnäpfchen gelandet ist. Das passiert, wenn er unsicher ist, und in Yvonnes Gegenwart fühlt er sich wie ein … Es fällt ihm schwer, sich selbst gegenüber aufrichtig zu sein, doch *verliebter Ritter* beschreibt seine Gefühlslage ziemlich genau. Was albern ist. Er ist kein mittelalterlicher Held, sondern ein mittelalter Idiot, der noch nicht geschieden ist. Er sollte also nicht das Bedürfnis haben, sie in den Arm nehmen zu wollen, weil ihre Augen gerade wieder so schrecklich traurig sind. Verdammte Scheiße, denkt Patrick. Vergiss es! Aber das ist gar nicht so einfach. Sie steht ja direkt vor ihm. Die Stirn gerunzelt, die Nase etwas krausgezogen.

»Vielleicht ist es ja das, was die Kids brauchen«, sagt sie schließlich. »Ferien von sich selbst.«

»Was muss ich beachten?« Raus aus dem Fettnäpfchen und mit beiden Beinen zurück auf den festen Boden pädagogischer Professionalität.

»Ich hoffe, du hast kein Messer in der Tasche?« Yvonne sieht ihn jetzt schräg von der Seite an.

Kein Lächeln in den Mundwinkeln. Sie meint diese Frage also tatsächlich ernst. »Ist das schon mal vorgekommen?«, fragt Patrick.

»Bisher nicht«, antwortet Yvonne. »Trotzdem muss ich dich das fragen. Eigentlich hätte ich das schon im Lehrerzimmer machen müssen.« Röte kriecht ihren Hals hinauf.

»Kein Thema.« Patrick grinst sein Unbehagen fort. Im Container war sie wohl zu sehr damit beschäftigt, sich gute Gründe auszudenken, ihn nicht mit in ihre Klasse zu nehmen. »Mein Schweizer Messer liegt zu Hause in der Schublade. Das Gefährlichste, was ich bei mir trage, ist mein Namensschild.«

Yvonne geht nicht auf seinen Scherz ein. »Wie drüben beginnen wir auch hier mit einer Morgenrunde. Jeder erzählt, was er gestern gemacht hat. Es hilft den Kids anzukommen.«

»Gummibärchenschule«, murmelt Patrick.

»Wie bitte?«

»Sorry.« Patrick windet sich. Er will Amelia nicht erwähnen, aber Yvonne soll auch nicht denken, dass er die Arbeit hier nicht ernst nimmt. »Eine Bekannte von mir hat das gesagt.« Zu Patricks Überraschung taucht das Grübchen wieder auf.

»Da hat sie gar nicht so unrecht«, meint Yvonne. »Gummibärchenpädagogik klingt auf jeden Fall bunt.«

Und klebrig, denkt Patrick. Doch diesmal schafft er es, die Klappe zu halten.

»Wie dem auch sei«, nimmt Yvonne den Faden wieder auf, »es wäre toll, wenn du den Kids in der Morgenrunde etwas zu dir erzählst.«

»Wer ist denn in der Klasse?«

»Aktuell nur drei Schüler. Ibrahim, Hannah und Felix.«

»Und dieser kleine Freund.« Patrick zeigt auf die Handpuppe mit dem roten Halstuch, die Yvonne trägt.

»Und Mikesch«, bestätigt sie.

»Auf den Namen wäre ich im Leben nicht gekommen.«

»Leonie hat ihn ausgesucht.« Ihre Stimme ist Abwehr.

»Mikesch ist ein toller Name für einen Kater mit Nickituch«, sagt Patrick und bevor ihn der nächste skeptische Yvonne-Blick trifft, fragt er: »Muss ich etwas über sie wissen?«

»Über Leonie?« Yvonne runzelt die Stirn.

»Ich dachte eher an die Schüler.« Ob sie ihn absichtlich falsch verstanden hat?

Yvonne zögert, schüttelt dann jedoch den Kopf. »Je weniger du weißt, desto besser. Dann können sie einfach nur Schüler sein.«

»Gilt das auch für dich?« Patrick fühlt sich zurückgewiesen, aber so geht es ihm immer, wenn er mit Yvonne spricht. Sie zieht ständig Mauern hoch, die mindestens so unüberwindbar sind wie die Mauer um den Garten der Geschlossenen. Patrick fragt sich, was hinter ihren Mauern ist. Auch ein Garten? Oder ein Friedhof? Novembertrist, mit einem einsamen Kreuz?

»Bedingt«, räumt Yvonne ein und geht weiter. »Ich erfahre auch nicht alles. Und vielleicht ist das sogar eine Gnade.«

Sie steigen drei Stufen hinab und stehen dann vor einer Holztür.

Yvonne drückt auf einen Klingelknopf. »Das ist der frühere Dienstboteneingang.«

»Funktioniert dein Badge hier nicht?«

»Man weiß nie, was hinter dieser Tür ist, und manchmal ist es besser, wenn sie sich nicht öffnet.«

»Ist das schon mal vorgekommen?«

»Kürzlich.« Ihre Lippen werden schmal.

Patrick erinnert sich an seinen ersten Tag. Vier Wochen ist es her, dass er mit Yvonne am Tisch gesessen hat. Ein Junge hatte versucht, sich umzubringen. Wieder mit Volldampf im Fettnäpfchen gelandet. Patrick will sich gerade entschuldigen, da summt der Türöffner. »Sie können uns sehen.« Yvonne zeigt auf eine Kamera, die über ihnen an der Mauer angebracht ist.

»Das ist ja wie im Hochsicherheitsgefängnis.« Patrick muss Yvonne nicht ansehen, um zu wissen, dass er gerade durchs nächste Fettnäpfchen schlittert.

»Nach dir.« Sie tritt zur Seite.

Hinter der Tür führt ein schmaler Gang mit verblichenem Steinboden zu einer Treppe. Die nächste Tür öffnet Yvonne mit ihrem Badge. Wieder lässt sie Patrick den Vortritt. Lachen hallt über den Flur, aus einem der Zimmer dröhnen Bässe. Für einen Moment verharrt Patrick. Seine Nasenflügel weiten sich. Die Station riecht nach Holzmöbeln, Duschgel und dem Schweiß pubertierender Jugendlicher. Yvonne prallt gegen seinen Rücken.

»Sorry«, entschuldigt sie sich.

»Meine Schuld.« Patrick geht einen Schritt zur Seite. »Dumme Angewohnheit von mir, aber ich muss immer erst *Witterung* aufnehmen.« Wahrscheinlich steckt er jetzt bis zum Hals im Fettnäpfchen. Also versucht er zu retten, was zu retten ist. »Klingt albern, oder?«

»Nein.« Yvonne schüttelt bedächtig den Kopf. »Man riecht, wie die Stimmung ist. Heute ist sie gut.«

»Dachte ich mir.« Patrick kratzt sich die Nase. »Ein bisschen wie in der Uni: viel Duschgel und 'ne Menge Testosteron. Wie riecht es an schlechten Tagen?«

»Ich weiß nicht.« Yvonne zieht die Nase kraus. »Vielleicht ein bisschen wie …«

»Gewitter?«

»Ja.«

Yvonne lächelt jetzt und auf einmal ist auch das Grübchen wieder da. Patrick würde den Moment am liebsten in eine Zeitschleife legen. Einfach, um dieses Lächeln immer vor Augen zu haben.

»Ah, der neue Lehrer.«

Patrick schaut auf. Eine sehr kleine, sehr kräftig gebaute Frau mit Knopfaugen und grau melierten dunklen Locken kommt ihnen entgegen. Sie mustert ihn von oben bis unten, dann grinst sie verschmitzt. »Das wird unsere Mädels aber freuen. Die stehen auf Sixpacks und graue Schläfen.«

Hitze steigt Patrick in die Wangen.

»Noch müssen die Mädels mit mir vorliebnehmen«, sagt Yvonne mit einem Lachen in der Stimme. »Herr Schildknecht hospitiert nur. Das ist übrigens Schwester Anne«, stellt Yvonne die kugelige Frau vor. »Die Stationsleitung.«

»Anne reicht.« Ihr Händedruck ist fest. Man fühlt sich sofort wohl in ihrer Gegenwart.

»Patrick«, stellt er sich vor, während er ihr die Hand schüttelt.

»Alles klar so weit?«, fragt Yvonne.

»Ibrahims Tante war da.«

Patrick nimmt die Sorge in Annes Stimme wahr und ist beunruhigt. Yvonne hat gut reden. Er fühlt sich nicht wohl bei dem Gedanken, gleich drei Kindern gegenüberzusitzen, die aus irgendwelchen Gründen in der geschlossenen Psychiatrie sind. Er fürchtet weniger die Kinder als seinen fatalen Hang zu Fettnäpfchen.

»Sonst noch etwas, was ich wissen müsste?«

Yvonne hat die Puppe über die Hand gezogen. Ob ihr das bewusst ist?

»Nein.« Anne schüttelt den Kopf. »Ich schick sie euch in den Klassenraum. Bin gespannt, ob Ibrahim dir etwas erzählt.«

»Hat er gar nichts gesagt?«

»Kein Wort.«

15. Kapitel

Wie immer ist der Klassenraum stickig, also schließt Yvonne als Erstes das Fenster auf. Die hereinströmende Morgenluft lässt die Schülerzeichnungen an den Wänden flattern. Während sie ihre üblichen Vorbereitungen trifft, die Stühle vom Tisch nimmt und Mikesch auf seinen Platz legt, bemüht sie sich, Patrick zu ignorieren. Was nicht einfach ist, weil er mitten im Raum steht und sich umschaut. Sie versucht, das Klassenzimmer mit seinen Augen zu sehen. Die Einrichtung muss ihm schäbig vorkommen: die verschmierte Tafel, die viele Dienstjahre in einer Grundschule hinter sich hatte, bevor sie hier aufgehängt wurde, die an die Wände gedübelten Regale, der Boxsack, der in der Ecke des Raumes von der Decke hängt. Ansonsten gibt es nur noch einen zerkratzten Tisch mit Platz für maximal fünf Schüler.

Patrick räuspert sich. Er ist also nervös. Der Gedanke beruhigt Yvonne. Warum soll es ihm besser gehen als ihr? Eltern oder Pflegeschüler hier zu haben, stört sie nicht. Aber die Anwesenheit eines Kollegen fühlt sich an wie damals im Referendariat, wenn hinten im Klassenraum die Prüfer saßen und alle so taten, als fände normaler Unterricht statt. Vor allem, wenn es ein Kollege ist, der sich in ihre Träume geschlichen hat.

»Warum der Boxsack?«

Yvonne nickt. Das ist immer die erste Frage. Sie erinnert sich gut an den Tag, als die Haustechnik ihn aufgehängt hat. Sie hatte zuvor in ihrem Leben noch keinen so langen und dicken Dübel gesehen. Er sah aus, als könnte man ein ganzes Haus daran aufhängen.

»Manchen Kindern hilft er.« Yvonne erzählt ihm von dem Jungen, der einst ihr Klassenzimmer auseinandergenommen hat.

»Und du hast nichts gemacht? Keine Hilfe geholt, nichts?«

»Nein.« Yvonne zuckt mit den Schultern. »Ich hab's einfach ausgesessen und anschließend haben wir zusammen aufgeräumt.«

»Hattest du keine Angst?«

»Er war sieben Jahre alt.« Das ist die Antwort, die jeder versteht: Eine Erwachsene fürchtet sich nicht vor einem Siebenjährigen. Doch es ist nicht die richtige Antwort. Weil es hundert gute Gründe gibt, sich auch als Erwachsene vor einem ausrastenden Siebenjährigen zu fürchten. Die Wahrheit ist: Sie hat einfach gewusst, dass sich die Wut des Kindes nicht gegen sie richten wird. Allerdings ist es mühsam für sie beide gewesen, alles wieder in die Regale zu räumen. Also ist sie auf die Idee mit dem Boxsack gekommen. Zuerst waren die Therapeuten skeptisch, doch dann hat der Chefarzt sein Okay gegeben. Schwieriger war es, die Haustechnik von der Notwendigkeit der Maßnahme zu überzeugen. Aber das hat Anne für sie übernommen. Als Stationsleitung hat sie einfach den besseren Draht zur Technikabteilung.

Schritte und helle Stimmen nähern sich der Tür und Yvonne schließt das Fenster wieder ab. Der Unterrichtsraum liegt im Hochparterre. Also würde sich wahrscheinlich niemand beim Sprung durch das Fenster verletzen, doch so sind nun mal die Regeln.

Zwei Schulstunden später öffnet Yvonne das Fenster wieder. Die hereinströmende Brise trägt den Duft von frisch gemähtem Gras in das Klassenzimmer und vertreibt den Geruch nach billigem Duschgel und zu oft getragenen Socken.

»Ging doch, oder?« Patrick hebt seinen Stuhl auf den Tisch.

»Ja«, bestätigt Yvonne. Der Unterricht ist gut gelaufen, trotz Patricks Anwesenheit oder vielleicht gerade deshalb.

Wie sie erwartet hat, war Ibrahim zunächst sehr verunsichert. Er verharrte so lange im Fluchtmodus, bis er sich sicher war, dass ihm keine akute Gefahr droht. Yvonne möchte sich überhaupt nicht vorstellen, welche Erfahrungen dieses Verhalten verursacht haben. Hannah hat ebenfalls sofort auf Patrick reagiert, wenn auch ganz anders. Sobald sie ihn gesehen hat, ist ihr Röte in die Wangen geschossen und sie hat die Lider gesenkt. Ihr Beitrag in der Begrüßungsrunde bestand aus gekicherten Halbsätzen. Doch im Unterricht war sie fleißiger als sonst. Sie wollte unbedingt einen guten Eindruck machen. Typisch Teenager eben. Für einen Moment fragt sich Yvonne, ob Leonie ähnlich auf Patrick reagiert hätte, wenn sie ihn nicht als Bedrohung empfinden würde. Auch wenn der Gedanke ihr mütterliches Herz schmerzt, weiß Yvonne, dass sich die beiden Mädchen ähneln. Beide hassen ihren Körper, nur musste Leonie sich nicht selbst verletzen, das hatte bereits ihre Mutter für sie erledigt. Ein Kloß drängt sich in Yvonnes Kehle. Hastig kehren ihre Gedanken in die Sicherheit des Klassenzimmers zurück. Felix war wie immer, aber Yvonne ist sich nicht sicher, ob das ein gutes oder ein schlechtes Zeichen ist. In der Begrüßungsrunde hat er von seinem Besuch in der Wohngruppe erzählt, die ihn nach seiner Entlassung aufnehmen wird.

Und schließlich Patrick. Yvonne weiß nicht, ob er wie immer war oder ob er sich besonders bemüht hat. Sie weiß nur, dass er einfach alles richtig gemacht hat. Er hat es sogar geschafft, dass Ibrahim ihm am Ende der Stunde vom Besuch seiner Tante erzählt hat. Yvonne hat keine Ahnung, wie er das hinbekommen hat. Sie war gerade mit Felix beschäftigt gewesen. In dem einen Moment beugten sich Ibrahims und Patricks Kopf noch über ein Arbeitsblatt und als sie das nächste Mal nach den beiden sah, standen sie am Fenster, schauten gemeinsam in den Garten hinaus und Ibrahim erzählte Patrick in seinem stockenden Deutsch, dass seine Tante in Deutschland bleiben dürfe, solange er krank sei. Patrick hat ihm einfach nur die Hand auf die Schulter gelegt und nichts gesagt. Was sollte man dazu auch sagen? Natürlich war es gut gemeint von der Ausländerbehörde, aber wie kann man einem Kind eine solche Bürde aufladen?

Als könne er ihre Gedanken lesen, spricht Patrick aus, was ihr gerade durch den Kopf geht. »Wie kann man einem Kind eine solche Bürde aufladen? Egal, was er macht, es schadet entweder ihm selbst oder seiner Tante.«

»Die Sozialarbeiterin wird sich darum kümmern. Vielleicht kann sie helfen.«

»Hast du Lust auf einen Kaffee? Im Lehrerzimmer«, fügt Patrick hastig hinzu, als spüre er ihre Ablehnung. »Unterricht ist ja sowieso nicht mehr, oder?«

»Ich gehe montags immer zu meiner Freundin.« Auf einmal ist Yvonne wieder verlegen. *Montags* und *immer* in einem Satz klingt, als würde sie zu den alten Damen gehören, die sich montags immer bei Veronika treffen.

»War ja nur so eine Idee.« Patrick rudert sofort zurück.

»Okay«, lenkt Yvonne ein. Warum, weiß sie selbst nicht. Vielleicht, um dieses Bild von einem Rollator aus dem Kopf zu kriegen, der an der Garderobe im Café Blond parkt und ihr gehört. »Trinken wir einen Kaffee im Lehrerzimmer.«

»Wirklich?« Patrick grinst jetzt. »Ich werde dich wahrscheinlich zutexten.«

»Die Warnung kommt jetzt ein bisschen spät.«

»Sorry. Aber nach einem Wochenende allein in Benjamins Wohnung werde ich wahrscheinlich reden wie ein Wasserfall.«

»Ich dachte, du bist am Wochenende immer zu Hause?« Kaum ausgesprochen, wünscht sich Yvonne, der Satz würde wie der Geruch nach zu oft getragenen Socken zum Fenster hinausgeweht.

»Noch habe ich keins.« Patrick scheint ihre Verlegenheit nicht zu bemerken. Zumindest lässt er sich nichts anmerken, was sie ihm hoch anrechnet. Yvonne schließt das Fenster. Jetzt wäre eine gute Gelegenheit zu schweigen, aber ihre Neugier siegt.

»Wohnst du denn nicht in Frankfurt?«

»Nicht mehr.« Patrick kratzt sich den Nacken. »Die Wohnung dort gehört Amelia und ich muss jetzt erst einmal sehen, wie es weitergeht. Die Stelle hier ist ja befristet.«

Nachdem sie noch wegen Ibrahim Bescheid gesagt haben, verlassen sie die Geschlossene und schlendern zurück zum Schulcontainer. Im Park begegnen ihnen Patienten mit Infusionsständern oder kleinen Wagen, an denen Beutel mit Körperflüssigkeiten schwappen. Niemanden hält es bei diesem Wetter in den Zimmern.

Der Schulcontainer riecht durchdringend nach Desinfektionsmitteln und Yvonne bezweifelt, dass es eine gute Idee ist, hier eine Tasse Kaffee zu trinken. Aber zugesagt ist zugesagt. Benjamin dreht sich nicht einmal zu ihnen um, als sie hereinkommen. Er räumt gerade Tassen in den Schrank. Der Stoff seines Shirts ist zwischen den Schulterblättern dunkel von Schweiß.

»Wir dachten, hier gibt's vielleicht noch Kaffee?«

»Nur über meine Leiche.« Benjamin stellt sich mit ausgebreiteten Armen vor die Kaffeemaschine. »Ich habe gerade alles dreimal gespült, um diesen Geschmack nach Desinfektionsmittel aus dem Porzellan zu kriegen. Diese Hygieneschwester hat doch einen Knall. Es sei ihr egal, dass kein Lehrer an Durchfall erkrankt sei, hat sie gesagt. Das Geschirr wird desinfiziert.«

»Dann halt nicht.« Eigentlich müsste sie erleichtert sein, doch in Yvonne steigt Enttäuschung auf.

»Ihr könntet mich allerdings auf einen Kaffee einladen.« Benjamin streckt ihnen seine vom Spülwasser geröteten Hände entgegen. »Sozusagen aus tief empfundener Dankbarkeit.«

»Können wir zusammenschmeißen?« Breit grinsend wendet sich Patrick an Yvonne. »Ich weiß nicht, ob ich mir das sonst leisten kann.«

»Ich denke, das kriegen wir hin.« Yvonne schielt unauffällig auf ihre Armbanduhr. Ein schneller Kaffee im Lehrerzimmer wäre okay gewesen, doch der Gedanke, sich jetzt in das Mittagsgewühl der Cafeteria zu stürzen, behagt ihr wenig.

»Ich wusste, dass ihr euch versteht.« Benjamin klappt die Schränke zu und wischt mit dem Trockentuch über die Spüle, während Yvonne und Patrick einen verwirrten Blick tauschen.

»Also auf in die Cafeteria.« Je eher sie losgehen, umso eher kann sie sich verabschieden. Yvonne unterdrückt einen Seufzer. Hätte sie nur nicht zugesagt.

»Schöne Einladung«, schnaubt Benjamin. »Das kann auch nur jemand sagen, der nie in die Cafeteria geht.«

»Also kein Kaffee?«

Yvonne ist dankbar, dass es Patrick ist, der den Rückzieher macht.

»Kein Kaffee hier«, widerspricht Benjamin. »Aber …« Er hängt das Trockentuch neben die Spüle. »Wir könnten ins Café Blond gehen. Gehört das nicht deiner Freundin?«

Die Frage ist rhetorisch. Benjamin weiß ganz genau, dass Veronika und sie befreundet sind.

»Vielleicht macht sie dir einen Sonderpreis und es ist noch ein Stück Kuchen drin. Oder willst du dich nicht mit uns sehen lassen?« Benjamin kneift die Augen zusammen.

Yvonne ist sich sicher, dass er das ernster meint, als es klingt. Das Ganze kommt ihr auf einmal vor wie abgekartet. Als Patrick auch noch verspricht, dass sie sich benehmen würden, ist sie sich sicher, dass sie in eine Falle getappt ist.

»Also gut.« Yvonne weiß, wann sie verloren hat. Geht sie also mit den Kollegen ins Café Blond. Was ist schon dabei? Sie kann nur hoffen, dass Leonie das ebenso sieht. Der Gedanke an ihre Tochter ballt sich wie eine Faust in ihrem Magen zusammen. Sie wird bocken und da nützt es gar nichts, dass Benjamin dabei ist. Patrick ist für sie ein rotes Tuch. Weil sie ahnt, dass er mich mag. Nein, korrigiert sich Yvonne. Sie ahnt, dass ich ihn mögen könnte.

16. Kapitel

»Du hast den Kids nicht zufällig etwas ins Essen getan?«
Yvonnes Stimme klingt genau, wie sie klingen soll: ein wenig
spöttisch. Und das Ganze ist natürlich auch ein Witz. Benjamin
ist nicht für die Durchfälle verantwortlich. Doch auf dem Weg
durch das Klinikum hat Benjamins triumphierendes *Ich wusste,
dass ihr euch versteht* eine Endlosschleife in ihrem Bewusstsein
gedreht. Sie schaut zu ihm auf. Die Sonne steht hinter ihm,
deshalb ist sein Gesicht nur ein schwarzer Fleck.

»Das wirst du nie erfahren.« Benjamin nimmt ihren spöttischen Tonfall auf. »Bis gleich.« Er wendet sich ab und Patrick
folgt ihm. Yvonne setzt ihren Fahrradhelm auf und tritt in die
Pedale. Wenn sie sich beeilt, ist sie vor den beiden im Café und
kann Veronika briefen.

Wie jeden Montag kurven die Kehrmaschinen über den
Marktplatz. Händler rollen Kabel auf und verstauen Kisten in
Lieferwagen. Das Kaffeekränzchen vom runden Fenstertisch
steht noch plaudernd vor dem Eingang des Cafés, um den
Zeitpunkt der Trennung hinauszuzögern. Grüßend schiebt sich
Yvonne an den alten Damen vorbei.

Der Duft von frisch gebackenem Apfelkuchen empfängt
sie wie eine Umarmung. Ihr Magen knurrt. Seit dem Croissant
zum Frühstück hat sie nichts mehr gegessen.

»Du bist spät.« Im Vorbeigehen wirft ihr Veronika einen Luftkuss zu. Sie trägt eine Etagere mit Obst, Käse und Wurst. Was für ein Leben! Yvonne kommt es geradezu dekadent vor, um diese Zeit zu frühstücken.

»Bitte schön.« Veronika stellt die Etagere auf einen Tisch, an dem ein Paar sitzt. Die beiden sehen aus, als hätten sie etwas zu feiern: Sie trägt Kostüm, er Anzug, beide sind weißhaarig und sorgfältig frisiert.

»Es ist unser Hochzeitstag«, hört Yvonne die Frau sagen.

»Fünfundfünfzig Jahre«, fügt der Mann hinzu und drückt ihre Hand.

Das Knurren in Yvonnes Magen weicht einem sehnsüchtigen Ziehen. Tom und sie hatten gerade einmal zehn gemeinsame Jahre. Sie stellt die Notebooktasche auf den Boden, greift sich an die Schulter und ins Leere.

»Nicht schon wieder!« Yvonne stößt einen verzweifelten Seufzer aus.

»Was ist, Schatzi?« Veronika steht auf einmal neben ihr. In der Hand hält sie Yvonnes Tasche. »Ich dachte, ich hol sie mal rein.«

»Danke, du hast mir das Leben gerettet.« Yvonne lässt sich auf den Stuhl fallen, steht jedoch sofort wieder auf.

»Was ist los?« Veronika mustert sie aus spöttisch zusammengekniffenen Augen. »Hast du Hummeln im Hintern?«

»Ich bin verabredet.«

»Mit wem?«, fragt Heiner, der gerade aus der Backstube kommt.

»Meinen Kollegen.« Yvonne sagt es betont beiläufig.

»Du meinst mit dem neuen Kollegen?«, insistiert Veronika.

»Ich meine mit Benjamin und Patrick.« Yvonne widersteht dem kindischen Impuls, die Augen zu verdrehen. »Sie müssen jeden Augenblick hier sein.«

»Na dann.« Veronika folgt Yvonne zu dem runden Tisch am Fenster. »Ich bin ja schon neugierig.«

»Zügle deine Begeisterung!«, zischt Yvonne. »Bitte!«

»Natürlich werde ich mich zügeln. Ich will ja nichts von ihm.«

»Ich auch nicht.«

»Schade eigentlich.«

»Ein falsches Wort und …« Yvonne kommt nicht dazu, den Satz zu beenden. Der Lärm der Kehrmaschinen schwillt an und ihre Kollegen kommen herein.

»Benjamin kennst du ja bereits«, sagt Yvonne. »Und das ist der neue Kollege, Herr Schildknecht.«

»Patrick.« Er streckt Veronika die Hand entgegen. Sie schüttelt sie mit mehr Emphase, als Yvonne lieb ist.

»Freut mich, Sie kennenzulernen«, sagt sie liebenswürdig. »Yvonne hat schon so viel von Ihnen erzählt.«

Das ist eine glatte Lüge. Im Gegenteil! Yvonne hat extrem viel Energie darauf verwendet, Gespräche über den neuen Kollegen abzuwürgen. Sie hat jetzt gerade große Lust, die unausgesprochene Drohung in die Tat umzusetzen. Das Problem ist nur, sie hat keine Ahnung, was sie Veronika antun könnte. Die Freundschaft aufkündigen? Undenkbar. Eine Welt ohne Veronika und ihre nach Rosinenschnecken duftende Familie wäre noch grauer, als sie es ohnehin schon ist. Also überspielt Yvonne ihr Unbehagen mit einem Lächeln und ergibt sich in ihr Schicksal. Dankbar registriert sie, dass Patrick statt *Ich hoffe, nur Gutes* zu sagen lediglich unverbindlich nickt.

»Das duftet hier ja vielleicht gut.« Benjamin reibt sich die Hände.

»Apfelkuchen.« Veronikas Stimme klingt jetzt wieder einigermaßen geschäftsmäßig und damit normal. »Frisch vom Blech.«

»Jetzt schon?« Benjamin wirkt geradezu verzückt.

»Jetzt schon«, bestätigt Veronika. »Wir haben einen Bauern mit einer mehr als hundertjährigen Obstwiese an der Hand. Der hat ganz frühe Sorten, die ideal für Kuchen sind.«

Yvonne grinst verstohlen. Leute an der Hand zu haben, ist Veronikas Spezialität. Sie hat keine Ahnung, wie ihre Freundin das geschafft hat, aber das Café Blond hat für alles jemanden an der Hand. Selbst für die Eier und das Mehl, die Heiner in der Backstube verarbeitet.

»Wir waren am Sonntag da und haben die erste Kiste Kläräpfel gepflückt.«

»Also dann Apfelkuchen mit Sahne und für jeden einen Becher Kaffee«, bestellt Benjamin.

Yvonne will widersprechen, doch Veronika bringt sie mit einem Stirnrunzeln zum Schweigen. »Apfelkuchen ist auch Gemüse«, murmelt sie so leise, dass nur Yvonne sie versteht.

»Netter Laden.« Patrick nickt anerkennend, während sein Blick den Raum scannt. »Kein Wunder, dass du nicht in der Klinik zu Mittag isst.«

»Ich bin eigentlich nur montags hier.« Wie die anderen alten Frauen, denkt Yvonne. Für einen Moment ist sie traurig, doch dann bemerkt sie, dass Heiner sie beobachtet, und reißt sich zusammen. Ertappt schließt er die Klappe zur Backstube, als sich ihre Blicke treffen.

»Wenn der Kuchen so schmeckt, wie er riecht, werde ich auf jeden Fall häufiger hier sein.« Auch Patrick lehnt sich zurück. Seine Hände liegen entspannt auf der Tischplatte. Der schmale Streifen Haut an seinem Ringfinger ist nachgebräunt.

Veronika bringt ihre Bestellung. »Der Kuchen ist noch warm«, sagt sie. »Also esst, bevor die Sahne schmilzt.« Sie kehrt zur Theke zurück und bedient einen Kunden, trotzdem blickt sie immer wieder neugierig in ihre Richtung.

»Mhm.« Genießerisch schließt Benjamin die Augen. »Das ist ja göttlich. Ich muss unbedingt nächsten Sonntag mit Lars hierherkommen«, fügt er nach einem weiteren Bissen hinzu. »Bisher sind wir immer an diesem Café vorbeigelaufen. Doch ...«, er schiebt sich eine weitere Gabel mit Kuchen und Sahne in den Mund und nuschelt mit vollem Mund, »... das wird sich ändern.«

»Wie schön«, antwortet Yvonne, die ihm nur beipflichten kann. Der Kuchen ist köstlich und die Sahne gerade richtig süß und wunderbar cremig. »Nur müsst ihr am Samstag kommen, sonntags ist Ruhetag.«

»Echt jetzt?« Benjamin wischt sich einen Kuchenkrümel aus dem Mundwinkel.

»Echt jetzt«, bestätigt Yvonne. »Selbst der liebe Gott hat am siebten Tag geruht.« Sie benutzt Veronikas Totschlagargument.

»Der hatte aber auch kein Café.« So leicht ist Benjamin nicht zu überzeugen.

»Vielleicht kannst du ihr ja das Rezept aus den Rippen leiern. Dann kannst du selbst backen. Benjamin ist ein begnadeter Koch«, fügt Patrick an Yvonne gewandt hinzu. Auch er spricht mit vollem Mund.

»Meinst du, sie gibt mir die Adresse von dem Bauern?«

»Bestimmt.«

»Dann backe ich ihn nach. Dein Pech, dass du bei Amelia bist.« Grinsend hebt Benjamin seinen Kaffeebecher.

Ein Kuchenkrümel rutscht Yvonne zwischen die Stimmbänder. Hustend greift sie nach der Serviette. »Sorry«, sie wedelt sich Luft zu und springt auf. Bevor einer der Männer reagieren kann, ist sie bereits auf dem Weg zur Toilette. Immer noch hustend, beugt sie sich über das Waschbecken.

»Was ist los?« Die Tür fliegt auf und Veronika ist an ihrer Seite. Sie klopft ihr so kräftig auf den Rücken, dass Yvonne in die Knie geht.

»Ich hab was in den falschen Hals gekriegt«, keucht sie schließlich. Was nur die halbe Wahrheit ist. Doch die muss für Veronika reichen.

Dein Pech, dass du bei Amelia bist. »Das ist alles so falsch. Scheiße!« Ihre Wimperntusche löst sich in Tränen auf, schwarze Schlieren ziehen sich über ihre Wangen.

»Was ist falsch?«

»Nichts.« Yvonne dreht den Wasserhahn auf und wäscht sich das Gesicht. »Ich muss zurück, sonst rufen die noch einen Krankenwagen.«

»Er scheint nett zu sein«, sagt Veronika beiläufig.

Zu beiläufig, wie Yvonne findet. Ihre Freundin hat einen Riecher für Dramen.

»Wer?«, fragt Yvonne, obwohl sie beide wissen, von wem die Rede ist. »Benjamin?«

»Red keinen Müll.« Veronika stemmt die Fäuste in die Hüften. »Was hat dieser Patrick zu dir gesagt, dass du so durch den Wind bist?«

»Nichts«, erwidert Yvonne. »Er hat überhaupt nichts gesagt.« Und das ist nicht einmal gelogen.

17. Kapitel

»Was war das denn?« Benjamins Kaffeebecher schwebt immer noch über dem Tisch. Fassungslos starrt er Yvonne hinterher. Seine Augen sind so rund wie seine Brillengläser. »Hast du sie angebaggert?«

»Nicht, dass ich wüsste.«

»Und das soll ich dir nach dem Abgang glauben?« Benjamin schaufelt sich ein weiteres Stück Apfelkuchen in den Mund. Nachdenklich kauend starrt er vor sich hin. Schließlich legt er die Gabel neben den Teller und zischt: »Scheiße!« Er legt die Hände auf die Tischplatte, als wolle er sich aufstützen, dann beugt er sich vor. Sein Gesicht ist Patrick jetzt so nahe, dass ihm der Kaffeegeruch seines Atems in die Nase steigt. »Sie ist deine Kollegin, sie hat eine behinderte Tochter. Lass die Finger von ihr! Das Letzte, was sie braucht, ist noch ein Kind.«

»Hast du einen Knall?« Patrick unterdrückt den ersten Impuls, seinen Stuhl zurückzuschieben, um Benjamins Nähe zu entkommen. Im Gegenteil. Er beugt sich ebenfalls vor. Was er jetzt zu sagen hat, geht außer Benjamin niemanden etwas an.

»Ich weiß nicht, was sie hat«, flüstert er. »Wir haben uns gut verstanden im Unterricht und sind deshalb hier. Ich habe nicht die Absicht, sie ins Bett zu kriegen, und schon gar nicht die Absicht, sie zu schwängern.« Er denkt an das Kind, das er verloren hat, ohne von seiner Existenz zu wissen. »Also rede keinen Scheiß …«

»Ich rede keinen Scheiß«, zischt Benjamin zurück. »Ich rede von dir. Du bist das Kind!« Benjamin weicht zurück, sein Gesichtsausdruck verändert sich dramatisch. Patrick fährt herum. Yvonnes Gesicht ist gerötet. Mit einem entschuldigenden Lächeln, das ausschließlich Benjamin gilt, setzt sie sich wieder zu ihnen an den Tisch. Ihre Freundin steht wie eine Leibwache hinter ihr. Sie runzelt die Stirn und Patrick hat das Gefühl, dass sie große Lust hat, ihn und Benjamin vor die Tür zu setzen.

»Ich habe auf deinen Kuchen aufgepasst«, überspielt Benjamin die Spannung. Er greift nach seinem Kaffeebecher und tippt mit ihm gegen Yvonnes Becher. »Trink einen Schluck. Das tut gut.«

»Danke.« Yvonne nimmt ihren Becher mit beiden Händen, doch sie trinkt nicht, sondern hält sich eher daran fest.

»Kann ich das Rezept haben?«, wendet sich Benjamin an Veronika. »Ich muss den Kuchen einfach unbedingt nachbacken. Er ist göttlich.«

Veronikas Gesichtsausdruck entspannt sich etwas. »Ich frag meinen Mann, ob er es rausrückt.«

»Schade, dass ich in Frankfurt sein werde«, mischt sich Patrick ein. Das Kuchenrezept ist nicht unbedingt eine Steilvorlage, doch eine bessere wird er nicht bekommen. Und auch wenn ein Teil von ihm denkt, dass er besser die Klappe halten sollte, und Benjamins Blick das Gleiche fordert, fährt er in leichtem Plauderton, der nichts von seiner Anspannung verrät, fort: »Aber ich hab's Amelia versprochen. Sie kann Teilhaberin werden.« Er erzählt von Amelias Plan, verschweigt jedoch tunlichst die Rolle, die Yvonne darin spielen soll. Während er redet, sieht er, wie ein Bus anhält. Jugendliche steigen aus, ein Mädchen in einem Rollstuhl. Er hätte Yvonnes Tochter auch

ohne den Rollstuhl sofort erkannt. Ihre hellblonden, fast weißen Haare leuchten in der Sonne. Sie lacht und sieht zum Café
hinüber, und sofort verschwindet ihr Lachen. Sie runzelt die
Stirn. Ob sie ihn gesehen hat?

»Und deshalb muss ich nach Frankfurt«, schließt er seinen
Bericht. Patrick fühlt sich wie nach einer Beichte.

»Typisch Amelia«, sagt Benjamin.

»Mein Mann war Freelancer.« Yvonnes Stirnfalten haben
sich geglättet. »Ich kenne solche Partys.«

»Was hat er gemacht?«, fragt Patrick.

»Er war Werbegrafiker.«

»Banker sind schlimmer«, meint er.

»Auch Banker beschäftigen Grafiker.«

»Euer Einverständnis in Ehren«, mischt sich Benjamin wieder ein. »Aber vielleicht klärt ihr eine Provinzprimel wie mich
mal auf: Was ist an solchen Partys verkehrt?«

»Kennst du diese Reklame, wo alle Leute vor gran-
diosem Hintergrund in weißen Klamotten ebenso weiße
Schokopralinen essen?« Yvonne stellt ihren Kaffeebecher ab und
greift nach ihrer Kuchengabel.

»Ja schon.« Benjamin hebt die Kuchengabel, als wollte er
damit aufzeigen. »Aber was soll mir das jetzt sagen?«

»Genauso künstlich sind diese Partys«, fährt Patrick fort.
»Jeder tut so, als würde er sich großartig amüsieren, dabei versucht er nur, in diesem Haifischbecken zu überleben.«

»Und was bist du dann?« Benjamin zeigt mit der Gabel auf
ihn.

»Ein Accessoire«, antwortet Yvonne an seiner Stelle. Geziert
spreizt sie den kleinen Finger ab. Sie prusten los.

Das Rattern der Kehrmaschinen dröhnt durchs Café und
ein Luftzug weht Patricks Serviette vom Tisch. Er bückt sich
danach. Als er sie wieder auf den Tisch legt, rollt Leonie ins
Café. Ein Junge mit dichten rötlich braunen Haaren, dem ein

ausgebeulter Tornister im Retrolook von der Schulter hängt, hält ihr galant die Tür auf. Dem Rollstuhl folgt ein weiteres Mädchen mit der gleichen Haarfarbe wie der Junge. Offensichtlich seine Schwester. Als die Tür schon zufällt, schlüpft noch ein kleiner Blondschopf herein. Sie trägt ebenfalls einen Retrotornister, allerdings nicht locker über der Schulter, sondern wie es sich gehört auf dem Rücken.

»Hi!« Leonie rollt an den Tisch. Sie begrüßt Benjamin und küsst ihre Mutter auf die Wange. Patrick ignoriert sie. Dafür mustert ihn das große Mädchen mit unverhohlener Neugier.

»Das sind meine Kollegen, Herr Wagenhorst und Herr Schildknecht.« Yvonnes Hand zeigt erst in Benjamins, dann in seine Richtung. Ihre Stimme klingt, als müsste sie sich für die Anwesenheit ihrer Kollegen entschuldigen.

Nicht für die Anwesenheit der Kollegen, denkt Patrick. Ich bin es, für dessen Anwesenheit sie sich entschuldigt. Unauffällig mustert er Leonie. Sie hat weit auseinanderstehende dunkelblaue Augen, eine breite Stirn und einen verkniffenen Mund. Was habe ich dir eigentlich getan?, fragt er sie in Gedanken. Du kennst mich noch nicht einmal.

»Und das sind …«, fährt Yvonne in der Vorstellung fort. Der Reihe nach zeigt sie auf eins der Kids und nennt die Namen.

Da hat aber jemand eine Vorliebe für klassische Namen. Patrick unterdrückt ein Schmunzeln: Moritz, Emma und Paula. Jeder dieser Namen hätte er sich auch für sein Kind vorstellen können. Er fragt sich, ob Amelia das genauso gesehen hätte oder ob sie eher eine Carmen oder einen Juan gehabt hätte. Sie haben nie über Kindernamen gesprochen. Und jetzt gibt es keinen Grund mehr, das zu tun.

»Es muss genial sein, jeden Tag solchen Kuchen essen zu können.« Benjamin zeigt auf seinen leeren Teller.

»Auf jeden Fall«, antwortet Moritz glatt. Offensichtlich ist er mit solchen Bemerkungen aufgewachsen und weiß sie zu parieren. »Guten Appetit dann noch.« Er wendet sich ab und verschwindet hinter der Theke. Seine kleine Schwester folgt ihm und fischt sich auf dem Weg ein Sandplätzchen aus der Theke.

»Sie sind nicht von hier, oder?« Emma hat offensichtlich nicht die Absicht, es ihren Geschwistern gleichzutun. Sie zieht sich einen Stuhl heran und Leonie schiebt ihren Rollstuhl zwischen ihn und Yvonne.

»Nein«, antwortete Patrick so unbefangen wie möglich. Im Gegensatz zu Leonie wirkt Emma nicht feindselig, eher amüsiert. Als sei das Ganze ein Spiel. »Ich bin neu in der Stadt.«

»Und?« Blitzschnell sieht Emma von ihm zu Yvonne, die mit schräg geneigtem Kopf ihrer Tochter lauscht, die ihr etwas zuflüstert. »Gefällt sie Ihnen?«

Patrick ist sich ziemlich sicher, dass von Yvonne die Rede ist. Trotzdem steigt er auf das Spiel ein. »Natürlich«, sagt er. »Sie ist großartig.«

Als Emma breit grinst, fügt er hinzu: »Vor allem der See. Man kann da wunderbar joggen.«

»Sie joggen?« Emmas Grinsen wird breiter. Sie ist Leonies beste Freundin, zumindest hat er das bei der Vorstellung so verstanden. Er kann also davon ausgehen, dass Leonie über ihn gesprochen hat. Und wahrscheinlich hat sie kein gutes Haar an ihm gelassen. Er fragt sich, wohin die Reise gehen wird. Er wirft einen amüsierten Seitenblick auf Leonie. Auch wenn sie ihn augenscheinlich auf eine höchst unhöfliche Weise ignoriert, ist er sich sicher, dass ihr kein Wort entgeht.

»Yvonne joggt auch.«

»Ich weiß«, antwortet Patrick und bereut die Antwort sofort, als er Leonies hastiges Einatmen hört.

»Ach?«, fragt Emma an Yvonne gewandt. »Seid ihr schon zusammmen gelaufen?«

»Nein«, antwortet Yvonne. »Wir sind uns zufällig vor ein paar Wochen am See begegnet.«

»Hast du gar nicht erzählt.« Leonies Stimme klingt gepresst.

»Es ist nicht wichtig.«

»Nicht?« Ohne hinzusehen, nimmt Leonie den Becher ihrer Mutter. Sie führt ihn zum Mund, stockt und stellt ihn wieder auf den Tisch. Klirrend schlägt das Porzellan an den Teller. »Wieso trinkst du keine Schokolade?«, fragt sie.

»Weil ich zum Kuchen lieber Kaffee trinke. Möchtest du eine? Veronika?«, ruft Yvonne über die Schulter hinweg. »Machst du …?«

»Nein«, unterbricht sie Leonie. »Ich will keine Schokolade. Ich will nach Hause.«

»Du solltest wirklich den Kuchen probieren«, mischt sich Benjamin ein. »Er ist großartig.«

»Ich esse keinen Kuchen«, faucht Leonie ihn an. »Zu viel Zucker und Fett. Können wir endlich?«

»Ich dachte, wir wollten …« Emma wirkt verwirrt. Leonies Reaktion gehört offensichtlich nicht zu ihrem Plan.

»Nein. Mein Bein schmerzt. Können wir?«

»Ja, natürlich.« Yvonne kramt in ihrer Handtasche.

»Lass nur!«, winkt Patrick ab. Sie tut ihm leid. Es ist so offensichtlich, dass sie sich für das schlechte Benehmen ihrer Tochter schämt. »Das geht auf mich.«

»Ich revanchier mich.« Sie steht auf und dann fällt die Tür hinter ihr ins Schloss und eine Scheibe ist zwischen ihnen. Patrick hat das Gefühl, es wird immer etwas zwischen ihnen stehen. Eine Scheibe, eine Mauer oder ein Mädchen im Rollstuhl. Wovor hat Leonie Angst? Dass er ihr die Mutter wegnimmt? Dass er Yvonnes Herz bricht? Ich würde sehr sorgsam damit umgehen, spricht er in Gedanken mit Leonie.

Yvonne setzt gerade ihren pinken Fahrradhelm auf. Patrick schmunzelt. Es gehört Mut dazu, so etwas zu tragen, findet er. Amelia würde es nie tun. Sie findet Fahrradhelme lächerlich, ebenso wie Fahrradfahren oder Joggen. Sie ist eher der Golftyp. Früher ist sie schwimmen gegangen, war sogar in der Unimannschaft. Doch beim Kraulen kann man schlecht übers Geschäft reden.

Auf einmal fragt sich Patrick, wann Amelia sich verändert hat. Als sie in die Kanzlei eingetreten ist? Oder schon davor? Er weiß es nicht. Es gibt keinen Zeitpunkt, den er im Kalender markieren könnte, es war eher ein schleichender Prozess, und wenn er ehrlich ist, hat sie recht: Sie passen nicht zusammen. Nicht mehr.

Yvonne legt Notebook und Handtasche in den Fahrradkorb. Sie schaut auf, ihre Blicke begegnen sich. Ein entschuldigendes Lächeln zittert in ihren Mundwinkeln. Zögernd hebt Patrick die Hand. Wir passen eher zusammen, denkt er. Wenn ich nur eine Chance hätte.

18. KAPITEL

»Warum benimmst du dich so?« Yvonne schiebt ihr Fahrrad in den schmalen Durchgang neben dem Haus, der zum Garten führt.

»Ich habe Schmerzen«, ruft Leonie ihr hinterher.

»Das ist es nicht«, widerspricht Yvonne, während sie zu Leonie zurückkehrt, die auf dem Bürgersteig auf sie wartet. »Du hast häufiger Schmerzen und bist trotzdem nicht unhöflich. Du hast meine Kollegen nicht einmal begrüßt.«

»Ich hab *Hi* gesagt.«

»Zu Benjamin, Herrn Schildknecht hast du ignoriert, als wäre er ein Fleck an der Wand.«

»Flecken an der Wand überstreicht man.«

»Hör auf zu klugscheißern. Du weißt, was ich meine.«

»Was sollte ich denn machen?« Leonie verdreht die Augen. »Ihn in die Arme schließen? Ich kenne ihn doch überhaupt nicht.«

»Eben.« Yvonne rammt den Schlüssel ins Schloss und schiebt die Tür auf. Sofort streichen ihr Hanni und Nanni um die Beine. Schnurrend springt Nanni auf Leonies Schoß. Hanni will ihr folgen, wird jedoch durch einen gezielten Tatzenhieb auf die Nase in Schach gehalten. Fauchend verschwindet sie im Flur.

»Ein Grund weniger, dich so unhöflich zu verhalten.«
Yvonne bückt sich nach der Post.

»Er ist scharf auf dich.«

»Das ist albern.«

»Warum bist du überhaupt so sauer? Bist du etwa auch
scharf auf ihn?« Leonies Augen glänzen verdächtig. Ihre
Unterlippe zittert. Nannis Katzeninstinkt sagt ihr, dass sie besser ihrer Schwester folgen sollte. Elegant springt sie von Leonies
Schoß und verschwindet Richtung Küche.

»Darum geht's doch gar nicht.« Yvonne blättert durch die
Post: Anzeigenblatt, Werbung, Rechnungen. Früher hat Tom ihr
manchmal Briefe geschickt. Einfach so. Wenn ihm danach war.
Yvonne unterdrückt einen wehmütigen Seufzer. Ach Tom! Sie
hängt den Schlüssel an den Haken neben der Tür und schlurft
in ihr Arbeitszimmer. Die Jalousien zerhacken das Sonnenlicht.
Das Rauschen des vorbeifahrenden Verkehrs betont die kühle
Stille des Raumes. Der Schreibtisch hat Tom gehört. Er hat oft
dahinter gesessen, den Blick mal auf den einen Monitor gerich-
tet, mal auf den anderen. Wenn es gut lief, hat er immer kleine
Melodien gepfiffen. Toms Abwesenheit ist wie ein körperlicher
Schmerz. Am liebsten würde Yvonne sich wie eine Katze im
Sessel zusammenrollen und schlafen. Hinter ihr quietscht
Leonies Rollstuhl über das Laminat.

»Worum geht's dann?«, fragt sie rebellisch.

»Darum, dass du einen Menschen verurteilst, ohne ihn
überhaupt zu kennen.«

»Er ist ein Arschloch.«

»Selbst wenn er es wäre, wüsstest du es nicht. Du hast keine
zwei Worte mit ihm gewechselt.«

»Aber du, nicht wahr?«

»Natürlich habe ich das. Er ist nett und ja, ich mag ihn leiden.« Yvonne lässt ihre Handtasche in den Sessel gleiten. »Wie
man halt einen Kollegen so leiden mag.« Sie sagt es, um Leonie

zu beruhigen. Dabei ist sie sich selbst nicht sicher, ob sie nicht mehr für Patrick empfindet. Das Gefühl ist zerbrechlich wie eine Eierschale.

»Du lügst«, faucht Leonie. »Dieser Typ macht, dass du lügst. Du warst mit ihm joggen.«

»War ich nicht. Ich habe ihn lediglich beim Joggen getroffen.«

»*Lediglich*?« Leonies Stimme klingt schnippisch, doch ihre Unterlippe zittert jetzt heftiger. »Und warum hast du ein Geheimnis daraus gemacht?«

»Habe ich nicht«, widerspricht Yvonne, obwohl das nicht ganz der Wahrheit entspricht. Sie hat über die Begegnung geschwiegen, weil sie sich betrogen gefühlt hat. »Außerdem ist er verheiratet.«

»Mit dieser Tussi?«, fragt Leonie.

»Exakt mit der.« Eigentlich müsste sie ihre Tochter zur Ordnung rufen, weil sie wieder einen Menschen verurteilt, den sie nicht kennt. Doch sie findet Leonies gehässige Charakterisierung recht treffend.

»Und warum trägt er dann seinen Ring nicht mehr?« Natürlich hat Leonie den schmalen Streifen blasser Haut am Ringfinger der rechten Hand bemerkt.

»Brauchst du etwas gegen die Schmerzen?« Yvonne will dieses Gespräch nur noch so schnell wie möglich hinter sich bringen.

»Lenk nicht ab.«

»Ich – lenke – nicht – ab. Wir sind nach Hause gefahren, weil du Schmerzen hast. Du hast sogar deine Verabredung mit Emma deshalb gecancelt. Wo wolltet ihr überhaupt hin?«

»Nirgends.« Leonie antwortet zu schnell und ihre Ohrläppchen färben sich rot.

So ist es schon immer gewesen. Sobald sie lügt, kriegt sie heiße Ohren. Toms Verdienst. Yvonne erinnert sich noch gut daran, wie er seine kleine Tochter auf den Schoß genommen hat, um ihr von den Ohrenkneifern zu erzählen, die Lügnern in die Ohrläppchen zwicken.

»Bis sie rot sind«, murmelt Yvonne.

»In den Park.« Leonie senkt den Blick auf ihre blassen Hände. »Paar Leute aus der Schule treffen. Aber ich hab eh keine Lust.«

»Es ist bestimmt nett mit den anderen.«

»Die nehmen mich doch nur hin, weil ich mit Emma da bin.«

»Ach Kind!« Seufzend hockt sich Yvonne vor den Rollstuhl ihrer Tochter. Kläglich hebt Leonie den Blick. Tränen glänzen in ihren Augen. »Sie hat einen Freund«, flüstert sie. »Aber nichts zu Veronika sagen.«

»Ist es ernst?«

»Ich weiß nicht. Ich glaube. Sie knutschen und so.« Leonie wischt sich die Nase.

»Das ist der Lauf der Zeit. Aber deshalb verlierst du deine Freundin nicht«, versucht Yvonne ihre Tochter zu trösten. »Du musst sie höchstens teilen. Aber glaub mir: Wenn der Junge nett ist, wirst du sogar noch einen Freund hinzugewinnen. Denk mal an Heiner. Der ist doch auch unser Freund.«

»Das ist was anderes. Die sind verheiratet.«

»Sie waren nicht verheiratet, als sie sich kennengelernt haben.«

»Aber du konntest laufen. Ich nicht. Und ich hab nur dich.«

»Du wirst mich nie los.« Yvonne schlingt die Arme um ihre Tochter. »Außerdem hast du noch Oma und all die anderen Menschen, die dich lieben.«

»Aber die haben alle noch jemanden anders.«

»Wen hat denn Renate?«

»Na, ihre Freunde.«

»Die habe ich auch.«

»Schon«, schluchzt Leonie. »Aber wenn du dich verliebst, ist das was anderes.«

»Es wird nie etwas anderes sein.« Yvonne drückt ihre Stirn gegen Leonies. »Wir sind doch nur gemeinsam unausstehlich.«

»Versprich mir, dass da nichts zwischen dir und diesem Typen ist.«

»Das verspreche ich dir.«

»Und es wird auch nichts sein.«

»Das …« Yvonne schafft es nicht, ihrer Tochter auch dieses Versprechen zu geben. Auch wenn sie ihre Verzweiflung versteht. »Ich bin kein Hellseher.« Sie richtet sich auf und sieht Leonie hinterher, die schweigend ihren Rollstuhl wendet und aus ihrem Arbeitszimmer fährt. Sie hört das Schlagen ihrer Tür und dann laute Musik.

»Dabei bin ich nicht einmal verliebt«, flüstert sie.

Das glaubst auch nur du, wispert es steingrün in ihr.

Nanni kommt herein. Elegant springt sie auf den Sessel und macht es sich auf Yvonnes Handtasche bequem. Sie mustert sie mit ihren hellen Katzenaugen, als wollte sie sagen: *Deine Schuld. Sieh zu, dass du das in Ordnung bringst.*

»Leonie?«

Yvonne hört, wie Renate an Leonies Tür klopft.

»Kind«, ruft sie. »Mir klappert das Meissener im Schrank.«

Seufzend geht Yvonne in den Flur und hockt sich auf die Kommode. »Sie ist sauer auf mich.«

»Das muss ja nicht gleich das ganze Haus wissen.«

»Wieso bist du eigentlich schon da?«

»Pumpendefekt. Also war das Schwimmbad geschlossen.« Renate zuckt die schmalen Schultern. »Was hast du ausgefressen?«

»Wenn ich das wüsste.« Yvonne stemmt sich in die Höhe und geht in die Küche.

Renate folgt ihr. »Ich hab Gemüselasagne im Ofen. Die mögt ihr doch so gern. Herrgott, was für ein Krach!« Entnervt schüttelt sie den wohlfrisierten Kopf. »Was soll das sein? Musik? Das musst du doch unterbinden.«

»Lass sie!« Yvonne hat nicht die Absicht, jetzt in das Zimmer ihrer Tochter einzudringen, auch wenn sie könnte. Jede Tür hat eine Schlossrosette. »In spätestens fünf Minuten ist es vorbei.«

»Das dröhnt doch bis auf die Straße. Was sollen denn die Leute denken?«

»Mach dir um die mal keine Sorgen.«

Aber natürlich tut Renate genau das, dabei ist sie nicht engstirnig. Nur hat sie es sich als selbstständige Friseurmeisterin nie leisten können, nichts auf das Gerede der *Leute* zu geben.

»Außerdem sind die Fenster dreifach verglast«, fügt Yvonne hinzu.

»Trotzdem.« Renates Lippen werden schmal. Sie verlässt die Küche und klopft energisch an Leonies Tür. »Mach auf Kind!«, ruft sie. »Essen ist fertig!«

Keine Reaktion. Yvonne hockt sich an den Küchentisch und legt den Kopf in die Hände. Die Musik dröhnt in ihren Schläfen, Renates Stimme klingt zunehmend verzweifelt.

»Das ist Folter.« Yvonne ballt die Hände, ihre Fingernägel drücken in die Handballen.

»Eine der Katzen ist in Leonies Zimmer.« Renate steht in der Küchentür. Ihre Hand liegt an ihrem Hals. Ihr Atem geht stoßweise. »Sie kratzt an der Tür.«

»Was?« Yvonne stürmt in den Flur, nimmt die Münze aus dem Korb, rammt sie in den Schlitz des Schlosses und stößt die Tür auf. Hanni flitzt an ihr vorbei.

»Das ist doch …« Yvonne schaltet die Steckdose aus, an der die Anlage hängt. Die plötzlich einsetzende Stille rauscht in ihren Ohren.

Leonies Zimmer ist leer.

19. KAPITEL

»Mittagessen ist fertig.« Yvonnes Freundin kommt zu ihnen an den Tisch. Sie legt die Hände auf die Schultern ihrer Tochter. Für einen Moment sieht es so aus, als wollte Emma Appetitlosigkeit vortäuschen, doch dann verabschiedet sie sich höflich und verschwindet wie ihre Geschwister hinter der Theke.

»Leonie ist manchmal schwierig.« Veronika setzt sich auf den Stuhl, von dem sie ihre Tochter vertrieben hat.

»Verständlich, oder?« Patrick starrt an ihr vorbei hinaus auf den Fahrradständer. »Rollstuhl und Pubertät passen nicht besonders gut zusammen.«

»Das stimmt natürlich.« Veronika mustert ihn. Er hat das Gefühl, gewogen und für zu leicht befunden zu werden. Doch dann blitzt ein Lächeln in ihren hellen, freundlichen Augen auf. Vielleicht hat er doch das richtige Gewicht. Er würde es sich wünschen. Er mag diese füllige Frau mit der schon leicht herausgewachsenen blondierten Dauerwelle. Sie gehört zu den Menschen, in deren Gegenwart man sich wohlfühlt. Nicht die schlechteste Eigenschaft für eine Kaffeehausbesitzerin.

»Wie ist der Unfall eigentlich passiert?«, fragt Benjamin zu Patricks Verblüffung. War es nicht Benjamin, der ihm erzählt hat, dass der Unfall Yvonnes Schuld war? Was soll also diese Aktion?

»Wie bitte?« Veronikas Lächeln wirkt auf einmal wie schockgefroren.

»Sie sagt, dass sie schuld war.«

Patrick braucht einen Moment, um zu begreifen, dass Benjamin von Yvonne spricht.

»Und das kann ich mir einfach nicht vorstellen.« Mit dem Zeigefinger schiebt Benjamin Kuchenkrümel über seinen Teller. »Ich meine, Yvonne geht nicht einmal bei Rot über die Ampel, wenn kein Auto kommt.«

Veronika nickt und schürzt nachdenklich die Lippen. »Niemand weiß so richtig, was damals passiert ist. Nicht einmal Yvonne. Sie erinnert sich nicht. Posttraumatische Amnesie nennt man das wohl. Tatsache ist: Tom war nicht angeschnallt.«

»Wieso das?«, fragt Benjamin.

Obwohl auch Patrick neugierig ist, wünscht er sich jetzt, sein Freund würde die Klappe halten. Irgendwie kommt es ihm wie Verrat vor, über Yvonnes dunkelsten Tag zu spekulieren.

»Keine Ahnung. So steht's im Unfallbericht.« Veronika zuckt mit den Schultern.

»Wahnsinn.« Benjamin schüttelt den Kopf, als hätte er noch nie gehört, dass es Menschen gibt, die sich nicht anschnallen. »War er denn der Typ, der sich nicht anschnallt?«

»Eher nicht.« Veronika sieht zwischen ihnen hindurch ins Café, ein Lächeln zittert in ihren Mundwinkeln. Patricks Nackenhaare richten sich auf, er hat auf einmal das Gefühl, jemand stünde hinter ihm.

»Komische Sache.«

»Ja.« Ihr Blick kehrt zu Benjamin zurück.

»Vielleicht war er betrunken?«

»Möglich«, bestätigt Veronika. Zuerst wirkt es, als würde sie es wieder bei dieser knappen Antwort belassen wollen, dann siegt jedoch ihre professionelle Höflichkeit. »Auf jeden Fall ist Yvonne gefahren.«

An Benjamins Tellerrand bilden die Kuchenkrümel einen ordentlich zusammengeschobenen Haufen, während die Feststellung wie eine Gewitterwolke über dem Tisch hängt. Für einen Moment ist nur das Rattern der Kehrmaschinen zu hören.

»Zusammen oder getrennt?«, bricht Veronika schließlich das Schweigen. »Das wären ...« Mit einem Touchstift tippt sie auf das Display ihres Handys. »Zweimal Kaffee und Kuchen.«

»Dreimal.« Benjamin kramt in seinem Jutebeutel.

»Yvonne geht aufs Haus.« Das ist eine klare Zurechtweisung. Benjamin kann von Glück reden, wenn er jetzt noch das Kuchenrezept bekommt. Aber Benjamin hat Glück, Veronika packt ihm sogar noch zwei Kilo Äpfel in seine Jutetasche.

»Was sollte das?« Patrick schnallt sich auf dem Beifahrersitz an.

»Das Gleiche könnte ich dich fragen.« Benjamin rammt den Autoschlüssel in die Zündung. »War das eine Art von Kampfflirten?«

»Du hast doch einen Knall.« Aber den Schuss höre ich, denkt Patrick. Mit einem Satz hat es Benjamin geschafft, ihn in die Defensive zu drängen.

»Das ganze Partygesülze.« Benjamin startet den Motor. »Wenn es so scheiße ist, warum fährst du dann wieder nach Frankfurt?«

»Hast du schon mal versucht, Amelia was abzuschlagen?«

»Natürlich.« Vor ihnen springt eine Ampel von Grün auf Gelb. Benjamin beschleunigt und schafft es noch bei Dunkelgelb über die Kreuzung.

»Und?«

»Was? Und?«

»Hat's geklappt?«

»Ich erinnere mich nicht. Wahrscheinlich. Außerdem bin ich jetzt nicht das Thema. Bist du verknallt?«

»Was geht dich das an?« Außerdem weiß ich es nicht, denkt Patrick. Aber ich würde es gern herausfinden.

»'ne ganze Menge. Ich bin euer Chef. Wir sind drei Lehrer im Kollegium. Wenn das zwischen euch schiefgeht, stecken wir bis zum Hals in der Scheiße.«

»Selbst wenn sich etwas entwickelt – was ich nicht vorhersehen kann.« Patrick hebt abwehrend die Hände. »Warum sollte es schiefgehen?«

»Weil du nicht reif bist für eine Beziehung.«

»Ich war acht Jahre verheiratet.«

»Mit Amelia«, faucht Benjamin.

»Was soll das denn jetzt heißen? War das etwa keine Ehe?«

»Du hast deine Kindergartenliebe geheiratet.«

»Schulliebe«, korrigiert Patrick automatisch. »Wir beide waren zusammen im Kindergarten, nicht Amelia und ich.«

»Das ist es ja.«

Wieder springt vor ihnen eine Ampel auf Gelb, diesmal bremst Benjamin so stark, dass Patrick gegen den Gurt schleudert. »Ob sie gestritten haben?« Er reibt sich das Brustbein.

»Kann sein.« Mühelos folgt Benjamin seinem Themenwechsel. »Aber lenk nicht ab.«

»Also.« Patrick legt die Handflächen auf seine Oberschenkel. »Was macht mich so unreif?«

»Du bist nie erwachsen geworden.«

»Wie bitte? Ich bin Lehrer.«

»Sag ich ja.«

»Dann bist du auch nie erwachsen geworden?«

»Ich übernehme Verantwortung.«

»Und du meinst, ich nicht?«

»Denk drüber nach. Wann hast du deine letzte eigenständige Entscheidung getroffen?«

»Zum Beispiel, als ich den Job an der Uni geschmissen habe.« Patrick zählt an den Fingern weiter. »Als ich nach Australien bin. Als ich die Stelle an deiner Gummibärchenschule angenommen habe.« Patrick benutzt bewusst Amelias Bezeichnung. Er will sich mit Benjamin streiten. Er würde sich auch mit ihm über seinen Fahrstil streiten, der ihn schon wieder in den Gurt wirft, doch Benjamin lässt sich nicht so leicht von einem Thema abbringen. Jahrelanges Unterrichten an einer Gesamtschule haben ihn gestählt.

»Du lügst dir doch selbst einen in die Tasche.« Gekonnt lenkt Benjamin den Wagen rückwärts in eine Parklücke. »Yvonne ist sechs Jahre älter als du.«

»Das macht mich nicht zu einem Kind, oder?« Patrick blickt in den Seitenspiegel. Die Reifen stehen exakt zwei Finger breit von der Bordsteinkante entfernt. Vielleicht sollte er sich bedeckt halten, was Benjamins Fahrkünste angeht. Er selbst fährt selten und entsprechend unsicher. Für die australische Weite hat es gerade so gereicht. Der deutsche Stadtverkehr treibt ihm den Schweiß aus den Poren. Da nimmt er lieber das Rad oder den Bus. Sie steigen aus und Patrick hofft vergeblich, dass damit auch ihre Diskussion beendet ist.

Während Benjamin zwischen den Kläräpfeln nach dem Haustürschlüssel kramt, fährt er fort: »Du suchst wahrscheinlich die Mutter in ihr, die dich an die Hand nimmt. Aber das kann sie nicht. Sie braucht selbst eine helfende Hand.«

»Mal abgesehen davon, dass du dir deine Pseudopsychologie sonst wohin stecken kannst: Warum denkst du, dass diese helfende Hand nicht meine sein könnte?«

»Weil ich dich kenne«, antwortet Benjamin. »Den Job an der Uni hast du an den Nagel gehängt, weil Amelia dich rausgeschmissen hat. Nach Australien bist du, weil ein Platz im Flugzeug frei war. Hier bist du, weil ich dir die Stelle angeboten habe.«

»Und was genau willst du mir damit sagen?« Patrick stapft hinter Benjamin die Treppen zur Wohnung hinauf. Ihre

Stimmen hallen im Flur. Es riecht nach Bratkartoffeln und Knoblauch.

»Was wohl?« Zielstrebig geht Benjamin in die Küche. Er stellt den Jutebeutel auf den runden Holztisch und packt die Äpfel in die Obstschale auf der Fensterbank. Ihr säuerlicher Geruch breitet sich in der schmalen Küche aus. »Du denkst nicht nach, wägst nicht ab, sondern ergreifst die Gelegenheiten, die sich bieten. Und genauso dürfte es mit Yvonne sein. Du fühlst dich einsam und sie ist in Reichweite. Du agierst nicht, du reagierst. Du hast die emotionale Reife eines Sechzehnjährigen.«

»Ach nee, und du bist vollreif?«

»Ja.« Benjamin mustert ihn, die Arme vor dem Bauch verschränkt. »Ich habe mich geoutet und mein Leben in die Hand genommen. Das ist reif.«

»Du meinst, weil ich nicht schwul bin, habe ich kein selbstbestimmtes Leben geführt und bin deshalb auf der Entwicklungsstufe eines pickeligen Teenagers?« Patrick schüttelt den Kopf. »Kann es sein, dass du dich gerade in deiner Argumentation vergaloppierst?«

»Was ich sagen will: Du ergreifst immer die erste sich bietende Gelegenheit, ohne wirklich darüber nachzudenken. Du bist wie ein Kind, das sich sofort ein Bonbon nimmt, obwohl es eine ganze Tüte haben könnte, wenn es das nicht tut.«

»Yvonne ist also ein Bonbon«, ätzt Patrick. »Bisschen sexistisch, oder?«

»Red keinen Müll. Amelia hat dich verletzt und Yvonne ist Balsam für dein Ego.«

»Erst Bonbon, jetzt Balsam. Ist der Balsam eine von Lars' Erkenntnissen?«

»Doch Yvonne wird darunter leiden, wenn du sie sitzen lässt«, fährt Benjamin fort.

»Warum sollte ich das tun?«

»Weil du noch immer nicht über Amelia hinweg bist.«

»Jetzt reicht's.« Patrick stößt sich vom Türrahmen ab. Er hat genug von diesem Gespräch. »Ich geh joggen.«

»Sag ich doch«, ruft ihm Benjamin hinterher. »Du läufst weg.«

Patrick stürzt in sein Zimmer und knallt die Tür hinter sich zu. Seine Art, das letzte Wort zu haben. Wahrscheinlich ein weiterer Beweis dafür, dass er die emotionale Reife eines Sechzehnjährigen hat.

20. Kapitel

»Wo kann sie denn sein?« Renate zieht am Griff der Terrassentür. »Sie ist einfach nur zugezogen.« Lautlos gleitet die Tür auf.

»Leonie? Kind?« Suchend geht Renate durch den Garten, als sei Leonie noch so klein, dass sie sich hinter einem der Büsche verstecken könnte, dabei ist es offensichtlich, dass Leonie fort ist. Renates Stimme ist eine Oktave höher als normal und klingt nach unterdrückter Panik.

»Sie ist nicht hier«, stellt Yvonne fest. Renate dreht sich zu ihr um und auch, wenn sie es nicht ausspricht, sagt ihr Blick: deine Schuld.

»Sie hat doch noch nichts gegessen.« Renate geht zum Tor, das den Durchgang zur Straße abriegelt. »Auch nicht abgeschlossen. Vielleicht ist sie entführt worden.«

»Time-out.« Yvonne legt die linke Hand auf die Fingerspitzen der rechten. »Niemand hat sie entführt. Wir hatten einen Streit und sie ist abgehauen. Wahrscheinlich zu Emma.«

»Willst du nicht anrufen?«

»Natürlich will ich das.« Yvonne macht auf dem Absatz kehrt und läuft in ihr Arbeitszimmer. Dort liegt ihre Handtasche, in der hoffentlich ihr Handy ist. Sie hat Glück und findet es auf Anhieb. Dann wählt sie die Nummer des Cafés. Besetzt. Sie scrollt sich durch das Adressbuch und versucht es unter

Veronikas privater Handynummer. Freizeichen. Sie klemmt sich das Handy zwischen Schulter und Ohr, öffnet das Fenster und beugt sich hinaus: Autos, Passanten, ein knatterndes Moped, jedoch kein Rollstuhl. Sie schließt das Fenster, als Veronika sich meldet. »Tschuldigung«, keucht ihre Freundin. »Hier ist gerade der Teufel los.«

Säure steigt Yvonne in die Speiseröhre, sie presst die Hand auf den Magen. »Wegen Leonie?«

»Nein«, antwortet Veronika gedehnt. »Wieso?«

»Sie ist nicht hier.« In Stichworten berichtet Yvonne von dem Streit.

»Dann kommt sie sicher gleich. Ich ruf dich an, sobald sie da ist.«

»Danke.« Yvonne will das Gespräch schon wegdrücken, als ihr einfällt, was die Freundin zur Begrüßung gesagt hat. »Und was ist bei euch los?«, fragt sie. »Auch Teenageralarm?«

»Nein.« Veronika lacht. »Ich erzähl's dir bei Gelegenheit, jetzt muss ich in den Laden zurück.«

Yvonne legt das Handy auf den Tisch. Erst jetzt bemerkt sie, dass Renate in der Tür steht und sie anstarrt, als hätte sie sich in einen Alien verwandelt.

»Veronika ruft an, wenn sie kommt.«

»Du hast einen Freund?«

»Nein«, widerspricht Yvonne. »Wie kommst du darauf?«

»Du hast zu Veronika gesagt, dass ihr euch wegen eines Mannes gestritten habt.«

»Eines Kollegen«, korrigiert Yvonne automatisch.

»Aber hast du was mit ihm?«

»Jetzt fang du nicht auch noch an«, erwidert Yvonne heftiger als beabsichtigt. »Ich habe nichts mit Herrn Schildknecht.«

»Und warum denkt Leonie das?«

»Das wüsste ich auch gern.« Yvonne reibt sich den Magen. Langsam lässt das Brennen in ihrer Speiseröhre nach.

»Hast du ihr einen Grund gegeben?«

»Nein!«, antwortet Yvonne kurz angebunden. »Du weißt, wie Leonie ist.«

»Ist er an dir interessiert?«

»Er ist ein sehr netter Kollege.« Yvonne fühlt sich in die Ecke gedrängt. Sie liebt Renate, aber dieses Gespräch würde sie nicht einmal mit ihrer eigenen Mutter führen wollen, geschweige denn mit Toms. Renate hat alles für ihren Sohn getan und sie nach seinem Tod immer unterstützt. Aber würde sie sich mit einem Mann in ihrem Leben abfinden oder würde sie das als Verrat an ihrem Sohn empfinden?

»Woher kennt sie ihn eigentlich?«, fragt Renate.

»Wir waren im Blond.«

»Du und dieser …« Sie stockt und beendet den Satz dann, als würde sie das Wort wie eine splissige Haarsträhne mustern. »Kollege?«

»Meine Kollegen und ich. Herr Wagenhorst war auch dabei. Ich muss jetzt los.«

»Aber du hast doch gesagt, Veronika ruft an, wenn Leonie kommt.«

»Trotzdem.« Yvonne schiebt das Handy in die Jeanstasche und verlässt ihr Arbeitszimmer. Sie muss raus. Sie erträgt dieses Kreuzverhör keine Sekunde länger. Zum ersten Mal fragt sie sich, ob es besser gewesen wäre, nicht zu Renate zu ziehen. »Vielleicht kann ich sie unterwegs abfangen.« Yvonne redet, um Renate zum Schweigen zu bringen. »Veronika klang ziemlich gestresst.«

»Und was mache ich mit dem Essen?«, ruft Renate ihr hinterher.

»Stell's warm.« Yvonne bläst sich den Pony aus der Stirn. *Was mache ich mit dem Essen?* Als ob es gerade nichts Wichtigeres gäbe. In Situationen wie dieser fragt sie sich, ob sich bei Renate so langsam das Alter bemerkbar macht.

»Dein Schlüssel.«

Yvonne fährt herum. Renate steht hinter ihr und streckt ihr Schlüssel und Fahrradhelm entgegen.

»Danke.« Yvonne nimmt beides.

»Und fahr vorsichtig.« In Renates Augen schimmern Tränen.

»Mach dir keine Sorgen.« Yvonne nimmt ihre Schwiegermutter in die Arme. Wie knochig sie ist.

»Ich hab doch nur noch euch.«

»Ich weiß«, flüstert Yvonne. Auch ihr steigen Tränen in die Augen. Es war gut und richtig, zu Renate zu ziehen.

Yvonne radelt auf dem kürzesten Weg zu Veronika. Auf dem Marktplatz vor dem Café Blond steht ein Reisebus mit holländischem Kennzeichen. Der Fahrer lehnt rauchend und telefonierend am Bus. Auch wenn Yvonne kein Holländisch versteht, erkennt sie an seinen Gesten und dem Klang der Stimme, dass er sich rechtfertigt. Sie schiebt ihr Fahrrad in den Ständer und sieht, welcher Teufel los ist. An jedem Tisch im Café sitzen dunkelhaarige, asiatisch aussehende Menschen, die sich gegenseitig fotografieren. Zwischen ihnen balancieren Veronika, Moritz und Heiner Tabletts mit Kuchentellern und dampfenden Bechern. Yvonne schiebt die Eingangstür auf.

»Geschloss…, ach, du bist's.« Veronika blickt gehetzt zu ihr herüber. »Sie ist nicht hier«, fährt sie fort, »und Emma leider auch nicht. Die kann sich auf was gefasst machen. Einfach abzuhauen.«

»Weißt du, wo sie sind?«

»Wahrscheinlich am See.« Moritz steht mit einem Smartphone in der Hand vor einem Tisch und fotografiert zwei junge Frauen. »Cheese«, sagt er breit grinsend und gibt dann das Smartphone zurück.

»Ich würde euch ja helfen.«

»Nicht nötig«, antwortet Heiner. »Das Schlimmste ist vorbei.«

»Dann fahr ich mal zum Park.«

»Tu das und bestell Emma einen schönen Gruß von mir. Wir hätten sie gut gebrauchen können.«

»Aber ich helfe doch.« Paulas Kopf taucht hinter der Theke auf. Vor Begeisterung strahlt sie übers ganze Gesicht. »Ich bediene die Kaffeemaschine.«

»Das ist großartig.« Yvonne weiß, dass Paula dieses chromglitzernde Teil normalerweise nicht anfassen darf. »Wie kommt eine Reisegruppe aus …?« Sie stockt.

»Südkorea«, springt ihr Moritz bei. »South Korea, yes?«

»Yes!« Die jungen Frauen, an deren Tisch er steht, nicken begeistert mit den Köpfen.

»Das erklärt nicht, warum sie hier sind.«

»Buchstabendreher«, sagt Heiner. »Und jetzt sind sie sechshundert Kilometer von ihrem Ziel entfernt.«

»The cake is delicious.«

Zumindest die beiden jungen Koreanerinnen scheinen den Zwischenfall zu genießen. Sie himmeln Moritz an, als sei er die Erfüllung ihrer geheimsten Träume. Und auch Moritz strahlt.

»Tisch drei verlangt nach dir.« Veronika scheucht ihn zum Fenstertisch und damit aus der Reichweite seiner Fans.

»Die fressen uns die Haare vom Kopf.« Ihre Stimme klingt begeistert.

»Lieb dich.« Yvonne winkt zum Abschied, dann fällt die Tür hinter ihr ins Schloss. Der Fahrer scheint mittlerweile Instruktionen erhalten zu haben. Mit weit ausholenden Schritten kommt er auf Yvonne zu und verschwindet im Café.

»We are leaving in fifteen minutes«, hört sie ihn rufen.

131

Als Yvonne den See erreicht, winkt sie wie immer dem Eisverkäufer zu. Ein einsamer Jogger dreht seine Runden. Er kommt näher und Yvonnes Herzschlag stolpert.

»Hi!« Patrick strahlt wie die Koreanerinnen und dreht bei, um an ihrer Seite zu laufen.

Yvonne schluckt die aufsteigende Panik herunter. »Hi!«, krächzt sie.

»Heute mit dem Rad unterwegs?«

So ganz auf der Höhe seiner rhetorischen Fähigkeiten scheint ihr Kollege nicht zu sein. Das gibt Yvonne etwas von ihrer Selbstsicherheit zurück. »Ja«, antwortet sie schlicht.

»Ein wunderbarer Tag, nicht wahr?«

»Ja.« Yvonne ist beeindruckt, dass er bei dem Lauftempo überhaupt in ganzen Sätzen sprechen kann. Sie tritt fester in die Pedale. Will ihn abhängen, doch er hält Schritt, plaudert sogar weiter über das Wetter, den See, das Café und wie nett es hier doch ist. Yvonne sagt wenig und scannt die Uferbänke. Die meisten sind verwaist. Sie nähern sich jetzt dem Treffpunkt der Stadtjugend. Yvonne bremst abrupt. Sofort bleibt auch Patrick stehen. Er stützt sich auf den Oberschenkeln ab. Schweiß tropft von seiner Nasenspitze. »Danke«, sagt er.

»Wofür?«

»Für die Atempause.«

»Ich glaube, ich habe Leonie entdeckt.« Yvonne weiß selbst, dass es unwahrscheinlich ist. »Ich geh mal kurz Hallo sagen.« Selbst in ihren Ohren klingt das Ganze nach Helikoptermutter, aber sie kann ihm ja schlecht von dem Streit erzählen.

»Da will ich lieber nicht stören.« Patrick richtet sich auf. Zwei Falten stehen auf seiner Stirn und seine grauen Augen wirken dunkel. »Sie mag mich nicht, oder?«

»Es tut mir leid.«

»Du musst dich nicht entschuldigen.« Trauer und Mitleid liegen in seinem Blick. »Wir sehen uns.« Kurz legt er seine Hand auf ihre, dann wendet er sich ab und joggt davon.

Yvonnes Handy klingelt. Es ist Renate. Leonie ist zu Hause und der Auflauf wird trocken, wenn sie ihn länger im Ofen lässt.

21. KAPITEL

Patrick steht an der Ampel, als Yvonne an ihm vorbeiradelt. Sie scheint es eilig zu haben, jedenfalls tritt sie kräftig in die Pedale. Ein vorbeifahrender Bus nimmt ihm die Sicht. Ob sie ihre Tochter gefunden hat? Patrick bezweifelt es. Er hat ihre Unruhe gespürt, gesehen, wie ihre Augen die Bänke am Ufer scannten.

Es war so offensichtlich, dass sie ihn loswerden wollte, aber er hat sich nicht abhängen lassen. Wahrscheinlich ein Zeichen für sein kindisches Wesen. Der Bus ist jetzt vorbeigefahren und er sieht, wie Yvonne die Hand ausstreckt und rechts abbiegt. Die Ampel springt um auf Grün und er läuft weiter. Das rhythmische Aufklatschen seiner Schuhsohlen auf dem Asphalt treibt seine Gedanken voran.

Was geht da ab zwischen Yvonne und ihrer Tochter? Das ist doch nicht normal, dass sich ein Teenager so aufführt. Oder etwa doch? Eins ist mal klar: Für Leonie ist er der Feind, den es zu vertreiben gilt. Dabei sind sie sich erst zweimal begegnet. Trotzdem sagt jeder ihrer Blicke: Lass meine Mutter in Ruhe! Wenn es nicht um ihn ginge, könnte er das Mädchen sogar verstehen. Das Schicksal hat ihr die Fähigkeit zu gehen geraubt und jetzt hat sie Angst. Angst, dass er ihr die Mutter wegnimmt. Dabei will er niemandem etwas wegnehmen, am allerwenigsten Leonie. Wenn überhaupt, möchte er dazugehören, vielleicht ihr

Freund sein, ihr Kumpel, nicht ihr Vater und auf keinen Fall ihr Feind. Und trotzdem ist er genau das. Wofür hält sie ihn eigentlich? Für einen ruchlosen Verführer, der ihrer Mutter das Herz brechen wird? Albern! Patrick läuft unwillkürlich schneller. Aber was willst du wirklich von Yvonne? Sein Laufrhythmus verlangsamt sich. Keine leichte Frage. Mit Amelia ist alles ganz einfach gewesen. Erste große Liebe, zusammenziehen, heiraten. Für ihn war immer klar, dass sie zusammengehören. Doch dann hat sich ihr Leben in unterschiedliche Richtungen entwickelt. Und jetzt sind ihnen nicht mehr die gleichen Dinge wichtig. Ihm gehen die Probleme ihrer Klienten ebenso am Arsch vorbei wie ihr seine pädagogischen Ambitionen. Also hat sie ihn vor die Tür gesetzt. Und ja, Benjamin hat recht. Er ist so weit weggelaufen, wie er nur konnte, bis nach Australien. Dort war dann auch alles ganz einfach. Er wollte vergessen, und die Frauen wollten Sex. Das hat gut funktioniert. Er musste nicht allein einschlafen und sie hatten jemanden, mit dem sie der aufgehenden Sonne entgegenvögeln konnten. Eine klassische Win-win-Situation. Anders als jetzt. Jetzt ist alles kompliziert, weil sich ein eifersüchtiger Teenager wie eine knurrende Bulldogge vor die Frau wirft, die ihm gefällt und von der er sicher mehr will als schnellen Sex. Er fühlt sich bereit für eine neue Beziehung, egal, was Benjamin davon hält. Was hat er noch gesagt? Das Letzte, was sie brauchen kann, ist ein zweites Kind. Bin ich wirklich so ein Kindskopf?

Yvonnes trauriges Lächeln vor Augen biegt Patrick in die Straße ein, in der er wohnt, und läuft an der Haustür vorbei. Seit der ersten Begegnung spürt er diese Seelenverwandtschaft mit Yvonne. Doch wie kann er Leonie für sich gewinnen? Er muss nachdenken und das geht besser ohne Benjamin im Nacken. Patricks Oberschenkel brennen wie Feuer, doch er zwingt sich weiter. Er muss sich klar darüber werden, was er vom Leben will. Er ist jetzt sechsunddreißig und damit entschieden zu alt, um auf Dauer im Gästezimmer eines Freundes zu hausen. Er hat eine Karriere an der Uni weggeschmissen. Trotz der Schmerzen in den Muskeln grinst Patrick unwillkürlich. Karriere! Was für ein großes Wort.

Okay, er hat einen Doktor in Erziehungswissenschaften, doch letztendlich kann man eine unterbezahlte Assistentenstelle nicht unbedingt als akademische Karriere bezeichnen. Amelias Worte. Doch nur weil sie von ihr stammen, müssen sie nicht falsch sein. Warum ist er überhaupt an der Uni geblieben? Patrick biegt mal nach rechts, mal nach links ab und läuft dem Zickzack seiner Gedanken hinterher. Weil es sich so ergeben hat, ist die Antwort. Doris, seine Professorin, hat ihn gefragt und er hat zugestimmt. Benjamin hat erschreckend recht, wenn er sagt, er würde nie Eigeninitiative entwickeln. Patrick schnaubt. Dabei weiß Benjamin nicht einmal, dass er selbst der Grund war, warum er Pädagogik studiert hat. Er hat immer so davon geschwärmt und weil Patrick nach dem Abi keine Ahnung hatte, was er eigentlich machen will, hat er sich ebenfalls an der Pädagogischen Hochschule eingeschrieben. Er hätte auch Jura studieren können wie Amelia, aber die Aussicht, Paragrafen und Gesetze auswendig zu lernen, hat ihn abgeschreckt. Und das ist gut so. Er wäre ein lausiger Anwalt geworden. Jetzt ist er ein leidlich guter Lehrer und steht vor den Trümmern seines Lebens und sucht ... Was eigentlich? Eine Frau, ein neues Leben? Beides gehört für ihn zusammen wie Finger und Hand. Er kann sich das eine nicht ohne das andere vorstellen. Auf keinen Fall sucht er jemanden, der ihn bemuttert, wie es Benjamin behauptet. Er will eine Frau, die er lieben kann und die ihn liebt. Ein paar Atemzüge lang sieht er Yvonne vor sich. Wie ihr Zopf beim Laufen schwingt. Wie sie sich den Pony aus der Stirn pustet, dieses Grübchen in ihrer Wange, wenn sie lächelt. Und bei jedem dieser Bilder möchte er am liebsten die Hand ausstrecken und sie berühren. Und auf einmal ist ihm klar, dass er sich nicht verlieben will, sondern bereits verliebt ist.

Die Straße, durch die er läuft, mündet in einer von hohen Häusern und Kastanien gesäumten Durchgangsstraße. Autos brausen an ihm vorbei. Für einen Moment bleibt Patrick stehen, die Hände in die Hüften gestemmt, und versucht sich zu orientieren. Läuft er nach links, würde er sich weiter von Benjamins Wohnung entfernen. Also wendet er sich nach rechts. Die meisten Ladenlokale sind verrammelt oder zu Wohnungen umgebaut. Patrick versucht sich vorzustellen, wie es hier früher gewesen war. Der Bäcker neben dem Metzger, daneben ein Obsthändler, ein Schuhgeschäft vielleicht und natürlich ein Friseur. Menschen auf der Straße, vor den Geschäften. Eilig oder mit Zeit für einen Nachbarschaftsplausch. Patrick ist selbst in so einer Straße aufgewachsen. Früher war jede Straße ein eigenes Dorf. Heute wohnen die Menschen hier nur noch und leben … Wo eigentlich? In ihren Wohnzimmern? Vor den überdimensionierten Plasmabildschirmen, die heutzutage an jeder Wohnzimmerwand hängen? Auf jeden Fall nicht mehr in den Straßen, in denen sie wohnen. Da parken sie nur noch ihre Autos zwischen den Bäumen.

Schmale Durchgänge trennen die Häuser, sie führen in Höfe und Gärten. Vielleicht spielt sich dort das Leben der Anwohner ab? In einem der Durchgänge auf der anderen Straßenseite lehnt ein rosafarbenes Damenrad. Patrick stockt abrupt. Sofort spürt er die Hitze und das Wummern seines Herzens.

Zufall, denkt er, trotzdem mustert er das dreigeschossige Haus. Auch hier dürfte die untere Wohnung ein Ladenlokal gewesen sein. Sein Blick scannt die Fensterscheiben. Vielleicht steht Yvonne gerade jetzt hinter einer der Scheiben und sieht ihn. Scheiße. Unwillkürlich weicht Patrick in den Schatten eines Hauses zurück. Auf keinen Fall soll Yvonne ihn für aufdringlich halten. Er mag sie. Sehr sogar. Zögernd setzt er sich wieder in

Bewegung. Nach wenigen Schritten finden seine Beine ihren Rhythmus. Wenn sie mich auch mag, denkt er, aufgeputscht durch die Endorphine, die das Laufen freisetzt, gibt es niemanden, der sich zwischen sie stellen kann.

Und ob jemand kann. Patricks Euphorie endet vor Benjamins Haustür. Leonie kann. Und sie wird.

22. Kapitel

Schweiß rinnt Yvonne über den Rücken, als sie ihr Fahrrad in den Durchgang schiebt. Sie hechtet über das Gartentor, um über die Terrasse ins Haus zu kommen, doch die Tür ist verriegelt.

»Verflucht!« Sie hätte es wissen müssen. Renate würde nie eine Wohnung unverschlossen lassen. Nicht einmal, wenn sie zu Hause ist, und noch viel weniger eine leer stehende.

»Leonie ist bei mir«, hat sie gesagt und ihre Stimme klang wie: Leonie ist zu mir geflohen, ist bei mir in Sicherheit. Jedes Wort ein Schlag in Yvonnes Nacken. Die beiden verbünden sich gegen sie wegen eines Mannes, den sie kaum kennt. Außerdem ist absolut nichts zwischen ihr und Patrick.

Aber es könnte etwas sein, flüstert es kleingrün in ihr. Und das spürt Leonie und deshalb ist sie sowohl eifersüchtig als auch verunsichert. Yvonnes mütterliche Stimme meldet sich zu Wort, verteidigt Leonie. Sie hat doch nur dich.

Aber das ist nicht gesund. Weder für sie noch für mich. Yvonne greift sich an die Schläfen. Das sind doch alles ungelegte Eier. Sie weiß ja nicht einmal, ob ihre Verliebtheit real ist oder ein Produkt ihrer beginnenden Menopause.

Außerdem weißt du nicht, ob er dich mag, zischt Yvonnes Steinbeißer klein und grün.

Doch, denkt sie. Ich weiß es. Die Art, wie er mich ansieht, verrät es.

Wunschdenken. Der Steinbeißer schnaubt.

Und wenn schon. Yvonne schließt ihre Wohnung auf. Noch im Flur streift sie das nass geschwitzte T-Shirt ab und geht ins Bad. Sie wirft es in den Wäschekorb und stützt sich mit beiden Händen aufs Waschbecken. Eine der Katzen, vermutlich Hanni, streicht ihr um die Beine, während die andere auf den Wäschekorb springt und nach dem verschwitzten T-Shirt angelt. Ihr Schwanz zuckt. Ein Blick in den Spiegel verrät Yvonne, dass sie aussieht, wie sie sich fühlt. Dort wo der Helm gesessen hat, kleben ihre Haare am Schädel und ihre Gesichtsfarbe ähnelt einer fleckigen Tomate. Kein Vergleich mit dieser kühlen Schönheit Amelia.

Sag ich doch, zischelt es kleingrün in ihrem Kopf.

Wahrscheinlich hast du recht, denkt Yvonne. Sie fasst sich mit beiden Händen ins Haar und dreht es auf dem Hinterkopf zu einem Zopf zusammen. Ohne hinzusehen, greift sie in den Korb mit den Bürsten, ihre Finger tasten nach einem Gummiband, treffen jedoch nur auf Borsten und Haare. Wie immer hat Leonie das letzte Haargummi genommen. Seufzend öffnet Yvonne den Spiegelschrank. Ihr Gesicht verschwindet und das Durcheinander des Kosmetikregals taucht vor ihr auf: Pillenschachteln, Cremedosen, Mundwasser und dahinter Yvonnes geheimer Vorrat an Haargummis. Hier müsste unbedingt mal ausgemistet werden, denkt Yvonne. Ihr Blick fällt auf angebrochene Schachteln mit Schmerz- und Schlafmitteln und den nie aufgebrauchten Blister ihrer Antibabypille. Hastig klappt sie den Spiegelschrank wieder zu und bindet sich den Zopf. Anschließend dreht sie den Wasserhahn auf, um sich Gesicht und Hals zu kühlen. Kaltes Wasser rinnt ihr zwischen die Brüste. Ohne noch mal in den Spiegel zu sehen, trocknet sie sich ab. Im Schlafzimmer streift sie ein frisches Shirt über, atmet noch einmal tief durch und geht dann zum Aufzug.

Wie immer hat Yvonne das Gefühl, eine Puppenstube zu betreten. Renates Flur ist mit hellgrünem Teppichboden ausgelegt, der farblich auf die Blümchentapete abgestimmt ist. Auf einem Chippendale-Tisch steht ein altes schwarzes Telefon mit Wählscheibe, an den Wänden hängen goldgerahmte Stickbilder. Renates gesamte Wohnung besteht aus Antiquitäten und Nippes, den sie von ihren Reisen mitgebracht hat. Ihre Schwiegermutter mag alte Dinge. Sie fühlt sich jung, sagt sie, wenn die Einrichtungsgegenstände älter sind als sie selbst. Tom ist da ganz anders gewesen. Er liebte klare Linien und freie Räume. So wenig Möbel wie möglich, war seine Devise. Räume müssen atmen. Wahrscheinlich hat er in Renates Wohnung oft nach Luft geschnappt. Yvonne folgt der schmalen Spur, die Leonies Rolli im Teppichboden hinterlassen hat, in die Küche. Als sie die Tür öffnet, wallt ihr der Duft von Knoblauch und Oregano entgegen. Im Gegensatz zum Rest der Wohnung ist Renates Küche hochmodern eingerichtet. Auf ihrer Arbeitsfläche stehen mehr Küchengeräte als in Yvonnes gesamter Küche.

»Das hat aber gedauert.« Renates Stimme klingt, als sei Yvonne ein Lehrmädchen, das die Pause überzogen hat.

Leonie sitzt am gedeckten Tisch, das Handy neben dem Teller, und blickt nicht einmal auf, als Yvonne sich zu ihr an den Tisch setzt.

Du mich auch, denkt Yvonne und tackert zur Sicherheit ein Lächeln in ihre Mundwinkel. Auf keinen Fall lässt sie sich von Leonie auf Teenagerlevel herunterziehen. Dann streckt sie sich doch lieber nach dem Niveau, das ihre Schwiegermutter vorgibt. Auch wenn sie in der Küche sitzen, ist der Tisch gedeckt wie zu einem Festmahl. Weiße Tischdecke, Damastservietten, die in silbernen Ringen stecken, feines Meißner Porzellan. Yvonne fühlt sich noch verschwitzter, als sie ohnehin schon ist. Es kommt ihr so vor, als würde das Porzellan mit dem Finger auf sie zeigen.

»Wo warst du?«, wendet sich Yvonne an ihre Tochter. Sie gibt sich Mühe, ruhig zu klingen. Während sie auf eine Antwort wartet, zieht sie die Serviette aus dem Ring mit ihrem eingravierten Namen und greift nach der Karaffe, in der Limonenscheiben schwimmen. Immer noch keine Antwort. Sie füllt ihr Glas, leert es durstig und schenkt sich trotz Renates Schnauben ein zweites Glas Wasser ein. Danach liegt das Schweigen über dem Tisch wie die Damastdecke mit den scharf gemangelten Kanten. Nicht einmal Renate füllt die Stille mit ihrer Geschwätzigkeit.

Endlich bequemt sich Leonie doch noch dazu, Yvonnes Frage zur Kenntnis zu nehmen.

»Nirgends.« Ihre Stimme klingt belegt. Sie hat also geweint.

Doch Yvonne verschließt ihr Herz. »Wir haben uns Sorgen gemacht.« Sie blickt zu Renate, die mit den Topflappen in der Hand am Herd lehnt.

»Was soll mir denn passieren?« Die typische Antwort einer Fünfzehnjährigen.

»Warst du mit Emma im Park?«

»Nein.« Verbissen tippt Leonie auf ihrem Handy herum.

Yvonne glaubt ihr nicht. »Ich war im Café. Emma ist, ohne etwas zu sagen, fortgegangen. Wegen dir?«

»Nein.«

»Sag mir jetzt bitte, wo du warst!«

»Hab ich doch!«

»Oh.« Yvonne schafft es nicht, die Ironie aus ihrer Stimme zu verbannen. »Dann muss ich das überhört haben.«

»Die Lasagne wird trocken«, mischt sich Renate jetzt doch ein. Lass gut sein, soll es heißen. Sie öffnet die Ofenklappe und weicht vor dem heißen Dampf zurück. »Kannst du das bitte zur

Seite legen?«, faucht Yvonne ihre Tochter an, die wieder in ihr Handy abgetaucht ist. »Hast du nicht gehört, was Oma gesagt hat? Wir wollen essen.« Yvonne greift über den Tisch, doch Leonie ist schneller.

Das Handy dicht vor dem Gesicht lehnt sie sich in ihrem Rollstuhl zurück. »Du hast dich mit ihm getroffen.«

Ihre Blicke treffen sich. In Leonies Augen schwimmen Tränen.

»Ich habe was?«

»Dich mit dem Typen getroffen. Im Park.«

»Ich war im Park, um dich zu suchen.«

»Er ist gejoggt und du bist neben ihm hergefahren, dann ist er abgehauen und du hinterher.«

»Kann mir mal bitte einer sagen, von wem hier die Rede ist?« Knallend landet die Auflaufform auf dem Untersetzer.

»Na, von ihrem Lover.«

»Aber du hast doch gesagt …« Renates zitternde Hand greift nach der Stuhllehne. Sie setzt sich und starrt Yvonne an, als hätte sie lila gescheckte Haare.

»Natürlich ist er nicht mein Lover.« Yvonne hasst es, in der Defensive zu sein.

»Und warum hast du dich dann mit ihm im Park getroffen?« Leonies Lippen sind ganz schmal, ganz Vorwurf.

Ein kurzer Seitenblick zeigt Yvonne, dass Renate ebenfalls die Lippen aufeinanderpresst.

»Weil ich dich gesucht habe.« Auch Yvonne ist jetzt wütend. Sie hat nichts falsch gemacht. Diese ganze Affäre existiert nur im Kopf ihrer Tochter. Leider, murmelt es kleingrün hinter ihrer Stirn.

»Du warst mit deinem Freund im Park?«

»Ich habe Herrn Schildknecht, der, wie ich dir bereits gesagt habe …«, fügt sie an Renate gewandt hinzu, »… nicht mein Freund, sondern mein Kollege ist, zufällig im Park getroffen.«

»Wer's glaubt.« Leonie greift wieder nach ihrem Handy. »Emma schreibt, ihr habt Händchen gehalten.«

»Wir haben was?« Yvonne starrt ihre Tochter an. »Das ist doch lächerlich. Bestell Emma einen schönen Gruß. Sie soll sich um ihren eigenen Kram kümmern.«

»Du hast mit deinem Kollegen Händchen gehalten?«

»Natürlich nicht.« Heiß überfällt Yvonne die Erinnerung. Seine Hand auf ihrer. Nur einen Augenblick lang, nicht länger als ein Blinzeln. »Das ist Unsinn.« Sie wirft die Serviette auf den Teller. »Mir ist der Appetit vergangen.«

»Das ist die Liebe«, höhnt Leonie.

»Es reicht.« Yvonne schiebt ihren Stuhl zurück. Sie stürmt aus der Küche und drückt den Aufzugknopf.

Wer wegläuft, ist im Unrecht, zischelt es kleingrün in ihrem Kopf. Die Stimme ignorierend, rennt Yvonne in ihr Arbeitszimmer. Dieser Raum ist ihr Refugium. Sie scheucht die Katzen von ihrem Sessel und wirft das T-Shirt, auf dem sie gelegen haben, auf den Boden.

»Scheiße«, flucht sie und meint Leonie, Patrick und das verschwitzte Shirt, das jetzt auch noch voller Katzenhaare ist.

Sie lässt sich in den Sessel fallen und starrt durch die Schlitze der Jalousie. Autos rollen vorbei, werden langsamer, bleiben stehen und rollen dann wieder an. Sich jetzt einfach ins Auto setzen und wegfahren. Yvonne schnaubt. Sie ist vielleicht in ihr Arbeitszimmer geflohen, doch sie würde nie vor ihrem Leben davonlaufen. Außerdem ist sie seit dem Unfall nicht mehr gefahren. Ihre Therapeutin hat ihr zugeredet, so nach dem Motto, wieder aufsteigen, wenn einen der Gaul abgeworfen hat. Doch Yvonne wollte nicht. Sie braucht kein Auto. Sie braucht Tom. Sie schließt die Lider. Nebelgraue Augen schieben sich zwischen sie und die Erinnerung an ihren toten Mann. Sie reißt die Augen auf und sieht ihn. Nicht Tom, sondern Patrick. Er blickt in ihre Richtung. Unwillkürlich weicht Yvonne zurück, dabei kann er sie nicht sehen. Er mustert das Haus, dann streicht er sich über den Kopf und joggt weiter. Yvonne beugt sich vor, spreizt die Lamellen und schaut ihm nach. Er läuft aufrecht, die Arme schwingen locker am Körper. Und da ist es wieder, dieses Champagnerkribbeln.

23. KAPITEL

Yvonne zieht sich die Decke über den Kopf, um das Schrillen des Weckers zu dämpfen. Nur noch fünf Minuten. Doch anstatt ihr noch eine Runde im Reich der Träume zu gönnen, katapultiert ihr Gehirn sie in das Gespräch mit Renate.

Ihre Schwiegermutter kam gestern Abend noch zu ihr ins Wohnzimmer. Dass sie nicht einfach nur auf einen Schwatz aus war, erkannte Yvonne schon an der Art, wie sie sich hinsetzte: gerader Rücken, Füße eng beieinander, Hände im Schoß gefaltet.

»Was ist denn nun wirklich mit diesem Mann?« Renate sah aus, als spräche sie über eine verunglückte Dauerwelle. Schmale Lippen, die Stirn gerunzelt.

»Ich kenne ihn kaum.« Yvonne antwortete das, was Renate hören wollte. »Er ist nett und mein Kollege.«

Was hätte sie sonst sagen sollen? Schließlich versteht sie, dass ihre Schwiegermutter einen neuen Mann in ihrem Leben als Verrat an Tom empfindet.

»Aber das ist es nicht.« Yvonne schlägt die Decke zurück, unter der sie sich eingerollt hat. Wie immer fällt ihr Blick auf das leere Bett an ihrer Seite. Sie streicht über das unberührte Kopfkissen und stellt sich dabei Toms stoppelige Wange vor. Doch es ist Patricks Lächeln, das sie plötzlich vor Augen hat.

»Ich habe Angst, Tom.« Sie beißt sich auf die Unterlippe. »Ich will dich nicht verlieren.« Sie wartet, doch das Kopfkissen antwortet nicht. Noch einmal streicht sie mit der Hand über den Bezug, schwingt dann die Beine aus dem Bett und streift ihren Kimono über. Im Flur kommen ihr Hanni und Nanni mit steil aufgestellten Schwänzen entgegen. Hungrig streichen sie ihr um die Beine. Aus Leonies Zimmer dröhnt laute Musik und im Bad hängen noch Dampfschwaden. Alles wie immer und doch nicht so ganz. Leonie ist gestern nur kurz zum Vorschein gekommen. Sie hat den Kühlschrank geplündert und sich dann wieder in ihr Zimmer verzogen. Alle Versuche, mit ihr zu reden, hat sie ignoriert.

Yvonne stellt sich ans Waschbecken. Kein in Wasserdampf gemaltes Herz auf dem Spiegel, dafür ein zerknülltes Badetuch auf dem Boden und die offene Zahnpastatube im Waschbecken. Wahrscheinlich ist es ein gutes Zeichen, wenn das übliche Chaos im Bad herrscht. Yvonne geht in die Dusche und stellt das Wasser an. Wenn sie die Augen schließt, hat sie das Gefühl, Hände glitten über ihren Körper. Besser nicht die Augen schließen.

In der Küche ist der Frühstückstisch gedeckt. Renates Art, ihre Zuneigung zu zeigen. Sie müsste das nicht tun, sie könnte ausschlafen, doch sie lässt es sich nicht nehmen, mit ihren Mädchen zu frühstücken. Bisher hat Yvonne diese Fürsorge genossen, jetzt fühlt es sich an wie ein zu eng sitzendes Korsett. Gurgelnd läuft Kaffee durch den Filter. Leonie sitzt bereits am Tisch, den Blick wie immer auf das Handy gesenkt. Renate steht an der Anrichte und schneidet einen Apfel. Auch sie schaut nicht auf, als Yvonne sich »Guten Morgen« murmelnd setzt.

»Was wird das?« Sie blickt erst auf den noch feuchten Mittelscheitel ihrer Tochter, dann auf den in einem altrosafarbenen Twinset steckenden Rücken ihrer Schwiegermutter. »Bin ich über Nacht unsichtbar geworden?«

»Natürlich nicht.« Renate legt die Apfelschnitze in Leonies Lunchbox.

»Du musst das unterschreiben.« Leonie schiebt einen zerknitterten Umschlag über den Tisch.

»Was ist das?« Yvonne nimmt ihn und dreht ihn in der Hand. Er ist von der Schule.

»Bin ich dir schon so egal«, faucht Leonie, »dass du dich nicht einmal mehr an die Klassenfahrt erinnerst?«

»Sei nicht albern.« Mit dem Buttermesser schlitzt Yvonne den Umschlag auf.

»Wann geht's denn los?«, fragt Renate, obwohl sie es wahrscheinlich weiß. Sie ist eine Meisterin des Small Talks.

»Nächste Woche«, antwortet Leonie.

»Spanien.« Renate schnalzt mit der Zunge. »Wir sind früher nicht weiter als bis ins Sauerland gekommen.«

»Wir waren an der Ostsee und in Frankreich«, wirft Yvonne ein. Renate ist nicht die Einzige, die Small Talk beherrscht.

»Und einmal waren wir Skifahren.« Renate lächelt gedankenverloren. Die Erinnerung lässt sie zehn Jahre jünger aussehen.

Yvonne kann sie sich gut auf Skiern vorstellen. Trotzdem wünscht sie, ihre Schwiegermutter hätte sich nicht erinnert. Skifahren gehört zu den heiklen Themen.

»Auch im Sauerland«, fährt Renate träumerisch fort. »Früher lag da ja noch Schnee.«

»Skifahren würde ich auch gern.« Leonies Augen glänzen wie Eismurmeln.

»Oh Kind!« Renate greift sich an die Perlenkette. »Wie dumm von mir!«

Du könntest, denkt Yvonne. Sie beißt sich auf die Lippen, um den Gedanken nicht auszusprechen. Sie denkt an ihr verunglücktes Gespräch über Heather Mills. Es gibt falsche, falschere und falscheste Augenblicke für das Thema Amputation und dieser Morgen gehört eindeutig in die dritte Kategorie.

»Unterschreibst du das jetzt?«

»Darf ich vielleicht erst meinen Kaffee trinken?«

»Ich dachte, du bist froh, wenn du mich los bist.«

»Wegen dem Chaos im Badezimmer? Oder wegen der lauten Musik?« Immer wieder nimmt sich Yvonne vor, erwachsen auf die pubertären Wirrungen ihrer Tochter zu reagieren, und stets scheitert sie.

»Wegen deinem Lover?«

»Es reicht!« Yvonne schlägt mit der flachen linken Hand auf die Fingerspitzen der rechten. »Time-out!«

»Möchtest du Käse oder Wurst?« Renate nimmt zwei Scheiben duftendes Roggenbrot aus dem Korb.

»Egal.« Leonie beugt sich wieder über ihr Handy und der Rest ist Schweigen.

Yvonne ist heilfroh, als es Zeit wird loszuradeln. Renate folgt ihr zur Tür. »Sie meint es nicht böse.«

»Ich weiß.« Yvonne nimmt ihre Schwiegermutter in die Arme und drückt sie an sich.

»Ich kann es mir nicht vorstellen.« Renate schnieft an ihrer Schulter. »Du bist doch Toms Frau.«

»Es gibt keinen anderen Mann in meinem Leben. Egal, was Leonie sagt. Aber …« Yvonne schiebt ihre Schwiegermutter an den Schultern zurück, sieht ihr in die Augen. »Das heißt nicht, dass es immer so sein wird. Und Tom würde das verstehen.«

»Aber Leonie braucht dich doch.«

»Das eine hat mit dem anderen nichts zu tun. Ich höre doch nicht auf, mein Kind zu lieben, wenn ich mich verlieben sollte.«

»Ich weiß nicht.« Renate schüttelt den Kopf. »Ein neuer Mann und das Kind eines anderen.«

»Es gibt Millionen Patchworkfamilien auf der Welt.« Yvonne setzt den Fahrradhelm auf.

»Aber doch nicht mit einem behinderten Kind.«

»Leonie ist nicht behindert«, faucht Yvonne. »Es sind die Menschen, die sie behindern.«

»Ich tu doch alles für sie.«

Ja, leider, denkt es kleingrün in Yvonne. »Dann zieh dir den Schuh nicht an.« Sie wendet sich ab und holt ihr Rad aus dem Durchgang. Der Fahrtwind kühlt ihre Wangen.

Wenn du schon den ganzen Trouble hast, könntest du wirklich eine Affäre mit dem neuen Kollegen anfangen. Ein typischer Steinbeißergedanke. Die Ampel an der großen Kreuzung springt um auf Rot. Yvonne bremst ab. Ein heiseres Hupen lässt sie nach rechts sehen. Patrick ist auf einmal neben ihr. Er fährt ein altes Herrenrad und die Hupe, die sie gehört hat, ist am Lenkrad befestigt.

»Ich habe gedacht, Fahrradfahren ist ein besserer Start in den Tag, als sich neben Benjamin ins Auto zu quetschen.«

»Und da fährst du hier entlang?« Hat er sie tatsächlich ausspioniert? Yvonne ist sich nicht sicher, ob sie dieser Gedanke abschreckt oder freut. Auf jeden Fall kribbelt er. Ungeduldig spielt sie mit der Handbremse und vermeidet es, in seine Richtung zu sehen. Ihre Wangen fühlen sich an, als würden sie mit der Ampel um die Wette leuchten. Ein altes Paar schiebt seine Rollatoren über den Zebrastreifen.

»Gib Gas, Frau!«, feuert der Mann seine Frau mit zittriger Stimme an. »Du schaffst das.«

»Kümmer du dich um dich dich, Mann!«, antwortet die Frau. Ihre Stimme klingt atemlos und ein Lachen legt ihr Gesicht in unzählige Falten.

»So habe ich mir das vorgestellt«, spricht Patrick Yvonnes Gedanken aus. »Gemeinsam alt werden und Worte haben, die zu uns gehören.«

»Ja.« Yvonnes Kehle wird eng. *Zu uns*, hat er gesagt. Es klingt, als würde er von ihnen sprechen, dabei meint er wahrscheinlich seine zukünftige Exfrau und sich. »Ich auch.« Sie lächelt den beiden Alten zu, die so tapfer einen schlurfenden Schritt vor den anderen setzen. Vergessen ist ihre eigene Ungeduld. Die Ampel springt um auf Gelb, dann auf Grün, doch die beiden haben gerade erst die Hälfte des Weges geschafft. Erste Motoren heulen auf, jemand hupt. Doch der Fahrer des Wagens neben Yvonne schmunzelt nur versonnen. Schließlich haben die alten Leutchen es geschafft und das Leben geht weiter.

24. Kapitel

»Wo bleibst du denn?« Mit Leonies Krücken in der Hand steht Yvonne im Flur. »Wenn du nicht endlich kommst, verpasst du den Flieger.« Und ich kann nicht ins Kino. Diesen Satz spricht sie nicht aus. Yvonne fühlt sich wie ein Teenager, der heimlich ausgeht. Dabei ist sie eine zweiundvierzigjährige Mutter, die heimlich ausgeht. Was sagt das eigentlich über sie? Kein guter Gedanke zu dieser nachtschlafenden Zeit. Es ist halb fünf am Morgen, die Sonne hat es gerade erst über den Horizont geschafft und versteckt sich bereits wieder hinter einer kompakten Wolkenschicht, aus der es nieselt. Hanni und Nanni maunzen im Bad. Yvonne hat sie eingesperrt, damit sie in Ruhe Renates Auto beladen kann. Ihre Schwiegermutter hat den Wagen extra auf den Bürgersteig gelenkt. Wartend sitzt sie hinterm Steuer, sehr aufrecht auf ihrem Keilkissen. Der Motor brummt, das Gebläse läuft auf Hochtouren und die Scheibenwischer quietschen über die Windschutzscheibe. Alles ist bereit. Nur Leonie fehlt. Eigentlich war sie schon am Auto, aber dann ist sie noch einmal in ihr Zimmer zurückgerollt und nicht wieder aufgetaucht.

Renate tippt ungeduldig auf ihre Armbanduhr, sie hasst es, ohne ein ausreichendes Zeitpolster loszufahren. Endlich rollt Leonie aus ihrem Zimmer. Sorgfältig zieht sie die Tür ins

Schloss. Die Botschaft kommt bei Yvonne an. Für die Dauer ihrer Abwesenheit ist das Zimmer ihrer Tochter Sperrgebiet. Träum weiter, denkt sie. Natürlich wird Renate nachschauen, ob nicht Schmutzwäsche in den Ecken liegt, und wahrscheinlich wird sie sogar fündig.

»Ticket? Reisepass? Tampons?« Yvonne rattert herunter, was ihr in den Sinn kommt, und erntet ein entnervtes Augenrollen ihrer Tochter.

Ohne sie weiter zu beachten, hievt Leonie sich auf den Rücksitz und Yvonne packt Rollstuhl und Krücken in den Kofferraum. Erst als alles verstaut ist, setzt sie sich neben Renate und die Fahrt geht los. Wie ein Schleier legt sich der Nieselregen auf die Windschutzscheiben. Yvonnes Handflächen werden feucht. Für die Dauer eines Atemzugs ist die Erinnerung wieder da. Sie blickt hinüber zu Renate, die mit hochgezogenen Schultern hinterm Lenkrad hockt: das Kinn vorgeschoben, die Augen zusammengekniffen und starr auf die Windschutzscheibe gerichtet. Zum Flughafen fahren ist purer Stress für sie. Yvonne klappt die Sonnenblende mit dem Spiegel herunter und beobachtet Leonie. Ob sie auch diesen Moment der Erinnerung hat? Wohl eher nicht. Leonie beugt sich über ihr Handy. Ihre Daumen wischen über das Display, in ihren Mundwinkeln zuckt ein Lächeln. Ein gutes Zeichen. Leonie kommt klar. Sie weiß sich zu helfen. Außerdem ist Emma bei ihr. Allerdings nur, wenn sie das Mädchen auch abholen. Gerade noch rechtzeitig erinnert Yvonne ihre Schwiegermutter daran, in die Siedlung einzubiegen, in der das Haus der Blonds steht.

In den ersten Jahren haben Heiner und Veronika über dem Café gewohnt, doch nach Emmas Geburt haben sie ein Haus in einem dieser verkehrsberuhigten Wohngebiete gebaut, die die Ränder der meisten deutschen Städte säumen.

Emma wartet bereits vor dem Haus. In einen Frotteebademantel gehüllt steht Veronika neben ihr. Sie hält einen Schirm über sich und ihre Tochter. Auch Emma tippt auf ihrem Handy herum. Ohne aufzublicken, greift sie nach ihrem Rucksack. Yvonne steigt aus und öffnet die Heckklappe. Emma wirft ihr Gepäck auf den Rolli und steigt ein.

»Danke, dass ihr sie mitnehmt.« Veronika drückt ihre Wange gegen Yvonnes. Sie riecht nach Kaffee und Milchbrötchen. »Viel Spaß!« Sie klopft gegen die Seitenscheibe. Die Mädchen blicken nur kurz auf, dann stecken sie wieder die Köpfe zusammen. Die Handys sind verschwunden.

Geht doch, denkt Yvonne und steigt ebenfalls ein. Wenig später sind sie auf der Autobahn. Um diese Zeit ist noch wenig Verkehr und sie erreichen ohne weitere Zwischenfälle den Flughafen.

Renates Nase berührt fast die Windschutzscheibe, als sie den Schildern zum Abflugterminal folgt. Vor dem lang gestreckten Flachbau parken die Autos in zweiter Reihe, Menschen laden Koffer aus, Renate fährt jetzt im Schritttempo. Ungeduldige Taxifahrer hupen und überholen sie.

»Welche Fluggesellschaft noch mal?« Renates Stimme klingt gepresst. Zu viele Autos, zu viele Menschen, zu unübersichtlich.

»Park einfach, wo Platz ist.« Yvonne gibt sich Mühe, ihre Ungeduld zu verbergen.

»Aber ...«

»Ist in Ordnung, Oma«, mischt sich Leonie ein. »Wir kommen im Terminal eh schneller zu unserem Schalter.«

»Der da vorne will raus.« Yvonne zeigt auf einen cremefarbenen BMW. Renate bremst und setzt den Blinker. Hinter ihr ertönt ein Hupen. Der Beifahrer zeigt ihnen im Vorbeifahren den Stinkefinger. Renate bemerkt es nicht einmal, konzentriert lenkt sie den Wagen in die Parklücke.

»Beeilt euch!« Mit einem Ruck zieht Renate die Handbremse an. »Ich darf hier eigentlich nicht stehen.«

Niemand darf das. Yvonne löst ihren Sicherheitsgurt. Und jeder tut es. Mach dir nicht ins Hemd. Steinbeißergedanken. Sie steigt aus und schiebt als Erstes den Rollstuhl neben das Auto, damit Leonie hineinrutschen kann, während sie Trolley und Krücken aus dem Kofferraum holt. Emma schultert ihren Rucksack. »Schalter 27 a«, sagt sie.

»Hast du auch wirklich alles? Reisepass …?« Yvonne hebt den Daumen. Bevor sie mit ihrer Aufzählung fortfahren kann, unterbricht Leonie sie.

»Wag es!«, faucht sie.

»Okay.« Yvonne drückt ihr einen Kuss auf den Scheitel, dann umarmt sie Emma. »Passt auf euch auf!«

»Klar doch.« Emma schiebt Leonie durch die Glastüren in die Abflughalle. Ein ungeduldiges Hupen reißt Yvonne aus ihren Gedanken.

»Bist du festgewachsen?« Renate bedeutet ihr einzusteigen.

Nach einer Ehrenrunde um das Terminal finden sie schließlich die richtige Ausfahrt zur Autobahn. Renate umklammert verkrampft das Lenkrad. Yvonne sitzt neben ihr und schweigt lieber. Jedes Wort ist in dieser Situation eins zu viel. Erst als der Flughafen weit hinter ihnen liegt, entspannt sich Renate und ihre Mundwinkel heben sich.

»Ist doch gut gelaufen«, sagt sie schließlich.

»Danke.« Yvonne haucht ihr einen Kuss auf die Wange.

»Nicht doch!«, wehrt Renate ab. Aber ihre Stimme klingt erfreut.

Wir alleinstehenden Frauen kriegen immer zu wenig Streicheleinheiten, schießt es Yvonne durch den Kopf. Und sofort drängen sich Patrick und das Date in ihre Gedanken. Sturmfreie Bude und eine Verabredung. Auf einmal fühlt sie sich schrecklich jung. Hitze steigt ihr in die Wangen.

»Soll ich uns heute Abend was Schönes kochen?«

»Was?«

Renate wiederholt die Frage.

Yvonne beißt sich auf die Unterlippe. Für einen Moment ist sie versucht, die Verabredung mit Patrick abzusagen. Sie ringt mit sich, doch der Steinbeißer gewinnt.

»Sorry.« Yvonne sagt das Erste, was ihr Verstand produziert. »Ich bin mit Veronika verabredet. Wir wollen ins Kino.«

»Ach, Kino wäre auch nett.«

»Die Vorstellung ist ausverkauft«, improvisiert Yvonne. Sie starrt zum Seitenfenster hinaus. »Wir haben die letzten Karten gekriegt.«

»Na dann.« Renates Mund wird schmal. Yvonne zieht fröstelnd die Schultern hoch. Die Temperatur im Auto ist gerade auf den Nullpunkt abgesunken.

»Aber wenn dir so viel daran liegt, sag ich ihr ab.« Es hat keinen Zweck, denkt Yvonne. Ich kann das nicht tun. Es wird immer jemanden geben, auf den ich Rücksicht nehmen muss.

»Nicht nötig.« Renate lenkt den Wagen in die Garage. »Geh du ruhig mit deinen Freundinnen aus.«

»Nein, wirklich.« Yvonnes Gewissen drückt sie zu Boden. »Ich kann das absagen.«

»Nicht wegen mir.« Renate zieht den Zündschlüssel ab und lehnt sich mit geschlossenen Augen gegen die Kopfstütze. »Wir essen einfach morgen zusammen, ja?«, sagt sie schließlich.

»Ja.« Spontan drückt ihr Yvonne einen weiteren Kuss auf die Wange.

»Muss ja ein toller Film sein«, murmelt Renate. Ihre Hand fliegt zu der Stelle, die Yvonnes Lippen gestreift hat, und verweilt dort.

»Zu früh.« Seufzend zieht Yvonne den Ärmel der Strickjacke über ihre Armbanduhr. Ein Blick auf ihr Spiegelbild in der Glastür bringt sie dazu, sich mit beiden Händen durch die Haare zu fahren. Das ist der Nachteil von Fahrradhelmen.

Sie drücken die Frisur platt, vor allem, wenn man Haarspray benutzt hat.

Ansonsten ist Yvonne mit ihrem Aussehen zufrieden. Nicht zu förmlich und auch nicht zu leger. Alles genau richtig: leichtes Sommerkleid, Flipflops und dazu die Jacke aus Mohairwolle, die ihr Renate gestrickt hat. Ein Hauch von Wimperntusche und Lippenstift gibt ihr das nötige Selbstvertrauen. Und das hat sie nötig. Denn sie steht hier wie bestellt und nicht abgeholt. Vielleicht sollte sie noch eine Runde mit dem Rad drehen. Yvonne verwirft den Gedanken, ihre Haare sind schon zerdrückt genug. Patrick hat sie abholen wollen, doch das hat sie abgelehnt. Fehlt noch, dass Renate ihn sieht. Lügen haben kurze Beine. Ihr Blick fällt auf ihre Füße. Sogar zur Fußpflege war sie und ihre Zehennägel schimmern dezent rosa. Sie muss unbedingt mit Veronika reden. Schließlich muss die Freundin wissen, dass sie ihre Ausrede ist. Nicht auszudenken, wenn Renate und sie sich treffen und Veronika nichts von ihrer Verabredung weiß. Sie wird sich nicht mehr einkriegen, wenn sie von dem Date erfährt. Yvonne muss ihre Begeisterung unbedingt dämpfen. Schließlich ist es nur ein netter Abend mit einem Kollegen. Deshalb hast du dich ja auch überhaupt nicht aufgebrezelt, zischelt die kleingrüne Steinbeißerstimme in ihr: Wimperntusche, Fußpflege.

Das brauchte ich für mein Wohlbefinden, rechtfertigt sich Yvonne. Dann atmet sie tief ein und geht auf die Glastür zu, die vor ihr aufgleitet. Sie will lieber drinnen warten, nicht dass noch eine von Renates Freundinnen sie hier mit Patrick sieht.

Im Filmpalast duftet es nach geröstetem Popcorn. Yvonnes Augen brauchen einen Moment, um sich zu adaptieren. Sie ist nicht die Einzige, die zu früh ist. Patrick winkt ihr. In der Hand hält er eine einzelne Rose.

Erde, tu dich auf, denkt Yvonne. Die Menschen um sie herum betrachten sie mit amüsiertem Wohlwollen.

Das ist kein Date, möchte sie rufen, nur ein netter Abend mit einem Kollegen. Patrick steht jetzt direkt vor ihr. Viel zu dicht für ihr flatterndes Herz. Sein Rasierwasser duftet nach Grenadine. Er drückt ihr die Rose in die Hand und einen Kuss auf die Wange. Seine Lippen sind weich, ein Versprechen. Ihr Herz flattert jetzt nicht mehr in ihrem Brustkorb, sondern in ihrer Kehle. Unwillkürlich greift sich Yvonne an den Hals. Das hier ist gut, zu gut. Sie sieht Patrick in die Augen, hört ihn sprechen und spürt immer noch den Abdruck seiner Lippen auf ihrer Haut. Sie kann nicht anders, als sich auf die Zehenspitzen zu stellen und ihm ebenfalls einen Kuss auf die Wange zu geben. Verwirrt stolpert sie zurück. Sie hat das Gefühl, an einem Punkt ihres Lebens zu sein, an dem es ein Vorher und ein Nachher gibt.

25. Kapitel

Patrick hat die Wohnung lieber verlassen, bevor Benjamin zurückkommt. Und jetzt steht er hier vor diesem futuristischen Bau, der nur aus Scheiben zu bestehen scheint, und fühlt sich wie der letzte Idiot. Ein Blick in die Glastür zeigt ihm, dass er mit der Rose in der Hand auch exakt so aussieht. Eine rote Rose? Was hat er sich nur dabei gedacht? Damit Yvonne ihn nicht schon von Weitem sieht und die Flucht ergreift, beschließt er, sich im Foyer in eine ruhige Ecke zu stellen und dort auf sie zu warten.

Das Foyer ist erfüllt von hellen Kinderstimmen und dem Geruch von Popcorn. Die Nachmittagsvorstellung ist gerade beendet und Familien strömen dem Ausgang entgegen. So etwas wie Wehmut streift Patrick. Er denkt an das Kind, von dem er nichts gewusst hat und das nie zur Welt kommen wird. Sie wäre auf jeden Fall noch zu jung fürs Kino. Wieso überhaupt sie? Wieso denkt er automatisch an ein kleines Mädchen, wenn er an sein Kind denkt? Es könnte schließlich auch ein Junge gewesen sein. Und warum ist sein kleines Mädchen blond? Was in Anbetracht von Amelias spanischem Blut doch eher unwahrscheinlich wäre. Patrick weicht einem kleinen Jungen mit Zuckerwatte aus und stellt sich in eine Nische neben der Treppe. Die Rose verbirgt er hinter seinem Rücken. Während er den Eingang beobachtet, zupft der Gedanke an das Kind an seinem Zwerchfell. Irgendwie irre, das Ganze. All die Jahre sind Kinder kein Thema für Amelia und dann das. Sie schmeißt ihn raus und verliert – quasi zeitgleich – sein Kind. Ob sie wirklich nichts von ihrer Schwangerschaft gewusst hat? Patrick hat die meiste Zeit seines Lebens mit Amelia verbracht. Nach ihrem Zyklus hätte man auf einer einsamen Insel das Datum bestimmen können. Vielleicht ist ihr durch die Schwangerschaft bewusst geworden, dass sie weder ihn noch sein Kind will? Möglicherweise hat sie es überhaupt nicht verloren. Keine Verdächtigungen, ruft er sich selbst zur Ordnung.

Yvonne taucht auf und Patrick schiebt die Gedanken an Amelia und das Kind fort. Sein Herzschlag beschleunigt sich, seine Handflächen werden feucht. Er tritt einen Schritt vor. Sie fährt sich mit beiden Händen durch die Haare, runzelt die Stirn. Patrick kennt diesen Gesichtsausdruck von Amelia. Yvonne ist unzufrieden mit ihrem Aussehen. Du solltest dich mit meinen Augen sehen, denkt er. Sie trägt eine Strickjacke, die so blau wie ihre Augen leuchtet. Sie wirkt so jung und verletzlich, dass er sie am liebsten in den Arm nehmen und beschützen möchte. Jetzt blickt sie auf ihre Armbanduhr. Unwillkürlich macht Patrick es ihr nach. Ein Grinsen hebt seine Mundwinkel. Sie ist auch zu früh. Sie dreht sich halb weg. Patrick macht einen Schritt nach vorn, streckt die Hand nach ihr aus. Natürlich kann sie ihn nicht sehen, trotzdem überlegt sie es sich anders und geht auf die Glastür zu, die vor ihr aufgleitet.

Er winkt ihr mit der Rose. Röte steigt ihr in die Wangen. Hastig blickt sie zur Seite, als suche sie einen Fluchtweg. Am liebsten hätte Patrick die Rose verschwinden lassen, doch jetzt ist es zu spät. Sie treffen sich, um miteinander ins Kino zu gehen, und er streckt ihr eine Rose entgegen. Wie peinlich ist das denn! Er steht jetzt direkt vor ihr, atmet ihren Duft ein und weiß nicht, was er machen soll. *Notprogramm Begrüßung.* Er drückt ihr die Rose in die Hand und einen Kuss auf die Wange. Ihre Haut ist samtig weich. Yvonne greift sich an die Kehle, ihre Augen sind riesig. Er hat sie verschreckt. Der Kuss war zu viel oder die Rose. Oder beides zusammen. Er hat's vergeigt. Dass Yvonne ihn ebenfalls auf die Wange küsst, begreift er erst, als sie sich wieder von ihm löst.

»Du siehst toll aus«, sagt er schließlich. Wahrscheinlich ist das wieder das Falsche, aber ihm fällt nichts Besseres ein.

»Du auch«, antwortet Yvonne. »Wollen wir hochgehen?« Im Gegensatz zu ihm wirkt sie so souverän, so erwachsen.

»Magst du Popcorn?« Patrick fragt das Erste, das ihm in den Sinn kommt.

»Ich liebe es.« Gemeinsam steigen sie die Stufen hinauf. Yvonne schlenkert mit der Rose. Sie lacht, als sich ihre Blicke begegnen.

»Im Blumenladen hab ich noch gedacht, es ist eine gute Idee«, räumt Patrick zerknirscht ein.

»Sie ist wunderschön. Nein, wirklich.« Sie streicht sich eine Haarsträhne hinters Ohr. Für einen Moment sieht er eine Narbe. Sie muss vom Unfall sein. Was hat Benjamin gesagt? Yvonne hat als Einzige Glück gehabt?

»Die Schlange scheint mir die kürzeste zu sein.« Patrick zeigt auf die letzte am Tresen.

»Tickets bitte.« Ein bulliger Typ mit tätowierten Armen stellt sich ihm in den Weg.

Scheiße, denkt Patrick. Dümmer geht immer. Erst die Rose und jetzt hat er nicht an die Karten gedacht.

»Was willst du sehen?«, fragt er, als sie sich in die Schlange vor der Kasse einreihen.

»Ich weiß nicht.« Nachdenklich fährt sich Yvonne mit der Rose über die Lippen, während sie die grellbunten Filmplakate mustert. »Vielleicht was Lustiges?«

»Vielleicht.« Patrick wischt sich die Handflächen an der Jeans ab. Wie gern wäre er jetzt die Rose. »Ich war seit mindestens zehn Jahren nicht mehr im Kino.« Mit zunehmender Panik mustert er die Filmplakate. *Guardians of the Galaxy.* Ob ein Waschbär mit einem Maschinengewehr bedeutet, dass der Film lustig ist?

Die Schöne und das Biest. Kein Film für ihn, aber vielleicht für Yvonne. Es ist eine romantische Liebesgeschichte, ruft er sich selbst zur Ordnung. Bestimmt nicht lustig.

Fluch der Karibik. Bestimmt lustig. Aber er will nicht mit Johnny Depp und Yvonne in einem Raum sein.

Einsamkeit und Sex und Mitleid! Das Filmplakat zeigt einen nackten Hintern. Patrick schluckt. Wohl auch nicht der richtige Film für ein erstes Date. In so einen Film hätte er mit Amelia gehen können oder mit Benjamin.

Dann schon lieber *Fast & Furious 8.* Leider nicht lustig, aber bestimmt eine Menge Spezialeffekte.

»Was hältst du von *Guardians of the Galaxy*?« Yvonne tippt ihn mit der Rose an. Ihre Wangen schimmern in der Farbe der Blütenblätter. »Vielleicht ist der ganz witzig«, fügt sie hastig hinzu. »Der Waschbär sieht zumindest so aus.«

»Hab ich auch gedacht.« Patrick ist froh, dass sie einen Film vorschlägt.

»Einmal Pärchen?«, fragt die scheppernde Stimme aus dem Mikrofon.

»Ich weiß nicht.« Er sieht zu Yvonne. Sie zuckt mit den Achseln.

»Sonst habe ich nur noch Einzelplätze.«

Das gibt den Ausschlag.

Diesmal wünscht ihnen der Typ mit den tätowierten Armen viel Vergnügen und sie reihen sich in die Schlange vor dem Popcornautomaten ein.

»Wenn das Leonie wüsste«, sagt Yvonne, als sie mit einem XL-Becher ihre Plätze einnehmen. Sie stellen ihn zwischen sich und die Rose steckt Yvonne in die Getränkehalterung. Patrick schaut sich um. Die meisten Gesichter schimmern im fahlen Handylicht. Nur wenige Blicke begegnen dem seinen. Es gibt eine eindeutige Altersgrenze zwischen denen, die mit ihren Handys kommunizieren, und denen, die es nicht tun. Yvonne und er gehören offensichtlich zur Prähandygeneration. Das Licht erlischt, Patrick greift in den Becher mit Popcorn und trifft dort auf Yvonnes Finger. Elektrizität fährt ihm in den Ellbogen. Er zieht die Hand zurück, Yvonne ebenfalls. Der Becher kippt, sie greifen danach, stoßen mit den Köpfen zusammen, retten aber immerhin ihr Popcorn. Solange die Werbung läuft, stört sich niemand an ihrem Lachen. Und als der Film anfängt, haben sie sich bereits beruhigt und sich auch daran gewöhnt, dass sich ihre Finger immer wieder begegnen. Als der Popcornbecher schließlich geleert ist, treffen sie sich in der Mitte und verschränken sich. Mehr passiert nicht, doch Patricks Herz wummert im Rhythmus der Filmmusik.

»Das war sehr nett«, sagt Yvonne. Sie stehen vor dem Kino, blinzeln verlegen in die untergehende Sonne.

»Ja.« Patrick würde am liebsten hüpfen. »Sollten wir unbedingt wiederholen.«

»Unbedingt«, bestätigt Yvonne. »Die Rose!« Sie sieht auf ihre Hände. »Ich hab die Rose vergessen.« Halb wendet sie sich ab. Sie will noch einmal zurückgehen, doch Patrick legt ihr die Hand auf den Arm. Durch die weiche Wolle spürt er die Wärme ihrer Haut. Ohne darüber nachzudenken, zieht er sie an sich. Sie legt den Kopf in den Nacken, ihre Haare fallen zurück und legen die Narbe über dem Ohr frei. Sie ist blass und ein wenig wulstig. Patrick widersteht dem Impuls, sie mit den Fingerspitzen zu berühren.

»War vielleicht keine so gute Idee mit der Rose.« Heiser räuspert er sich.

»Doch«, widerspricht Yvonne und er ist ihr dankbar dafür.

Sie lächelt und da ist es wieder: das Grübchen. Patrick beugt sich vor. Ehe sein Verstand ihn daran hindern kann, berühren seine Lippen die ihren. Sie schmecken nach Popcorn und Zucker. Yvonne erwidert den Kuss, zögernd erst, doch dann stellt sie sich auf die Zehenspitzen und schlingt die Arme um seinen Hals. Ihre Brüste pressen sich gegen seinen Oberkörper und er spürt ihr wild schlagendes Herz an seinem. Der Moment ist viel zu schnell vorbei. Unvermittelt löst sie sich von ihm und tritt einen Schritt zurück. Ihre Wangen sind gerötet, ihre Brust hebt und senkt sich.

»Bis morgen«, sagt sie.

Ihr Blick gleitet über ihn hinweg. Er spürt noch die Wärme ihres Körpers an seiner Brust und trotzdem entfernt sie sich in Schallgeschwindigkeit.

»Warte!« Patrick streckt die Hand aus, er will sie nicht gehen lassen. Noch nicht. »Ich bringe dich nach Hause.«

»Besser nicht.« Yvonne setzt den Helm auf, schiebt ihr Fahrrad aus dem Ständer. »Ich habe gesagt, ich bin mit Veronika im Kino.«

»Wie bitte?« Patrick ist fassungslos: Sie hat gelogen, um mit ihm zusammen zu sein? Einerseits ist es romantisch, andererseits gefällt ihm der Gedanke nicht.

»Es ist schwierig.«

Patrick will noch etwas erwidern, doch sie schiebt bereits ihr Rad aus dem Ständer. »Wir sehen uns.« Sie steigt auf und fährt davon.

Patrick starrt ihr hinterher. Irgendwie ist da plötzlich eine Lücke in seinem Leben und der einzige Mensch, der sie ausfüllen könnte, verschwindet gerade an der nächsten Kreuzung. Er versenkt die Hände in den Hosentaschen und schlendert

Richtung Stadt. Er will jetzt nicht zurück in die Wohnung. Vielleicht kann er noch irgendwo ein Bier trinken. Eine Gruppe Jugendlicher kommt ihm entgegen. Ein Junge mit rötlich braunem Haar nickt ihm zu, Patrick hat das Gefühl, ihn zu kennen, weiß aber nicht, woher. Vorsichtshalber nickt er ebenfalls.

26. KAPITEL

Ob Moritz sie gesehen hat? Yvonne ist zu aufgewühlt, um nach Hause zu fahren. Wie konnte sie sich nur so gehen lassen? Scheiße. Mit allem hat sie gerechnet, nur nicht damit. Unwillkürlich tritt sie fester in die Pedale und biegt in die Straße ein, in der sie heute Morgen noch Emma eingesammelt haben. Auch wenn es bereits spät ist, brennt bei Veronika noch Licht. Ihre Freundin geht immer erst zu Bett, wenn ihre Kids daheim sind. Und Moritz war im Kino, vielleicht sogar im gleichen Film. Bei dem Gedanken richten sich die Härchen in Yvonnes Nacken auf. Vielleicht hat er sogar hinter ihr gesessen. Schweiß rinnt ihr in die Augen. Sie bremst und schiebt ihr Fahrrad neben die Mülltonnen, bevor sie eine SMS schickt: *Stehe vor der Haustür, muss quatschen*. Sie hat noch nicht ihren Fahrradhelm verstaut, als ein Lichtstrahl auf sie fällt. Veronika wartet in der Eingangstür auf sie. Sie trägt einen karierten Pyjama, dicke Socken an den Füßen und mustert sie besorgt.

»Alles in Ordnung?«

»Nicht so richtig.« Es ist lange her, dass Yvonne nachts bei ihr aufgeschlagen ist.

Die Freundinnen umarmen sich, dann gehen sie ins Wohnzimmer. Veronika faltet die Wolldecke zusammen, die auf dem Sofa liegt, und stellt den Ton des Fernsehers aus. Auf dem

Couchtisch liegt ein Buch, daneben steht ein Rotweinglas mit fettigem Lippenrand.

»Neu?« Yvonne nimmt das Buch auf: *Cop Town – Stadt der Angst* von Karin Slaughter. Sie liest den Text auf dem Einband. »Klingt blutig.«

»Ist blutig.« Immer noch stirnrunzelnd setzt sich Veronika im Schneidersitz aufs Sofa. »Ich warte auf Moritz. Er ist im Kino.«

»Ich weiß.« Yvonne lässt sich neben sie fallen und streckt die Beine aus, ihre Knie stoßen gegen den Couchtisch. Die Erkenntnis, dass sie Patrick geküsst hat und Moritz diesen Kuss gesehen hat, rumort in ihrem Bauch. Was hat sie sich nur dabei gedacht? Sie ist zweiundvierzig Jahre alt und hat sich benommen wie eine Fünfzehnjährige. Und genauso hat sie sich auch gefühlt. Dieses Flattern im Bauch, als sich ihre Hände berührt haben. Diese Nähe. Ihre Hand in seiner.

»Woher?«, fragt Veronika

»Ich war im Kino.«

»Du?« Das Stirnrunzeln weicht einem Grinsen. »Das klingt ja mal, als könnte es interessant werden. Ein Glas Wein?« Veronika geht hinüber zum Sideboard, das wie die übrige Einrichtung aus dem unmöglichen Möbelhaus aus Schweden stammt. »Mit wem denn? Etwa dieser Sahneschnitte?«

»Nein«, widerspricht Yvonne. »Mit dir.«

»Mit mir.« Lachend schüttelt Veronika den Kopf und murmelt etwas, das klingt wie stille Wasser. »In was für einem Film waren wir denn?« Sie drückt Yvonne das gefüllte Glas in die Hand und schenkt sich ebenfalls noch großzügig nach. Mit einem verschwörerischen Zwinkern prostet sie ihr zu.

»In …« Yvonne stockt. »In … Scheiße, ich weiß den Titel nicht mehr. Auf jeden Fall hat ein Waschbär mitgespielt und sie haben die Welt gerettet.«

»Okay, du warst im Kino und hast von dem Film kaum was mitbekommen. Der Typ muss ja echt heiß sein. Was habt ihr gemacht? Rumgeknutscht?«

Yvonne versenkt die Nase in dem bauchigen Weinglas, atmet den harzigen Duft des Weins ein und schafft es nicht, ihrer Freundin in die Augen zu sehen. »Aber«, fährt sie fort, »Moritz hat uns gesehen.«

»Er wird's überleben«, spottet Veronika.

»Es war nur ein Abschiedskuss.« Ihre Fingerspitzen berühren ihre Wange.

»Alles klar«, meint Veronika breit grinsend. »Und deshalb sitzt du hier und wartest auf Moritz, weil dein Sahneschnittchen dich nur auf die Wange geküsst hat.« Veronikas Augenbrauen wandern in die Höhe.

»Du genießt das, oder?«, sagt Yvonne.

»Natürlich tue ich das.« Veronika sprüht vor Begeisterung. »Ich warte seit Jahren auf diesen Tag, Süße!« Sie beugt sich vor und auf einmal ist Yvonnes Nase zwischen Veronikas Brüsten.

»Ich gönn's dir von Herzen«, flüstert die Freundin. »Außerdem wird's Zeit. Du bist zweiundvierzig.«

»Auch so ein Problem.« Yvonne befreit sich aus der Umarmung. »Patrick ist jünger als ich.«

»Na und?«

»Mindestens fünf Jahre, wenn nicht mehr.«

»Mensch!« Veronika greift nach ihrem Weinglas. »Mach dir doch deshalb nicht ins Hemd! Alt wird er von ganz alleine. Glaub mir, ich kenn mich aus.«

»Und Leonie hasst ihn.«

»Das ist allerdings ein Problem.« Veronika nickt mitfühlend. »Sie ist eifersüchtig.«

»Ihre Freundinnen verändern sich, sind verliebt. Sie fühlt sich zunehmend wie das dritte Rad am Wagen.«

»Gut, dass Emma so ein Spätzünder ist, was?« Veronika setzt ihr Glas ab. »Wenn ich da an meine eigene Jugend denke …« Sie schnalzt mit der Zunge.

Träum weiter. Irgendwie ist Yvonne froh, dass auch ihre Freundin nicht alles über ihre Kinder weiß. So hellsichtig Veronika ihr gegenüber ist, so scheuklappenblind ist sie gegenüber ihren eigenen Kindern.

»Ihr habt also richtig geknutscht und Moritz hat es gesehen.«

»Er hatte eine Rose dabei.« Yvonne beißt sich auf die Lippen. Das hat sie nicht sagen wollen. Aber sie hat heute einiges getan, was sie nicht wollte, und einiges nicht getan, was sie gewollt hat. Sie hat ihn gewollt, als er sie geküsst hat. Es hat sich angefühlt, als würden zarte Lippen an ihrem Schamhaar zupfen. Verlegen greift Yvonne nach ihrem Weinglas.

»Mein Moritz?« Wieder wandern Veronikas Augenbrauen in die Höhe.

»Nein. Patrick.«

»Ach, wie niedlich. Meinen Heiner krieg ich nicht einmal mehr ins Kino und Rosen kauft er nur fürs Café.« Veronika seufzt verträumt.

»Und by the way.« Yvonne erinnert sich an den zweiten Teil ihrer Schwiegermuttervermeidungsversion. »Der Film war ausverkauft, deshalb konnte Renate nicht mit.«

»Geht klar.« Veronika nippt an ihrem Glas. »Wie küsst er denn?«

»Göttlich.« Yvonne erwischt die Frage unvorbereitet. Sie leert das Glas in einem tiefen Zug, dann sackt sie gegen die Sofalehne. Ihre Hochstimmung hat sie mit dem Wein verschluckt. »Ich hätte das nicht tun sollen.« Sie beißt sich auf die Unterlippe. »Es ist alles so verkehrt.«

»Nun mach dir um Leonie mal keinen Kopf. Sie wird sich erst aufregen und dann wird sie sich für dich freuen. Sie liebt dich schließlich.«

»Meinst du?« Yvonne befürchtet, dass ihre Freundin zu optimistisch ist. »Kann sein«, räumt sie schließlich ein. »Es wird auf jeden Fall einfacher, wenn sie es von mir und nicht von Moritz erfährt. Wo bleibt er eigentlich?« Yvonne sieht auf die Uhr. »Das Kino ist schon lange vorbei.«

»Nun bleib mal locker.« Veronika schmunzelt. »Er wird schon gleich kommen. Außerdem ist er mein Sohn, wenn sich also jemand Sorgen machen muss, bin ich es.« Sie unterdrückt ein Gähnen.

»Was du ja nicht tust«, sagt Yvonne. »Auf keinen Fall würdest du aufbleiben und auf ihn warten.«

»Erwischt.« Veronika greift wieder nach ihrem Weinglas. »Er bringt seine Freundin nach Hause. So viel Anstand haben wir ihm immerhin eingetrichtert.«

»Was Ernstes?« Yvonne denkt an Leonies unglückliche Verliebtheit.

»Ich glaube nicht.« Veronika nippt an ihrem Wein. »Mein Großer breitet seine Flügel aus und haut die Mädchen reihenweise um.« Stolz schwingt in ihrer Stimme mit. »Die er jetzt hat, ist ganz niedlich – sagt Emma.«

»Du kennst sie nicht?«

»Erinnerst du dich, wie unzertrennlich unsere drei Großen waren?« Veronikas Stimme klingt wehmütig.

»Oh ja«, seufzt Yvonne. Und wenn es nach Leonie ginge, wären sie das immer noch, fügt sie in Gedanken hinzu.

»Er stellt sie uns nicht vor.« Wie es ihre Art ist, taucht Veronika unvermittelt aus ihrer Erinnerung auf. »Wahrscheinlich hat er Angst, dass wir die Namen durcheinanderwerfen. Noch Wein?«

»Danke, nein.« Hastig legt Yvonne die Hand auf ihr Glas. »Ich spür ihn schon in den Beinen.«

»Da ist er.« Veronika neigt den Kopf Richtung Flur.

»Moritz?«, ruft sie.

»Nein«, antwortet ihr Sohn. »Ein Einbrecher.«

»Kommst du mal?«

»Ich habe nichts getrunken.« Moritz taucht in der Wohnzimmertür auf. Er trägt ein eng anliegendes Hemd, schmale Jeans und seine Haare sind vom Wind zerzaust. Der Junge sieht nicht so aus, als würde er vor einem Date einen Fahrradhelm tragen. Yvonne denkt an die Dellen in ihrer eigenen Frisur.

Moritz' Lippen formen ein lautloses *Oh*, als er Yvonne sieht, dann grinst er. »Geiler Film, was?«

»Ja, war toll.« Yvonne räuspert sich. »Ich war mit einem Kollegen da.« Sie beobachtet Moritz, deshalb entgeht ihr das Zucken seiner Mundwinkel nicht. Er hat sie also tatsächlich gesehen. Sie fühlt sich wie der letzte Idiot. Wie bitte sagt man einem Siebzehnjährigen: *Verpetz mich nicht bei meiner Tochter?*

Das spöttische Leuchten in Moritz' Augen gibt ihr den Rest. Sie greift nach ihrem Weinglas, führt es an den Mund. Erst als sie den Kopf in den Nacken legt, merkt sie, dass es leer ist.

»Ich geh dann mal.« Moritz streicht sich über die Haare.

»Du hast uns gesehen, oder?« Yvonne ist zu alt und zu müde für diese Spielchen. Es ist würdelos. Vor ihr steht ein siebzehnjähriger Bengel, dem sie mehr als einmal den Hintern abgewischt hat, und grinst sie von oben herab an. Klar, für ihn ist es witzig.

»Kann man so sagen.« Sein Grinsen wird noch breiter, was eigentlich eine anatomische Unmöglichkeit ist.

»Könntest du das für dich behalten?«, fragt Veronika. Wie immer ist sie es, die die Sache auf den Punkt bringt.

»Was?«, fragt Moritz.

»Stell dich nicht dümmer, als du bist«, faucht Veronika.

»Ich weiß noch nicht, was daraus wird«, erklärt Yvonne. »Ich möchte einfach nicht, dass Leonie davon erfährt.«

»Okay«, sagt Moritz gedehnt. Das Grinsen verschwindet aus seinem Gesicht. Er kratzt sich den Nacken und auf einmal ist er wieder der Junge, der Guppys züchtet und Angst vor Spinnen hat, und Yvonne weiß, dass es zu spät ist.

27. KAPITEL

Der Mond leuchtet Patrick ins Gesicht. Die Hände hinter dem Kopf verschränkt, träumt er mit offenen Augen von Yvonne, spürt immer noch Yvonnes Herzschlag an der Brust. Irgendwann schläft er dann ein.

Morning has broken von Cat Stevens und damit die Weckfunktion seines Smartphones holt ihn aus einem unglaublichen Traum, in dem Yvonne die Hauptrolle spielte. Von der Straße schallt das Klappern der Mülltonnen herauf, die geleert werden. Aus der Küche dringt Benjamins Stimme zu ihm, der mit Lars skypt. Patrick schleppt seine Morgenlatte ins Bad und lässt sie unter der kalten Dusche erschlaffen. Danach fühlt er sich in der Lage, sich zu Benjamin an den Frühstückstisch zu setzen.

»Hi!«, begrüßen ihn Benjamin und Lars.

»Ich muss los. Euch einen schönen Tag.« Lars winkt noch einmal zum Abschied, dann kollabiert das Chatfenster.

»Und?« Benjamin schenkt Patrick Kaffee ein. Im Gegensatz zu Patrick, der zwar frisch geduscht, aber ansonsten eher noch im Halbschlaf und entsprechend maulfaul ist, möchte Benjamin sich unterhalten.

»Ich hab gar nicht gehört, wie du nach Hause gekommen bist.«

Übersetzt bedeutet das: Du bist aber spät nach Hause gekommen.

»Ja.« Patrick greift nach einer Brotscheibe.

»Hast du noch eine Runde mit dem Rad gedreht?«

»Nein.« Patrick verbrüht sich die Zunge am Kaffee. »Ich war im Kino.«

»Im Kino?« Benjamins Augenbrauen wandern in die Höhe und treffen sich dann über der Nasenwurzel. »Ich war schon ewig nicht mehr in einem Film.«

Was übersetzt heißt: Warum hast du mich nicht mitgenommen?

»In welchem Film warst du denn?«

»Was wird das hier?« Patrick schmiert sich Butter aufs Brot. Das ist einer der Vorteile, wenn man mit Benjamin zusammenwohnt. Die Zeiten von Halbfettmargarine gehören endgültig der Vergangenheit an. »Ein Verhör?«

»Ich frag doch nur.«

»Sagt meine Mutter auch immer.«

Dieser Vergleich bringt Benjamin erst einmal zum Schweigen. Allerdings dauert dieser Zustand nur wenige Minuten.

»Du warst mit Yvonne im Kino«, schießt Benjamin aus der Hüfte.

»Ja.«

»Du tust weder dir noch ihr einen Gefallen.«

»Was?« Patricks Hand schwebt über dem Marmeladenglas. »Fang bitte nicht schon wieder damit an.« Er zieht die Hand zurück. Die Lust auf Marmelade ist ihm vergangen.

»Du bist nicht einmal geschieden.« Benjamin ignoriert seine Bitte.

»Sobald Amelia Teilhaberin ist, bin ich das. Das weißt du.«

»Willst du wirklich hier leben?«

»Nun lass mal die Kirche im Dorf.« Patrick nimmt sich ein Ei und köpft es. »Wir sind gestern das erste Mal zusammen aus gewesen. Wir waren im Kino, haben Popcorn gemampft und uns einen Actionfilm reingezogen.« Wohlweislich verschweigt Patrick die Rose und den Kuss. »Ich habe sie nicht einmal nach Hause gebracht. Klingt das wie ein Heiratsantrag?« Er hebelt den Plastiklöffel in die weiche Masse und greift nach dem Salzstreuer. Dick und gelb tropft es von dem Löffel auf den Teller.

»Sie hat eine behinderte Tochter.«

»Na und?« Patrick lässt den Löffel sinken. »Bedeutet eine behinderte Tochter, dass sie kein Recht auf ein eigenes Leben hat?«

»Yvonne braucht Sicherheit, Stabilität, keinen Kindskopf wie dich.«

»Wann genau bist du eigentlich zum Experten für Yvonnes Bedürfnisse geworden?«

»Im Gegensatz zu dir arbeite ich seit Jahren mit ihr zusammen.«

»Ach nee.« Patrick lehnt sich mit der Kaffeetasse in der Hand zurück. »Sie hat dir also ihre geheimsten Gedanken anvertraut.«

»Das nicht gerade«, räumt Benjamin ein. »Yvonne ist verschlossen. Aber sie hat einiges durchgemacht. Als sie hierherkam ...« Sein Blick gleitet über Patrick hinweg, als sähe er etwas hinter ihm. Sofort kribbelt Patricks Nacken.

»... hat sie nie gelacht«, sagt Benjamin. »Gelächelt ja. Aber nie gelacht. Weißt du, dass sie immer noch nicht wieder Auto fährt? Sie hat nicht mal eins.«

»Gestern hat sie gelacht«, entgegnet Patrick gereizt. »Und wer braucht schon ein Auto?«

»Sie ist kein Spielzeug.«

»Mann, Benjamin.« Patrick knallt die Kaffeetasse auf den Tisch. »Meinst du allen Ernstes, ich will spielen?«

»Amelia und du, ihr seid noch nicht übereinander hinweg.«

»Amelia hat mich vor die Tür gesetzt.«

»Vielleicht bereut sie es. Vielleicht ist dieses ganze Ding mit der Teilhaberschaft nur ein Versuch, wieder mit dir zusammenzukommen.«

»Auf wessen Mist ist denn das gewachsen?« Patrick nickt in Richtung iPad. »Hat Lars sich das ausgedacht?«

Benjamin schüttelt den Kopf.

»Maria?« Fassungslos starrt Patrick den Freund an. »Was verdammt noch mal erzählt Maria?«

»Nichts Spezielles«, sagt Benjamin ausweichend. »Nur dass sie den Eindruck hat, Amelia ginge es nicht gut mit der Trennung.«

»Das ist jetzt nicht dein Ernst, oder?«

Benjamin stemmt sich in die Höhe und fängt an, das Geschirr einzusammeln. »Isst du das noch?« Er zeigt auf die Brotscheibe auf Patricks Teller.

»Ja, klar«, antwortet Patrick. Der Schluck Kaffee brodelt wie Lava in seinem Bauch. Seine Gedanken wandern zurück zu der Gartenparty. »Ich glaube, diesmal irrt Maria.«

Sein Zug hatte Verspätung gehabt und noch im Taxi war Amelia mürrisch gewesen. Sie hasste es, zu spät zu kommen. Doch kaum waren sie ausgestiegen, hatte sie sich bei ihm eingehängt und ihr Lächeln angeknipst.

Die Party war genauso öde und steif, wie er es sich vorgestellt hatte. Dabei hatte Amelia behauptet, alles sei ganz ungezwungen, halt eine Gartenparty. Was erfolgreiche Anwälte eben unter *ungezwungen* und *Garten* verstehen. Die Frauen sahen aus wie frisch von der Beautyfarm und die Männer, als würden sie viel Zeit beim Golfen verbringen. Außerdem war der Garten ein Park, in den locker der See seiner neuen Heimatstadt gepasst hätte. Auf einer Wiese, die wie mit der Nagelschere geschnitten wirkte, hatte der Partyservice weiße Zelte aufgebaut und Kellner mit langen weißen Schürzen gingen mit Tabletts zwischen den Gästen hindurch und boten Fingerfood und Drinks an.

Amelia und er passten perfekt ins Bild. Die Klamotten hatten ihn bereits auf seiner Seite des ehemaligen Ehebettes erwartet. Das hellblaue Hemd und der Sommeranzug aus beigem Leinenstoff, den er trug, hatte Amelia extra für diese Gelegenheit gekauft. Sie selbst trug ein weißes Etuikleid, das sich wie eine zweite Haut an ihren Körper schmiegte. Die Haare hatte sie zu einem lockeren Knoten aufgesteckt. Hand in Hand schlenderten sie wie ein verliebtes Ehepaar über den Rasen. Dabei kontrollierte sie ihn durch den wechselnden Druck ihrer Hand. Wenn er etwas falsch machte, gruben sich ihre Ringe in seinen Handballen.

»Das ist also Ihr Mann.« Ihre Gastgeberin musterte ihn mit klugen bernsteinfarbenen Augen. Brigitte Görner war älter als die anderen Ehefrauen. Eindeutig gehörte sie zur Kategorie erste Ehefrau und schien damit, zumindest auf ihrer eigenen Party, ein Unikat zu sein. Auch in anderer Hinsicht unterschied sie sich. Nichts an ihr war elegant und sie sah nicht so aus, als würde sie sich Gedanken über ihre Kleidung machen. Sie trug eine Rüschenbluse zu einem Faltenrock und ihre Füße steckten in praktischen Sandalen.

»Sie arbeiten mit Kindern?« Brigitte hatte eine angenehme Stimme und ein freundliches Lächeln. Trotzdem wirkte sie traurig. Von Amelia wusste er, dass ihr Sohn vor drei Jahren gestorben war. Er hatte tot im Badezimmer gelegen. Seine Freundin war quasi über ihn gestolpert. Niemand wusste Genaueres, doch hinter vorgehaltener Hand hieß es, bei der Obduktion seien mehr illegale Substanzen als Zellen in seinem Blut gefunden worden.

Bevor Patrick überhaupt den Mund aufbekam, beantwortete Amelia die Frage. Mit glänzenden Augen sprach sie von Bildungsauftrag und krebskranken Kindern. Patrick sah geradezu die Bilder, die sie heraufbeschwor. Blasse Kinder, die haarlosen Köpfe über Schulhefte gebeugt. Eigentlich das ideale Thema, um die Stimmung auf einer Gartenparty zu killen. Doch ihre Gastgeberin nickte begeistert. Sie sei früher selbst Lehrerin gewesen, sagte sie. Als ihr Mann noch studiert habe.

Robert wisse, was er ihr zu verdanken habe, sagte Amelia mit dieser warmen Stimme, die sie an- und abschalten konnte wie einen Föhn. Patrick fragte sich, woher sie das wusste, und für einen Moment schien Brigitte den gleichen Gedanken zu haben, doch dann war ihre Stirn wieder glatt.

»Amüsieren Sie sich«, sagte sie und legte ihm die Hand auf den Arm. »Sie sehen Ihre Frau viel zu selten. Robert verlangt viel von seinen Mitarbeitern.«

»Und Amelia ist bereit, viel zu geben.« Sofort bohrten sich Amelias Ringe in seine Finger und Patrick wusste Bescheid. Das war es also. Für den Rest der Party beobachtete er Amelia und Görner, was relativ einfach für ihn war, weil sie ihn ja wie einen treudoofen Hund hinter sich herzog. Als sie endlich mal an einen Ort musste, wohin sie ihn nicht mitschleifen konnte, rettete er sich in eins der Zelte, wo er wieder auf Brigitte Görner traf. Sie unterhielten sich über Schule und seine Arbeit. Es war leicht, mit Brigitte zu sprechen, sie stellte die richtigen Fragen und hörte aufmerksam zu. Sie war bestimmt eine gute Lehrerin gewesen. Patrick sagte ihr das und Brigitte lachte. Er erfuhr, dass sie Deutschkurse für Flüchtlinge gab. Amelia tauchte am Zelteingang auf, ihre Mundwinkel zuckten, als sie sah, mit wem er sprach.

»Hallo?« Benjamins Finger zappeln vor seinen Augen. »Noch da?«

»Sie muss etwas falsch verstanden haben.« Patrick steht auf und schüttet den Kaffee in die Spüle.

»Maria versteht selten etwas falsch«, beharrt Benjamin.

»Diesmal schon.« Patrick verlässt die Küche, um seine Aktentasche zu packen. Amelia will nichts von ihm. Das Ganze ist absurd.

28. Kapitel

Yvonne rennt hinter Leonies Rollstuhl her. Wind drückt sich ihr entgegen, bei jedem Schritt sackt sie ein. Sie kriegt keine Luft, hat Seitenstechen. Mit letzter Kraft streckt sie die Arme aus, die Griffe sind immer knapp vor ihren Fingerspitzen, doch sie kann sie nicht erreichen. Keuchend bleibt sie stehen. Ihr Herz wummert, ihre Schläfen pochen, ihre Lungen lechzen nach Luft und Leonie verschwindet im Nebel. Yvonne ringt nach Atem, Fell füllt ihren Mund. Sie schiebt die Katze von ihrem Gesicht und setzt sich auf. Noch immer wummert ihr Herz. Sie starrt auf das Kopfkissen neben sich. Nanni hat sich darauf zusammengerollt, wird jetzt vertrieben von Hanni, die ihr diesen Albtraum beschert hat. Früher wäre das nicht passiert. Die Katzen haben sie erst nach Toms Tod angeschafft. Er war allergisch gegen Katzen.

Ach Tom, denkt Yvonne. Sie setzt sich auf und zieht Toms Kissen an den Bauch. Fauchend verlassen die Katzen das Bett. Was soll ich nur machen? Noch immer spürt sie die Angst. Sie greift nach ihrem Handy, das neben dem Bett liegt. Im Traum erreicht sie Leonie nicht und auch im wirklichen Leben gestaltet sich die Kommunikation schwierig.

Unschlüssig kreist ihr Daumen über dem Display. Schließlich schickt sie einen Morgensmiley auf den Weg und legt das Handy wieder weg. Leonie soll nur wissen, dass sie an sie denkt. Reden können sie, wenn das Kind wieder zu Hause ist. Das ist zumindest der Plan: weder entschuldigen noch rechtfertigen. Das ist die Parole, die Veronika ausgegeben hat, und dann hat sie noch so leise hinzugefügt, dass selbst Yvonne sie nur mit Mühe hören konnte: »Leg ihn flach!«

Wenn das mal so einfach wäre. Der Gedanke, mit Patrick zu schlafen, macht ihr Angst. Seit Tom tot ist, besteht ihr Sexualleben aus ihr, den Fingern ihrer rechten Hand und ihren Erinnerungen. Und jetzt das. Ein Mann begehrt sie und wenn sie die Zeichen richtig deutet, begehrt auch sie ihn. Sie schließt die Augen: Sie nackt, er nackt. Ihr wird erst heiß, dann kalt und sofort fallen ihr hundert Gründe ein, warum das keine gute Idee ist. Sie ist nicht mehr zwanzig, ihr Körper hat Dellen, ihre Brüste hängen und wahrscheinlich macht sie sowieso alles falsch. Lieber nicht darüber nachdenken. Ach Tom! Yvonne legt das Kissen wieder an seinen Platz, streicht es glatt und geht ins Bad. Mit ihm war alles so einfach. Sie vermisst ihn so sehr. Seinen Humor, seine Ruhe, seinen Rat. Er wüsste, was zu tun wäre.

Stirnrunzelnd mustert sie sich im Spiegel. Fragt sie gerade wirklich ihren toten Mann, wie sie Leonie beibringen kann, dass sie sich verliebt hat?

Patrick wartet an der Ecke auf sie. Der Wind spielt in seinen Haaren. Zwischen seinen Augenbrauen ist eine steile Falte, die verschwindet, als er sie sieht.

»Bist du gut nach Hause gekommen?« Er lenkt sein Rad neben sie. Gebräunte Haut taucht zwischen Shirt und Hosenbund auf. Yvonnes Kehle wird trocken.

»Ja, danke«, krächzt sie.

»Toller Film, oder?« Er scheint ihre Verwirrung nicht zu bemerken.

»Ja.« Yvonne räuspert den Steinbeißer aus ihrer Kehle.

»Ist was?« Patrick bremst. Die Ampel vor ihnen springt um auf Rot. Er hat also doch etwas bemerkt.

»Nein, alles gut.«

»Ich wollte nicht …«, setzt Patrick an.

Yvonne unterbricht ihn. Sie will nicht, dass er sich entschuldigt. Nicht für den Kuss.

»Schon gut«, sagt sie.

»Ist was mit Leonie?«

»Wieso fragst du?« Yvonne steigt vom Rad.

»Nur so?« Patrick mustert sie stirnrunzelnd. »Sie ist doch auf Klassenfahrt, oder?«

»Sie sind gut angekommen.« Yvonne weiß selbst, dass sie zickig klingt. Aber sie kann ihm unmöglich sagen, dass sie gestern geknipst worden sind und dass sie sich deshalb Sorgen macht. Es wäre zu – zu intim.

»Hör mal«, sagt Patrick. Die Ampel springt um. Erst als die Kreuzung hinter ihnen liegt, fährt er fort. »Das wir uns geküsst haben, muss dir nicht peinlich sein. Wenn es bei diesem einen Kuss bleiben soll, ist das in Ordnung für mich. Aber eins sollst du wissen. Du bist eine tolle Frau und ich würde gern mehr Zeit mit dir verbringen.«

»Ich …«, setzt Yvonne an, doch Patrick unterbricht sie.

»Du musst nichts sagen. Nicht jetzt.« Sie biegen in die Straße ein, die zum Klinikum führt. »Benjamin meint sowieso, du hast was Besseres als mich verdient.«

»Ihr habt über mich gesprochen?« Yvonne gefällt der Gedanke überhaupt nicht.

»Nicht über dich.« Patrick schüttelt den Kopf. Sie sind jetzt am Fahrradständer. »Eher über mich.« Er grinst sie von der Seite an und Yvonnes Atemvolumen halbiert sich.

»Er hält mich für einen unreifen Kindskopf.«

»Und?«, fragt Yvonne, obwohl sie weiß, dass sie jetzt besser die Klappe halten sollte. »Bist du das?«

»Ich weiß nicht.« Patrick streicht sich durch die Haare. »Vielleicht.« Er zuckt die Achseln und zieht die Aktentasche vom Gepäckträger. »Aber wenn ich einer bin.« Vor der Glastür wendet er sich um. Yvonne, die dicht hinter ihm geht, prallt gegen ihn. Die Wärme seines Körpers verwirrt sie. Veronikas Stimme geistert durch ihre Hirnwindungen. *Leg ihn flach!*

»Dann wäre ich gern deiner.«

»Kein Thema«, erwidert Yvonne, bevor sie überhaupt realisiert, was Patrick da gerade gesagt hat.

Sie stolpert einen Schritt zurück und ist sich dabei der neugierigen Blicke der Kollegen bewusst, die zu ihren Arbeitsplätzen in Verwaltung und Ambulanzen eilen und in deren Weg sie stehen.

»Ich meine …« Hitze schießt ihr in die Wangen. Sie weiß nicht einmal, was sie meint.

»Du musst dich nicht rechtfertigen.« Patrick greift nach ihrem Arm und führt sie durch die Halle. Der vertraute Klinikgeruch gibt Yvonne etwas von ihrer Selbstsicherheit zurück. Ihre Schritte hallen im gleichen Rhythmus durchs Treppenhaus und den langen Flur, der zum Park führt.

»Ist es wegen deiner Tochter?«

Sie sind jetzt im Park. Eine leichte Brise raschelt im Laub der Bäume. Yvonne fühlt sich wie eine Zitrone, die ausgepresst wird.

»Es ist schwierig mit ihr im Moment.«

»Du hast das Gefühl, sie zu hintergehen, oder?«

»Irgendwie schon.« Yvonne schlenkert mit ihrer Handtasche. Die Sonne wärmt ihren Nacken. Ihre Füße tappen auf den Waschbetonfliesen, die die Wege bilden. Rosa Nagellack, Flipflops. Daneben seine Schuhe. Braun mit Schnürbändern. Sie haben die gleiche Schrittlänge.

»Aber sie ist nicht da.« Die braunen Schuhe bleiben stehen, die Schuhspitzen drehen sich in ihre Richtung. »Weißt du, ich verstehe deine Tochter besser, als du denkst.«

»Wirklich?« Yvonne erinnert sich an eine Bemerkung, die er mal gemacht hat. *Du hättest mich in dem Alter mal erleben sollen.*

»Ja.« Patrick nickt. »Ich war acht, als sich meine Eltern scheiden ließen, und während der Pubertät habe ich jeden Kerl gehasst, den meine Mutter angeschleppt hat.«

»Waren es denn so viele?«

»Im Ganzen drei«, antwortet Patrick. »Die ersten zwei habe ich vertrieben, aber vielleicht hätten sie auch so das Weite gesucht. Dem dritten war es egal, wie schlecht ich mich benommen habe. Er liebte meine Mutter und hat sich einfach nicht vergraulen lassen. Nicht einmal von einem pickeligen, übergewichtigen und arroganten Fünfzehnjährigen.«

Yvonne lacht, es fällt ihr schwer, sich Patrick als pickeliges Pummelchen vorzustellen. Als könnte er ihre Gedanken lesen, fährt er fort: »Ich bin ein Spätzünder.«

»Ich verstehe.« Yvonne nickt.

»Nein«, widerspricht Patrick. »Tust du nicht.« Wieder legt er ihr die Hand auf den Arm. Yvonnes Blut strebt zu der Stelle, wo seine Hand liegt.

»Heute bin ich froh, dass Heinz sich nicht hat vertreiben lassen und meine Mutter jemanden hat.«

Gib Gas, Frau, meldet sich der Steinbeißer in ihr.

»Kümmer du dich um dich dich!«

Erst als Patrick nickt, begreift sie, dass sie den letzten Satz ausgesprochen hat. Der kleine grüne Steinbeißer hockt mit einem unschuldigen Augenaufschlag in ihrer Stimmritze. Sie räuspert ihn fort. »Das ist wunderbar für deine Mutter. Aber ich glaube, Leonie hat da doch andere Ängste.«

»Weil sie im Rollstuhl sitzt?«

»Zum Beispiel.« Yvonne geht weiter. Schon beim ersten Schritt fehlt ihr die Berührung seiner Hand. »Es ist spät.« Sie rettet sich in den Alltag. »Benjamin wird sich wundern, wo wir bleiben.«

»Auch sie wird fortgehen oder fortrollen«, sagt Patrick hinter ihr. »Was auch immer.« Mit zwei Schritten holt er auf. Jetzt sind die braunen Schuhe wieder neben ihr, nehmen ihren Rhythmus auf. »Und wer kümmert sich dann um dich?«

Die Frage schmerzt. »Sie ist fünfzehn«, erwidert Yvonne schärfer als beabsichtigt. »Sie wird noch lange nicht fortrollen.«

»Aber sie wird. Und was ist dann?«

»Vielleicht trinken wir dann mal einen Kaffee zusammen und schauen, was daraus wird.« Yvonne nimmt die Schultern zurück, beißt die Zähne zusammen und zwingt ein Lächeln in ihre Mundwinkel. Erst als das sitzt, schaut sie ihm ins Gesicht. Ganz kurz und so, dass sie ihm nicht in die Augen sehen muss. Ob er weiß, wie sehr er ihr gerade wehtut? Sie will nicht darüber nachdenken, was in fünf oder sechs Jahren ist. Was hat das für einen Sinn? Pläne machen? An die Zukunft denken? Sie hatten Pläne. Tom und sie. Ein Autounfall gehörte nicht dazu. Und trotzdem ist genau das passiert.

»Aber ich mag dich jetzt.«

»Ich ...«

»Pst!« Er bleibt stehen, greift nach ihrer Hand. Wieder zeigen seine Schuhspitzen in ihre Richtung.

Du kannst nicht ständig auf eure Füße starren, hallt es steinbeißergrün durch ihren Schädel.

Yvonne hebt den Kopf, schafft es aber nur bis in Höhe seines Adamsapfels, dann verfängt sich ihr Blick in einem Faden, der sich von einem Knopfloch seines Shirts gelöst hat und im Wind flattert.

»Nein ist nicht die richtige Antwort, wenn man Ja meint.«

»Woher willst du wissen, dass ich Ja meine.« Seine Arroganz gibt ihr dann doch etwas von ihrem Selbstbewusstsein zurück.

»Wir haben uns geküsst«, ist seine schlichte Antwort.

Yvonne schluckt.

»Du mochtest es. Zuerst. Was ist dann passiert?« Er mustert sie, die nebelgrauen Augen zusammengekniffen, den Kopf zur Seite geneigt.

»Nichts«, sagt Yvonne.

»Da war ein Junge.« Patricks Blick gleitet über sie hinweg. Die Sonne lässt seine Augen fast durchsichtig erscheinen. »Er hat mich gegrüßt. War es wegen ihm?«

»Er hat uns fotografiert«, sagt sie.

»Er hat was?«

»Es war Moritz, ein Freund von Leonie. Er hat uns fotografiert und Leonie das Bild per WhatsApp geschickt.«

»Ach du Scheiße!«

Yvonne nickt kläglich. »Sie hat doch nur mich.«

»Und ihre Oma. Und ihre Freundin. Und diesen Moritz.«

»Sie ist in einem schwierigen Alter.«

»Yvonne.« Mit der Spitze seines Zeigefingers hebt er ihr Kinn an, sodass sie ihm in die Augen schauen muss. »Gib mir eine Chance«, flüstert er, dann berühren sich ihre Lippen.

29. Kapitel

Gleich nach dem Kuss läuft Yvonne weg. Wie nach dem Kino. Patrick spürt noch ihre Lippen auf seinen, da biegt sie schon um die Ecke und verschwindet zwischen den blühenden Rhododendren. Ihre Flipflops klatschen auf dem Waschbeton, dann hört er nur noch das Gurren der Tauben und das Rauschen der Straße jenseits des Parks. Patrick folgt Yvonne seufzend. Warum macht sie es ihnen nur so schwer? Für einen Moment wünscht er ihre Tochter zum Mond, dann reißt er sich zusammen. Im Gegensatz zu Leonie ist er ein erwachsener Mann. Er denkt an Heinz, der so gleichmütig seinen Hass ignoriert und ihm immer wieder die Hand gereicht hat, bis er sie ergriffen hat. Heute ist Heinz sein Vater und nicht mehr der Typ, der ihn gezeugt und sich nach der Trennung nie wieder hat blicken lassen. Patrick weiß, dass sein biologischer Vater ein neues Leben hat: mit Frau und Kindern. Er hat quasi nahtlos die Familie gewechselt und viel Energie darauf verwendet, sich gegen die Unterhaltszahlungen zu wehren. Patrick denkt an seine Schwestern. Zwillinge, soviel er weiß. Er hat sie nie gesehen. Für ihn war kein Platz in Papas neuer Familie. Kein Wunder, dass er sich an seine Mutter geklammert hat. Er wollte sie nicht auch noch verlieren, konnte sich nicht vorstellen, dass er nichts verliert, sondern einen neuen Menschen hinzugewinnt. Und genauso wird es Leonie gehen. Der Gedanke lässt ihn zwei Schritte auf einmal nehmen. Beschwingt reißt er die Tür zum Container auf und prallt gegen Benjamins schlechte Laune.

»Was verdammt noch mal hast du mit Yvonne gemacht?« Benjamin lehnt mit der unvermeidlichen Kaffeetasse in der Hand an der Spüle. »Sie ist völlig aufgelöst.«

»Ein Kumpel von Leonie hat uns im Kino gesehen.«

»Ja und?«

»Und hat nichts Besseres zu tun gehabt, als ihr ein Foto zu schicken.«

»Ein Foto von was? Nein.« Benjamin knallt die Tasse auf die Spüle. Kaffee spritzt auf den Edelstahl. »Sag nicht, ihr habt im Kino geknutscht.«

»Das geht dich einen Scheißdreck an.«

»Ich leite diese Schule«, sagt Benjamin. »Es geht mich sehr wohl was an, wenn das Verhalten des Lehrkörpers den Unterrichtsablauf stört.«

»Lehrkörper.« Patrick schnaubt. »Wir sind hier zu dritt an dieser Gummibärchenschule.«

Benjamins Lippen werden schmal und Patrick weiß, dass er gerade auf sehr dünnem Eis unterwegs ist. Warum verdammt noch mal hat er ausgerechnet dieses Wort benutzt? »Es tut mir leid.« Seine Wut verraucht ebenso schnell, wie sie aufgeflammt ist.

»Lass sie einfach in Ruhe! Das geht nicht gut.«

»Ich tu ihr doch nichts.«

»Da wäre ich mir nicht so sicher.« Benjamin nimmt seine Unterlagen und verlässt den Container. Helle Kinderstimmen begrüßen ihn auf der Treppe, dann kommen Patricks Schüler herein. Sie strecken die Nasen vor, als würden sie den Streit wittern, der in der Luft liegt.

»Geht schon mal rüber.« Patrick zwingt sich zu einem Grinsen, dann folgt er ihnen. Für die nächsten zwei Stunden ist er einfach nur ein Lehrer, der mit dem einen Schüler Überschlagsrechnung übt und dem anderen den Unterschied zwischen Adjektiv und Adverb beibringt. Sein Handy vibriert in der Hosentasche, doch erst, als die Schüler den Klassenraum verlassen haben, nimmt er es heraus. Eine SMS von Amelia.

Kannst du am Wochenende? Mein Boss hat uns eingeladen! Wichtig!! Ein Fragezeichen, drei Ausrufezeichen. Das ist keine Bitte, das ist eine als Bitte verkleidete Dienstanweisung. Patricks Daumen schwebt über der Bildschirmtastatur, dann tippt er den ersten Buchstaben. Die Autokorrektur schlägt ihm das Wort *Nein* vor und er schickt es ab. Ganz ohne Ausrufezeichen. Eine Minute später klingelt sein Handy. Amelia lacht ihm vom Display entgegen, ihre Haare leuchten in einem Sonnenstrahl. Im Hintergrund sieht man die nebelverhangene Nordsee. Er erinnert sich an den Tag. Es war ein magischer Augenblick. Die Sonne brach heraus und auf einmal war dieses Leuchten um Amelia. Sie war so entspannt, so ganz bei sich, hatte schon seit dem Frühstück nicht mehr über ihren Job geredet.

Die Tür geht auf und Patrick steckt das Handy in die Hosentasche. Es vibriert an seinen Beckenknochen. Yvonne kommt herein, an ihrer Hand schlenkert Mikesch, der Kater, dem die Kinder vertrauen.

»Soll ich rausgehen?« Yvonne schiebt Mappe und Mikesch in ihr Fach. Sie vermeidet es, ihn anzusehen.

»Nein«, sagt Patrick hastig.

»Willst du das Gespräch nicht annehmen?«

»Nicht jetzt.« Das Klingeln verstummt. Patrick weiß, dass es nur ein Aufschub ist. Auf keinen Fall wird Amelia seine Antwort akzeptieren.

»Es …« Sie verstummen gleichzeitig.

»Ladys first«, sagt Patrick.

»Ich muss erst mit Leonie sprechen«, erklärt Yvonne. »Ich kann das nicht hinter ihrem Rücken.«

»Ich verstehe.« Patrick nickt. Keine Abfuhr, denkt er. Das ist doch schon mal was, auch wenn gute Chancen bestehen, dass es eine wird.

Benjamin kommt herein. Für einen Mann seiner Größe und ganz gegen seine sonstige Gewohnheit hat er sich erstaunlich leise angeschlichen. Patrick fragt sich, ob er sie belauscht hat. Sein Blick wandert erst zu Yvonne, dann zu ihm. Er runzelt die Stirn.

»Alles klar?«, fragt er.

»Ja«, antworten sie gleichzeitig. Yvonne starrt auf ihre Füße.

»Ihr habt geknutscht?« Im Gegensatz zu seinem lautlosen Erscheinen fällt Benjamin jetzt mit der Tür ins Haus.

»Was?« Yvonnes Kopf schießt in die Höhe. Ihre Blicke treffen sich. Sie blinzelt, Regenwolken ziehen über die blaue Iris ihrer Augen.

»Ihr solltet euch das wirklich gut überlegen«, sagt Benjamin.

»Benjamin!«, fährt ihm Patrick in die Parade. »Es reicht.«

Sie starren sich an. Offensichtlich ist Benjamin anderer Meinung, aber zumindest hält er die Klappe. Patrick fasst es nicht: Benjamin ist sein ältester Freund und spielt sich jetzt als Moralapostel auf. Und das alles nur, um Yvonne vor ihm zu schützen. Er ist doch kein Monster. Patrick möchte Benjamin am liebsten am Kragen packen und ordentlich durchschütteln. Er ballt die Fäuste.

»Es ist nichts.« Yvonne fasst sich an die Lippen. »Mach dir keine Sorgen.« Es gelingt ihr zu lächeln.

»Dann ist ja gut«, sagt Benjamin. »Wie sieht's aus?«, fragt er Patrick. »Kommst du mit in die Cafeteria?«

»Leck mich!« Patrick greift nach seiner Aktentasche und verlässt den Container. Zwischen den Rhododendren bleibt er stehen. Hier haben sie sich heute Morgen geküsst. Das Handy klingelt wieder in seiner Hosentasche. Er zieht es heraus.

»Was willst du, verdammt noch mal?«, faucht er.

190

»Wow!«, sagt Amelia. »Da ist aber jemand mit dem falschen Bein aufgestanden.«

»Sag mir einfach, was du willst.« Patrick lässt sich auf eine Bank am Wegrand fallen. Jetzt ist eh schon alles egal, da kann er genauso gut auch noch mit Amelia streiten. Vielleicht tut ihm das sogar gut. Möglicherweise hilft ihm ja seine Wut gegen ihre verhandlungsgeschulten Fähigkeiten.

»Du hast versprochen, du hilfst mir, assoziierter Partner zu werden.«

»Das habe ich getan.« Müde massiert er sich die Nasenwurzel. »Ich habe den dämlichen Anzug angezogen und Small Talk gemacht.«

»Wahrscheinlich warst du zu gut.« Amelias Stimme klingt gepresst. »Sie hat uns wieder eingeladen.«

»Wer?«

»Brigitte Görner.«

»Die Frau von deinem Lover?«

Schweigen.

Zum ersten Mal verschlägt etwas, was er sagt, Amelia die Sprache. Es fühlt sich nicht so gut an, wie er gedacht hat. »Tut mir leid«, sagt er.

»War es so offensichtlich?« Ihre Stimme klingt verzagt.

»Für mich schon«, antwortet Patrick. Er will ihr nichts Böses. Wenn sie unbedingt möchte, kann sie ihren Chef vögeln. Das ist ihm egal. Obwohl: eigentlich nicht. Sie ist zu schade für diesen gelackten Kerl, der sich erst von seiner Frau das Studium finanzieren lässt und sie dann in einem großen Haus von seinem Leben aussperrt.

»Wahrscheinlich lädt sie uns deshalb schon wieder ein. Brigitte ist so«, murmelt Amelia. »Sie packt den Stier bei den Hörnern.«

»Da ist sie bei dir ja an der richtigen Adresse.«

»Wie meinst du das?«, braust Amelia auf.

»Immerhin fließt spanisches Blut in deinen Adern.«

»Kannst du nicht einmal ernst sein?«

»Ich bin ernst.«

»Ich brauche dich hier.«

»Wegen Brigitte oder wegen deiner assoziierten Partnerschaft?«

»Das eine geht nicht ohne das andere«, erwidert Amelia. »Brigitte hat ein Wort mitzureden. Sie ist nicht so harmlos, wie sie tut. All das Gerede, wie sie Robert das Studium finanziert hat. Er hat dafür bezahlt.«

»Ach ja?« Dieses Gespräch kommt Patrick so falsch vor. »Etwa damit, dass er ihr ein Haus gebaut hat?«

»Ihr gehört die Kanzlei.«

»Oh!« Patrick ist auf einmal voller Bewunderung für die kleine unscheinbare Frau.

»Bitte lass mich nicht hängen.«

»Willst du das wirklich?«, fragt Patrick. »Die Schattenfrau sein.«

»Du kennst ihn nicht.«

»Nein. Und ehrlich gesagt, hab ich auch keinen Bock darauf, das zu ändern.« Im Hintergrund hört er jetzt Stimmen.

»Wir reden heute Abend, ja?«, sagt Amelia hastig. »Ich muss auflegen.«

»Was hast du Maria erzählt?«, fragt er schnell. »Wieso denkt sie …?«

»Ich kann jetzt nicht sprechen.« Ihre Stimme ist nur noch ein gehetztes Flüstern.

»Sie behauptet, du willst die Scheidung nicht.«

»Später.« Sie drückt das Gespräch weg. Darin ist sie gut, im Wegdrücken. Telefonate, Probleme, Ehemänner.

Patrick steckt das Handy zurück in die Hosentasche. Sie wird wieder anrufen. Stimmen nähern sich, die helle einer Frau und die dunklere eines Mannes. Hastig steht er auf. Er will den beiden jetzt nicht begegnen. Er muss nachdenken.

30. KAPITEL

Yvonne steht am Fenster ihres Arbeitszimmers und sieht hinaus. Veronika hat angerufen, als sie vom Flughafen losgefahren sind. Sie müssen also jeden Augenblick kommen. Sie kaut an ihren Fingernägeln. Etwas, was sie schon lange nicht mehr getan hat. Entnervt versenkt sie die Hände in den Hosentaschen. Eine Woche hat sie nichts von Leonie gehört. Keine SMS, keine WhatsApp, Schweigen. Ihre letzte Nachricht war: *Sind gut angekommen, Wetter ist toll.* Unter normalen Umständen hätte ihr das gereicht, aber nicht in dieser Situation. Es hat sie sämtliche Beherrschung gekostet, Leonie keine Nachricht zu schicken. Von Veronika weiß sie zumindest, dass es ihr gut geht. Emma hat ihr Bilder geschickt. Die Mädchen am Strand. Leonies Rollstuhl steht an der Wasserkante. Wenn sie das Bild vergrößert, sieht sie ihren Kopf auf den Wellen tanzen. Zumindest glaubt sie, dass es Leonie ist. Das Bild ist ziemlich verpixelt.

Yvonne blickt auf die Uhr. Wenn sie gut durchgekommen sind, müssten sie jetzt jeden Augenblick hier sein. Die Katzen warten ebenfalls. Sie sitzen vor Yvonne auf der Fensterbank und ihre Schwänze zucken. Endlich rollt der Familienvan der Blonds auf den Bürgersteig. Yvonnes Magen macht einen Hüpfer. Sie stürzt aus dem Arbeitszimmer und zieht die Tür hinter sich zu, bevor die Katzen ihr folgen können.

»Hi!« Veronika drückt Yvonne an sich. »Alles gut«, flüstert sie ihr ins Ohr, dann geht sie zur Heckklappe.

»Hi!« Yvonne zieht die Seitentür auf. Nur Emma erwidert ihren Gruß. Leonie verstaut betont umständlich ihr Handy. Nichts ist gut. Leonie hat sich vor Veronika einfach nur verstellt. Sobald sie im Haus ist, wird die Maske fallen.

Veronika klappt den Rollstuhl für Leonie auf. »Brauchst du Hilfe, Schatz?«

»Geht schon und danke fürs Abholen.« Leonie hievt sich mithilfe ihrer Krücken aus dem Van. Sie strahlt Veronika an.

»Ich komme zurecht«, zischt sie, als Yvonne ihr die Krücken abnehmen will. Ihre Augen sind glänzende Kiesel, die Lippen ein schmaler Strich. Ohne einen Blick zurück rollt sie ins Haus.

»Ups!« Veronika bläst die Wangen auf. »Das sieht nicht gut aus.« Sie wendet sich an Emma. »Hat sie was zu dir gesagt?«

»Was?« Verwirrt blinzelnd sieht Emma von ihrem Handy auf.

»Ob. Sie. Etwas. Zu. Dir. Gesagt. Hat. Will. Ich. Wissen!« Veronika betont jedes Wort.

»Keine Ahnung. Was soll sie denn gesagt haben?« Emma sieht ihre Mutter mit großen Unschuldsaugen an.

»Lass gut sein!« Yvonne greift nach dem Trolley und folgt ihrer Tochter mit einem mulmigen Gefühl im Bauch ins Haus. Ohrenbetäubende Musik schallt aus Leonies Zimmer.

Ach du Scheiße! Yvonne öffnet die Tür ihres Arbeitszimmers und lässt die Katzen heraus. Sie reiben ihre Köpfe an Leonies Trolley, dann schnuppern sie an ihrer verschlossenen Zimmertür. Die Aufzugtüren gleiten auf.

»Ich hab Kuchen gebacken.« Das Lächeln fällt Renate aus den Mundwinkeln, als sie den Lärm aus Leonies Zimmer hört. »Was ist mit ihr?« Sie flüstert, obwohl Leonie sie nicht einmal hören könnte, wenn sie durch ein Megafon schreien würde.

»Habt ihr euch gestritten?« *Schon wieder,* fügen ihre Augen hinzu.

»Nein.« Yvonne zuckt mit den Schultern. »Sie war schon so drauf, als sie ausgestiegen ist.« Yvonne rollt den Trolley ins Bad und kippt seinen Inhalt auf die Fußmatte. Unterwäsche, Tampons, Shirts und Sommerhosen, ein Bikini, ein Reclam-Heft – *Romeo und Julia* – und ein Taschenbuch – *Per Anhalter durch die Galaxis* –, alles landet auf einem dumpf feuchten Haufen.

»Halt mal.« Yvonne sortiert die Schullektüre aus und drückt sie Renate in die Hand.

»Was ist denn jetzt mit dem Kuchen?«, fragt ihre Schwiegermutter.

»Gleich.« Yvonne fischt noch einen grellpinken Filzstift ohne Kappe aus einem Slip. Nach einigem Kramen findet sie auch noch die dazugehörige Kappe, der Rest wandert in die Waschmaschine.

»Es ist Pflaumenkuchen«, sagt Renate.

»Moment noch.« Yvonne nimmt den Trolley und stellt ihn zum Auslüften auf die Terrasse.

»Leonie!« Renate klopft gegen Leonies Terrassentür. »Ich bin's, Oma! Was ist denn?«

»Lass gut sein!« Yvonne tritt zu ihrer Schwiegermutter.

»Aber der Kuchen.« Renate wendet sich zu ihr um. Eine Träne tropft von ihrem Unterlid. Wie immer, wenn sie besorgt ist, legt sie die Hand auf ihre Perlenkette. Yvonne hat mal gelesen, dass Menschen das tun, um sich selbst zu beruhigen.

»Was sagt denn Veronika?«

»Nichts.«

»Haben die Mädchen sich gestritten?«

»Nein.« Yvonne zwingt sich zu einem Lächeln. »Lass uns reingehen!«

Im Flur ist Leonie, das Handy in der Hand, die Augen zu Schlitzen zusammengekniffen.

»Das ist los, Oma.« Sie streckt Renate das Handy entgegen. Yvonne muss das Bild nicht sehen, um zu wissen, was es zeigt.

»Pack das weg!«, sagt sie scharf.

»Was ist das?« Renate greift nach dem Handy, dann schnappt sie nach Luft. »Aber das bist ja du?«, flüstert sie. Entsetzt starrt sie vom Handy zu Yvonne. »Wer ist der Mann?«

»Ihr Lover.« Leonie reißt ihrer Großmutter das Handy aus der Hand und rollt zurück in ihr Zimmer. Sofort erstirbt der ohrenbetäubende Lärm. Wahrscheinlich presst sie gerade ihr Ohr an die Tür, um auch mitzukriegen, ob ihre Bombe zündet.

»Du warst gar nicht mit Veronika im Kino?«, fragt Renate fassungslos. »Sondern mit diesem Mann?«

»Es ist nicht so, wie du denkst.« Der Weg in die Hölle ist nicht nur mit guten Absichten, sondern auch mit Phrasen gepflastert.

»Nicht so, wie ich denke?« Renate blickt in ihre Handfläche, als hielte sie Leonies Handy immer noch in der Hand. »Ihr habt euch geküsst?«

»Das ist einfach so passiert.«

»Einfach so passiert? Kind!«, sagt Renate. »Du bist zweiundvierzig.« Sie bemerkt nicht einmal, dass Yvonnes Alter und die Bezeichnung Kind wie Rappe und Weiß zusammenpassen.

»Du hast recht«, erwidert Yvonne. »Ich bin erwachsen. Es war eine einmalige Angelegenheit und ich will nicht darüber sprechen.« Schon wieder eine Lüge. Erstens gab es einen zweiten Kuss und zweitens will sie darüber reden. Nur nicht mit Renate. Seit einer Woche steht Patrick jeden Morgen mit dem Rad an der Ecke. Sie begrüßen sich, fahren gemeinsam zur Schule und dabei flattert ihr Herz.

»Aber wer ist der Mann?«, fragt Renate. »Kenne ich ihn?«

»Ein Kollege.«

»Ich dachte, dein Kollege ist …«, Renate räuspert sich, »… homosexuell veranlagt.«

»Ein anderer Kollege.«

»Und den küsst du so einfach? Denkst du denn gar nicht an Thomas?«

Die Frage trifft Yvonne wie ein Hieb auf den Solarplexus. Sie krümmt sich, schnappt nach Luft. »Doch«, japst sie schließlich. »Und zwar jeden verdammten Tag.« Sie blinzelt die Tränen weg. »Aber davon kommt er nicht zurück. Tom ist tot. Tot! Verstehst du?« Sie schlägt die Hände vors Gesicht und flieht in ihr Arbeitszimmer.

Es tut gut, die Tür zu knallen, es tut gut, die Vase mit den Trockenblumen zu nehmen und … Okay. Das nicht. Nicht die Vase. Tom hat sie auf der Kirmes für sie geschossen. Sie ist hässlich und unersetzlich. Vorsichtig setzt Yvonne sie ab und lässt sich in den Sessel fallen. Schluchzend umschlingt sie sich mit beiden Armen, wippt vor und zurück. Hanni streicht ihr um die Beine. Nanni springt auf die Sessellehne, dann legt sich eine Hand auf ihre Schulter. Es ist Leonie. Auch aus ihren Augen strömen Tränen. Renate steht hinter ihr, sie presst ein Taschentuch vor den Mund, um ihre Schluchzer zu unterdrücken. Auf einmal muss Yvonne lachen. Sie kann es nicht zurückhalten, die Situation ist einfach zu absurd. Das Lachen sprudelt einfach so aus ihrer Kehle.

31. Kapitel

Patrick sitzt am Schreibtisch des Gästezimmers, das Notebook aufgeklappt vor sich, daneben Block und Stift. Er versucht zu arbeiten, doch nach gefühlt jedem zweiten Satz huscht sein Blick zur Zeitanzeige rechts unten im Display. Seufzend lehnt er sich zurück und starrt über den Bildschirm hinweg auf das Haus auf der anderen Straßenseite. Nur noch die Fenster der oberen Etage glänzen im Sonnenlicht, der Rest liegt im Schatten. Es ist gleich halb vier. Leonies Flieger ist um zwei gelandet. Er weiß das, weil er gehört hat, wie Yvonne mit ihrer Freundin telefoniert hat. Er weiß es nicht von ihr. Sie reden nicht mehr über ihre Tochter.

»Ich muss erst mit Leonie sprechen«, hat Yvonne gesagt. »Ich kann das nicht hinter ihrem Rücken.«

Er hat es akzeptiert. Irgendwie zieht sich das wie ein roter Faden durch sein Leben. Er tut, was die Frau, die ihm etwas bedeutet, will. So war es schon bei Amelia und ihm. Vielleicht hat Benjamin ja wirklich recht, wenn er ihn Kindskopf nennt. Anderseits: Was hätte er sonst tun sollen? Es ist ja nicht so, als hätte er Handlungsoptionen gehabt. Egal. Patrick greift sich in die Haare und zieht daran, um den dumpfen Schmerz zu lösen, der unter seiner Schädeldecke hockt. Es kommt, wie es kommt, und heute ist Ziehung bei der Schicksalslotterie. Und auch wenn es ihm nicht gefällt: Er hat Schiss. Richtig Schiss. Ein fünfzehnjähriges Mädchen entscheidet über sein Glück. Eine kafkaeske Situation. Er wird angeklagt und verurteilt werden, ohne überhaupt die Chance zu haben, sich zu erklären. Patrick ruft sich selbst zur Ordnung. Yvonne mag ihn. Sie wird sich durchsetzen. Er zwingt seine Konzentration von den glitzernden Fensterscheiben zurück auf den Text. Was zugegebenermaßen eine Pseudobeschäftigung ist. An der Uni war das anders, da hat er recherchiert, Artikel geschrieben, sich mit studentischen Hausarbeiten auseinandergesetzt. Heute besteht seine ganze Forschungsaufgabe darin, sich Wikipedia- und Net-Doc-Wissen über die diversen Diagnosen seiner Schüler anzulesen. Selbstkritisch fragt er sich, ob er sein altes Leben zurückhaben will. Die Fachbereichsleiterin würde ihn auf jeden Fall wieder nehmen. Billig und willig. Aber was soll er in Frankfurt? Zurück zu Amelia? Er horcht in sich hinein, verspürt Bedauern, aber keine Sehnsucht. Er ist über sie hinweg. Sie ist nur noch Teil seiner Erinnerung. Unbestritten ist sie ein wichtiger Teil, aber eben der Vergangenheit, nicht seiner Zukunft. Seit ihrem Telefonat haben sie nicht mehr miteinander gesprochen. Diesmal ist die Botschaft angekommen. Auch wenn er es immer noch nicht glauben kann, scheint sie sein Nein zu akzeptieren. Aber vielleicht will sie auch nur keine falschen Signale senden. Er fragt sich, was sie wohl zu Maria gesagt hat. Für Amelia ist mit seinem Nein der Kommunikationsgau eingetreten. Kein Wunder, dass sie schweigt. Kommunikation zählt zu ihren Kernkompetenzen. Oder ihr Schweigen gehört zu einer ausgeklügelten Strategie. Strategisches Denken ist ebenfalls eine ihrer Kernkompetenzen. Dann würde die Funkstille bedeuten, dass sie noch nicht fertig mit ihm ist. Er wird von ihr hören, da ist er sich sicher. Nur wann, ist die Frage. Vielleicht weiß sie aber auch von seiner Situation hier? Der Gedanke gefällt ihm nicht. Die Verbindung Benjamin–Maria ist keine Einbahnstraße für Informationen.

Eher eine Datenautobahn. Er hat keine Ahnung, was Benjamin so alles ausplaudert, wenn die beiden miteinander telefonieren. Was sie häufig und mit Ausdauer tun. Immerhin haben sie einen gemeinsamen Sohn. Irgendwie seltsam, dass sein schwuler Freund Vater ist und er nicht. Er denkt an das Kind, das Amelia verloren hat. Ob es seins war? Er wird es nie wissen. Wahrscheinlich weiß sie es selbst nicht.

Patrick zwingt seine Gedanken zurück ins Jetzt, fort von dem Zellklumpen, der vielleicht sein Kind gewesen ist. Wie es aussieht, kann es gut sein, dass Amelia – ebenso wie er – darauf wartet, wie Leonie auf die drohende Beziehung ihrer Mutter reagiert, bevor sie ihren nächsten Schritt plant.

Komischer Gedanke. Komische Worte. Er mag Yvonne. Sehr sogar. Und er weiß, dass er sie lieben wird, wenn sie ihn lässt. Gern auch bis ans Ende ihrer Tage. Er denkt an das alte Ehepaar. *Kümmer du dich um dich dich.* Amelia und er hatten keine gemeinsame Sprache. Doch er wünscht sich einen Menschen, mit dem er nicht nur das Leben, sondern auch Floskeln, Bemerkungen teilt. Kleine Alltagsscherze, die außer ihnen niemand versteht.

Patrick sieht wieder auf die Zeitanzeige. Drei Minuten sind vergangen. Zeit ist relativ. Er greift nach seinem Handy. Yvonnes Nummer hat er aus der Telefonliste im Lehrerzimmer. Sie ahnt nicht, dass er sie hat. Sie haben noch nie miteinander telefoniert, keine Smileys verschickt, keine Herzchen. Er hat sie trotzdem gespeichert. Just in case. Be prepared. Sein Daumen streicht über das Display. Jetzt möchte er ihr etwas schicken, keinen Smiley und sicher kein weinendes Herz. Er möchte sie nur daran erinnern, dass es ihn gibt, dass er an sie denkt. Er legt das Handy zurück auf den Schreibtisch. Er kann ihr jetzt nicht schreiben, dass er bei ihr sein möchte. Das wäre zu viel. Die ganze Woche haben sie so getan, als ob – als ob sie nur Kollegen wären, als ob sie sich nie geküsst hätten, als ob es dieses verfluchte Foto des Nachwuchs-Stalkers nicht geben würde. Auch Benjamin hält sich an den Kodex. Es ist ein einziger Eiertanz. Sie überbieten sich in Höflichkeiten. Dafür stoppen die morgendlichen Skype-Plaudereien mit Lars jedes Mal mitten im Satz, wenn Patrick in die Küche kommt.

Der säuerliche Duft von frisch gebackenem Brot erinnert Patrick daran, dass er das Mittagessen hat ausfallen lassen. Er klappt das Notebook zu, greift nach Schlüssel und Handy und verlässt das Zimmer. Im Flur schiebt er sich vorsichtig an der offen stehenden Küchentür vorbei. Die Gelegenheit ist günstig. Benjamin rumort zwischen Backofen und Kühlschrank.

»Wo willst du hin?« Die Frage erwischt Patrick zwischen den Schulterblättern.

»Ich hol mir 'nen Döner, willst du auch einen?«

»Ich backe gerade Brot.« Benjamin klingt beleidigt.

Patrick zieht die Tür ins Schloss und poltert durchs Treppenhaus. Die Nachbarin kommt ihm entgegen. Er grüßt freundlich, erntet jedoch nur ein schmallippiges Neigen des Kopfes. Sie versteht das Beziehungsgeflecht ihres Nachbarn nicht. Mit einem schwulen Ehepaar mit Wochenendkind hat sie sich im Laufe der Jahre abfinden können. Dass jetzt ein weiterer Mann in der Nachbarwohnung wohnt, erscheint ihr anrüchig. Sie betrachtet Patrick als Eindringling und behandelt ihn entsprechend. Sie könnte mit Leonie eine Interessengemeinschaft gründen, denkt Patrick, während er sein Fahrrad aus dem Flur schiebt: die *IG Patrick muss weg.* Das wäre doch was. Sie könnten Unterschriften sammeln, ihn an den Internetpranger stellen. Er fragt sich, wer noch alles unterschreiben würde. Bestimmt Yvonnes Schwiegermutter, vielleicht der Nachwuchs-Stalker. Patrick schwingt sich aufs Rad. Obwohl sein Magen knurrt, schlägt er nicht die Richtung zum Dönerladen am Markt ein, sondern radelt in die andere Richtung. Wenn er ihr schon nicht schreiben kann, will er wenigstens in ihrer Nähe sein. Vielleicht hilft ihr seine Nähe. Vielleicht spürt sie es ja. Patrick bremst und steigt vom Rad, als er den Wagen auf dem Bordstein parken sieht. Perfektes Timing. Er wertet es als gutes Zeichen. Eine grüne Ampel auf dem Weg zu Yvonnes Herz. Sie kommt aus dem Haus, wirkt winzig neben dem Van. Ihre Freundin steigt jetzt aus. Veronika ist eine patente Frau, die man einfach mögen muss. Irgendwie spürt er, dass sie auf seiner Seite ist. Sie geht um den Wagen herum. Yvonne versinkt in ihrer Umarmung. Die beiden Frauen sprechen kurz miteinander, dann holt Veronika den Rollstuhl und einen Trolley von der Ladefläche. Patricks Zuversicht zerplatzt mit einem leisen Ploppen, zurück bleibt ein flaues Gefühl im Magen. Er hat es glatt vergessen. Nicht vergessen, sondern verdrängt. Wenn er an Leonie denkt, sieht er nie den Rollstuhl, sondern immer nur das Mädchen. Ein Fehler, wie ihm jetzt aufgeht. Der Rollstuhl ist ihr stärkster Trumpf. Und sie muss ihn nicht einmal aus dem Ärmel ziehen. Er ist immer da und auf einmal ist er sich gar nicht mehr so sicher, dass Yvonne sich durchsetzen wird. Auch wenn er immer noch weiß, dass sie ihn mag. Der Van blinkt jetzt und rollt vom Bordstein. Keine Spur von Leonie. Keine Spur von Yvonne, nur im Sonnenlicht glänzende Fensterscheiben. Er ist so in Gedanken, dass er den Van erst bemerkt, als es neben ihm hupt. Die Seitenscheibe fährt herunter.

»Hi!«, sagt Veronika. »Wollen Sie zu Yvonne?«

»Nein.« Patrick fummelt an seinem Sattel herum. »Ist locker.«

»Locker?« Natürlich glaubt Veronika ihm kein Wort. Nicht einmal eine Kartoffel würde ihm das abnehmen.

»Richtiges Radlwetter, oder?« Patrick weiß, dass er Müll redet, doch ihm fällt nichts ein, was seine Anwesenheit erklären könnte. Weil es nichts gibt. Er hat hier nichts verloren.

»Ja, kann man so sagen.« Veronika klingt, als würde sie ein Lachen unterdrücken. Hastig blickt Patrick in den Fond des Wagens. Emmas Daumen gleiten über die Tastatur ihres Handys. In ihren Mundwinkeln zuckt ein Grinsen. Es fühlt sich an wie ein Fausthieb in die Magengrube. Patrick verflucht seine Ungeduld, verflucht Veronika. Warum hat sie ihn nicht einfach übersehen? Emma ist Leonies beste Freundin. Sie wird ihr eine Nachricht schicken. Patrick sieht den Wortlaut direkt vor sich: *Hey, der Lover deiner Mum steht vor eurem Haus.* Das wird Leonie nicht gefallen und Yvonne wahrscheinlich auch nicht. Doch jetzt ist das Kind im Brunnen. Grußlos steigt Patrick aufs Rad und tritt in die Pedale. Ob er Yvonne anrufen soll? Versuchen soll, ihr die Situation zu erklären? Wer sich rechtfertigt, klagt sich an. Patrick schlägt den Weg zum See ein. Hunger hat er keinen mehr.

32. Kapitel

Das Klingeln des Weckers reißt Yvonne aus wirren Träumen. Die Augen geschlossen, dreht sie sich auf die andere Seite und tastet mit der Hand über das Bett. Nach dem Streit und ihrem Zusammenbruch ist Leonie zu ihr ins Bett gekrochen – wie früher, als sie klein war. Was so ein hysterischer Anfall doch bewirken kann. Weinend hat Yvonne erzählt, dass sie Patrick mag, sehr gern mag. Aber dass das nichts an ihren Gefühlen für Tom ändern könnte. Jedes Wort ein Glassplitter, der sich in ihre Stimmbänder bohrt. Das Wort Liebe hat sie vermieden. Es erscheint ihr zu groß für das Gefühl, das leise an ihr Herz klopft, wenn sie an Patrick denkt. Sie hat Renate und Leonie angefleht, ihm eine Chance zu geben, und schließlich lagen sie sich alle heulend in den Armen. Von dem Gefühls-Tsunami verwirrt, liefen die Katzen mit steil erhobenen Schwänzen um sie herum, als würden sie einen magischen Kreis bewachen. Und magisch war dieser Augenblick. Drei Generationen, die sich weinend umarmten. Schließlich hat Renate unter Tränen gefragt, was denn nun mit ihrem Kuchen sei, und sie haben sich dann doch noch an Renates liebevoll gedeckten Küchentisch gesetzt. Wie immer nach emotionalen Erschütterungen hat Yvonne zu viel gegessen und auch Leonie hat ordentlich reingehauen. Mit vollem Mund hat sie von der Klassenfahrt erzählt. Sie war ganz bei ihnen, hat kein einziges Mal auf ihr Handy geblickt, es lag nicht einmal neben ihrem Teller. Renate hat sich zurückgehalten, mit dem Essen und mit dem Reden. Auch wenn sie es nicht zugeben wird: Der Gedanke, dass es einen neuen Mann im Leben ihrer Schwiegertochter geben könnte, schmerzt sie.

Einen neuen Mann. Wieder eine Familie sein. Yvonne streicht mit den Fingern über das zerknüllte Kopfkissen. Ein blondes Haar liegt auf dem Bezug. Sie wickelt es sich um den Finger. Wärme flutet ihren Bauch. Irgendwann heute Nacht muss Leonie in ihr eigenes Bett umgezogen sein. Ein warmer Hauch streicht über ihre Schulter, es fühlt sich an wie die sanfte Berührung einer Hand. Sie stellt sich vor, dass es Toms Hand ist, und spürt, dass auch er einverstanden ist. Yvonne wirft den Kimono über und tapert aus ihrem Schlafzimmer. Die Katzen sitzen vor Leonies Tür, ihre Schwänze zucken.

»Minz und Maunz, die Katzen«, murmelt Yvonne. »Hat sie euch ausgesperrt?« Sie ballert mit der Faust gegen die Tür. »Aufstehen!«, ruft sie. »Der Alltag hat dich wieder.«

Im Badezimmer steht die Tür des Spiegelschranks offen, Haargummis und ihre Antibabypille liegen im Waschbecken. Was Leonie wohl gesucht hat? Eine leichte Unruhe mischt sich in Yvonnes Wohlbefinden. Sie wird doch nicht krank sein? Yvonne klappt den Schrank zu und wirft die Schachtel in den Abfall. Die Unruhe bleibt. Bevor sie duscht, geht sie noch einmal zum Zimmer ihrer Tochter, klopft, ruft, legt die Hand auf die Türklinke. Abgeschlossen. Sie drückt das Ohr ans Türblatt. Leonies Wecker klingelt. Wieso reagiert sie nicht? Aus der Unruhe wird Angst. Hinter ihr gleiten die Aufzugstüren auf, Renate kommt herein. »Ihr seid aber spät dran heute.«

»Leonie wird nicht wach.« Yvonne nimmt die Münze aus dem Korb und schließt auf. Sofort flitzen die Katzen an ihr vorbei ins Zimmer.

»Was ist das?« Nach einem ersten Atemzug hält Yvonne die Luft an. Es riecht nach Schnaps und Erbrochenem. Dann sieht sie die Bescherung. Vor Leonies Bett ist ein eingetrockneter Klecks, über den sich jetzt die Katzen beugen.

»Leonie!« Mit zwei Schritten ist Yvonne am Bett ihrer Tochter. Ihre Füße stoßen gegen eine Flasche, die klirrend unters Bett rollt. Blass ist Leonie, die Lippen bläulich, die Haare verklebt.

»Ruf die Rettung!«, schreit sie. Mit zitternden Händen tastet sie an Leonies Hals nach einem Puls.

»Leonie!« Sie schlägt ihrer Tochter ins Gesicht. Einmal, zweimal. Erst ist es mehr ein Tätscheln als ein Schlag, dann schlägt sie fester. Leonies Lider zittern.

»Was ist denn passiert?« Renate kommt ins Zimmer. Ihre linke Hand krallt sich in ihre Perlenkette, in der rechten hält sie das Telefon.

»Ich weiß nicht.« Yvonne hat das Gefühl, gleich umzukippen. Der Geruch, Leonie. »Alkoholvergiftung glaube ich.« Sie nimmt den Zahnputzbecher von Leonies Nachttisch. Dahinter liegen eine Pappschachtel und ein leerer Tablettenblister. Yvonne muss den Aufdruck nicht lesen, um zu wissen, dass Leonie ihr Schlafmittel genommen hat.

»...und *Ximovan*«, bricht es aus ihr heraus. »Sie hat versucht, sich umzubringen.« Hilflos streicht sie über Leonies von Erbrochenem verklebtes Haar. »Mein kleines Mädchen hat versucht, sich umzubringen.«

»Haben Sie meine Schwiegertochter gehört?«, schluchzt Renate. »Ja, mache ich. Okay, machen wir. Danke. Die Adresse ist ...« Renate nennt Straße und Hausnummer. »Wir sollen sie in die stabile Seitenlage bringen und warm halten.« Sie hat immer noch das Telefon in der Hand. »Sie schicken den Notarzt.«

»Okay.« Yvonne deckt ihre Tochter zu, bis nur noch ihr blasses Gesicht zu sehen ist. Leonies Hand baumelt über den Rand des Bettes, Yvonne schiebt sie unter die Decke.

Renate öffnet die Terrassentür und scheucht die Katzen in den Garten, dann sperrt sie sie aus. »Ich warte an der Haustür auf die Rettung.« Entschuldigend fügt sie hinzu: »Sie haben gesagt, ich soll das machen.«

»Ja, tu das.« Yvonne wischt sich mit dem Handrücken die Nase ab. »Warum hast du das nur getan?«, flüstert sie. »Es war doch alles in Ordnung.« Yvonne hört das Heulen des Martinshorns. Erst leise, dann dröhnt es in ihren Ohren. Renates aufgeregte Stimme, die dunkle Stimme eines Mannes, die hellere einer Frau. Leonies Zimmer füllt sich mit Menschen.

»Wir übernehmen.« Ein Sanitäter greift nach ihrem Arm, zieht sie fort von Leonie. Yvonne streckt der Ärztin den leeren Tablettenblister entgegen.

»Wie viele waren noch drin?« Die Augen der Ärztin sind konzentriert zusammengekniffen.

»Ich habe keine Ahnung.« Yvonne weiß, dass die Antwort wichtig ist. Doch sie erinnert sich nicht einmal, wann sie die letzte Tablette genommen hat. Sie hat sie nach Toms Tod verschrieben bekommen, damit sie schlafen konnte. Und jetzt töten diese Pillen, die ihr damals über die schlimmen Nächte hinweggeholfen haben, ihre Tochter. Was ist das für eine Welt? »Sie liegen seit Jahren im Schrank.«

»Alkohol?« Die Nasenflügel der Ärztin weiten sich.

Yvonne nickt, bückt sich nach der Flasche, die unters Bett gerollt ist. Es ist der Glenfarclas, den sie Tom zu ihrem letzten Hochzeitstag geschenkt hat. Damals war der Single Malt fünfzehn Jahre alt. Mehr als sechs Jahre hat er im Wohnzimmerschrank gestanden.

»Wir heben ihn für eine besondere Gelegenheit auf«, hatte Tom damals gemeint. Jetzt ist die Flasche leer. Toms Whisky und ihre Schlaftabletten. »Die war voll«, sagt Yvonne zur Ärztin gewandt.

»Warten Sie bitte draußen.«

Yvonne schüttelt den Kopf, will Leonie nicht allein lassen, doch Renate zieht sie aus dem Zimmer. Auf einmal willenlos lässt sie sich von ihrer Schwiegermutter in die Küche führen. Dort sackt sie auf einen Stuhl. Ihre Zähne schlagen aufeinander. Sie umschlingt sich mit beiden Armen. Ihr ist so kalt, so furchtbar kalt. Tränen rinnen über ihre Wangen.

»Sind Sie die Mutter?« Die Stimme einer Frau. Yvonne fährt herum und sieht in die freundlichen braunen Augen einer Polizistin.

»Wird sie durchkommen?« Renates Stimme klingt brüchig. Ihre Hände legen sich auf Yvonnes Schultern.

»Wir haben ein paar Fragen«, sagt die Polizistin. »Es tut mir leid, dass ich Sie damit belästigen muss. Das ist mein Kollege, Herr …«

Yvonne vergisst die Namen in dem Augenblick, in dem die Polizistin sie ausspricht.

»Dürfen wir uns setzen?«, fragt die Polizistin sanft.

»Bitte«, sagt Renate, weil Yvonne nicht reagiert.

»Frau Engelbrecht. Sollen wir jemanden benachrichtigen? Ihren Mann?«

Renate schluchzt auf. Ihre Hände krallen sich schmerzhaft in Yvonnes Schultern.

»Wie geht's ihr?« Yvonnes Herz pumpt gegen den Schmerz in ihrer Brust an. »Wird sie es schaffen?«, flüstert sie. Ihrer Stimme fehlt die Luft, ihr fehlt die Luft.

»Sie ist doch noch so jung.« Renate sinkt auf den freien Stuhl neben Yvonne.

»Die Ärzte kümmern sich um Ihre Tochter. Sie ist in guten Händen. Schaffen Sie es, mir einige Fragen zu beantworten?« Die Polizistin greift nach Yvonnes Hand. Stockt.

»Haben Sie eine Decke oder einen Morgenmantel?«
Sie blickt zu Renate, dann zu ihrem Kollegen, als Yvonnes
Schwiegermutter nicht reagiert. Er verlässt die Küche und
kommt wenig später mit Yvonnes Bettdecke zurück. Behutsam
legt er ihr die Decke über die Schultern.

»Soll ich einen Kaffee kochen?«, fragt er. Seine Kollegin
nickt.

Hinter Yvonne klappern die Schranktüren, Wasser rauscht,
dann beginnt die Kaffeemaschine zu gurgeln. Der Duft von
Kaffee legt sich auf ihre Schleimhäute und vertreibt den sauren
Geruch von Leonies Erbrochenem.

»Tu viel Zucker rein«, sagt die Polizistin, als ihr Kollege
wenig später einen dampfenden Becher vor Yvonne abstellt.

»Ich hätte sie schon längst wegwerfen sollen.« Yvonne legt
die Hände um den Becher. Die Hitze brennt die Kälte aus ihren
Handflächen.

»Hinterher ist man immer klüger.« Die Polizistin weiß, dass
Yvonne von den Tabletten spricht.

Die Ärztin kommt herein, sie trägt ein Klemmbrett. »Ihre
Tochter ist so weit stabilisiert«, sagt sie. »Wir nehmen sie mit ins
Klinikum. Dort werden wir ihr den Magen auspumpen und ihr
Aktivkohle geben. Haben Sie ihre Versichertenkarte?«

»Ja, natürlich.« Yvonne runzelt die Stirn. Aber wo? Sie ist
verwirrt, desorientiert. Sie sollte nicht hier sitzen, sie muss in
die Schule und Leonie auch. Was für ein Unfug, denkt Yvonne.
Leonie hat versucht, sich umzubringen.

»Im Arbeitszimmer.« Sie hat sich wieder in der Gewalt,
funktioniert wieder. Stark sein. Weitermachen. Sie steht auf.
Die Bettdecke gleitet von ihren Schultern. Sie steigt darüber
hinweg und geht Richtung Arbeitszimmer. Vor der offenen
Haustür steht der Krankenwagen. Ein Geräusch hinter ihr. Sie
dreht sich um. Die Rettungssanitäter fahren Leonie aus ihrem
Zimmer. Sie ist auf der Trage festgeschnallt. Eine Maske ist

über ihren Mund, ihre Nase gezogen. Sie beschlägt bei jedem Atemzug. Sie lebt. Yvonne sackt gegen die Flurwand. »Bitte, bitte, bitte«, flüstert sie tonlos.

»Die Versichertenkarte?« Eine Hand legt sich auf ihren Arm.

»Ja, natürlich. Entschuldigung.« Yvonne hastet ins Arbeitszimmer. Als sie wieder in den Flur kommt, steht Patrick vor ihr, die Augen fassungslos aufgerissen.

Weinend sinkt sie gegen seine Brust. *Bitte! Bitte! Bitte!*

Er schlingt die Arme um sie, wiegt sie wie ein Kind in seinen Armen. Eine sanfte Melodie legt sich über das Stakkato in Yvonnes Kopf. Das Lieblingslied ihrer Mutter. *Ich habe diese Frau geliebt, wie man ein Kind liebt, das man wiegt ...* Es wird alles gut. Alles wird gut. Es muss.

»Was wollen Sie denn hier?« Renates Stimme treibt sie auseinander. »Sich anschauen, was Sie angerichtet haben?« Sie schiebt sich zwischen Yvonne und Patrick. »Wenn meine Enkeltochter stirbt«, zischt sie, »dann wegen Ihnen. Wie konnten Sie sich in unser Leben drängen?«

»Renate«, keucht Yvonne.

»Sie sind erregt.« Die Polizistin steht auf einmal neben ihrer Schwiegermutter, legt ihr den Arm um die Schulter. Für einen Moment sieht es so aus, als wollte Renate den Arm abschütteln, dann schlägt sie schluchzend die Hände vors Gesicht und lässt sich in die Küche führen.

»Wir fahren dann jetzt«, sagt die Ärztin.

»Kann ich mitfahren?«

»Natürlich.« Der Blick der Ärztin gleitet über ihren Körper. »Aber vielleicht ziehen Sie sich erst einmal an und kommen nach.«

Erst jetzt wird Yvonne bewusst, dass sie unter dem Kimono nur ihren Slip trägt.

Die Ärztin wendet sich an Patrick: »Können Sie Frau Engelbrecht fahren?«

»Sicher.« Er nickt. Seine Hand tastet nach Yvonnes, doch sie verschränkt die Arme vor der Brust. Sie erträgt jetzt keine Nähe.

»Können wir dann?« Einer der Sanitäter schließt die Hecktüren des Rettungswagens.

»Melden Sie sich an der Zentrale«, sagt die Ärztin, dann zieht sie die Wohnungstür hinter sich ins Schloss.

»Ich sag Benjamin Bescheid.« Patrick kramt sein Handy aus der Jeanstasche. »Soll ich vor dem Haus warten?«

»Ich komme zurecht.« Ein Zittern steigt in Yvonne auf. In der Küche schluchzt Renate. Ihre Tochter ist auf dem Weg ins Krankenhaus. Und sie selbst? Sie schlingt die Arme um sich. Sie wird auseinanderbrechen, wenn sie nicht aufpasst.

»Hat sie es wirklich wegen mir getan?« Patrick steht jetzt dicht vor ihr. Er berührt sie nicht, doch seine Wärme hüllt sie ein. Wie ein Trosthauch. Yvonne weicht zurück. »Ich weiß es nicht«, flüstert sie. »Ich weiß es nicht.« Der Satz presst ihr die Luft aus den Lungen. Sie wendet sich ab und flieht in ihr Schlafzimmer.

33. Kapitel

Er bekommt dieses Bild nicht aus dem Kopf. Leonie auf der Trage, so blass, so still. Die Lider bläulich schimmernd. Patrick sackt gegen die sonnenwarme Hauswand. Er fühlt sich, als sei er von einem Turm gefallen. Jeder Knochen im Leib zerschmettert. Leonie hat versucht, sich zu töten, und er ist schuld. *Wegen Ihnen!* Die Worte dröhnen durch seinen Schädel.

Eine Passantin nähert sich. Zögernd blickt sie von ihm zu dem am Bordstein geparkten Streifenwagen. Sie stockt, geht dann aber doch weiter. Am nächsten Hauseingang dreht sie sich noch einmal zu ihm um.

Geh weiter, denkt Patrick. Geh einfach weiter. Die Frau verschwindet im Haus.

Ich muss Benjamin anrufen. Endlich ein Gedanke, an dem er sich aufrichten kann. Patrick stößt sich von der Hauswand ab und wankt zu seinem Fahrrad. Mit zitternden Fingern kramt er das Handy aus der Aktentasche.

»Was gibt's?«, fragt Benjamin anstelle einer Begrüßung. Seine Stimme klingt fröhlich, zuversichtlich, ahnungslos. Im Hintergrund hört Patrick das Gurgeln der Kaffeemaschine. Für Benjamin ist es ein ganz normaler Tag, nur hier, in dieser Straße, in diesem Haus, ist die Welt zusammengebrochen. Yvonnes

Welt und damit auch seine. »Ich bin gerade bei Yvonne«, stößt er hervor.

»Bei Yvonne?«, wiederholt Benjamin gedehnt. »Ich dachte, wir hätten das geklärt.«

»Hör mir einfach zu«, unterbricht ihn Patrick.

»Okay.« Benjamin dehnt die Vokale.

»Ihre Tochter ist krank.«

»Ach so.« Benjamins Stimme klingt erleichtert. »Was hat sie denn? Sommergrippe?«

»Yvonne kann nicht kommen und …«, Patrick räuspert sich, »ich auch nicht.«

»Was hast du damit zu tun?«, fragt Benjamin und fügt dann zunehmend alarmiert hinzu: »Was ist denn mit Leonie?«

»Die Rettung war gerade da.« Patrick schafft es nicht, das Wort Selbstmordversuch auszusprechen.

»Die Rettung?«, flüstert Benjamin schließlich perplex. »Scheiße. Was ist passiert?«

Die Tür öffnet sich. Die Polizisten kommen heraus. Sie gehen zu ihrem Wagen, Patrick hört das Schnarren der Zentralverriegelung. Bevor sie einsteigen, dreht sich die Polizistin zu ihm um.

»Warte mal«, sagt sie zu ihrem Kollegen. Dann kommt sie auf Patrick zu, die Daumen im Gürtel eingehakt. Der Gürtel ist zu wuchtig für die schmale Taille. Es hängt zu viel dran.

»In der Not sagen Menschen manchmal Sachen, die sie nicht so meinen.«

Patrick nickt, auch wenn er weiß, dass Yvonnes Schwiegermutter jedes Wort genau so gemeint hat. Er senkt den Blick zum Gesicht der Polizistin. Sie ist jung, das blonde Haar hängt als geflochtener Zopf über ihrer Schulter. Sie meint es gut mit ihm. Es ist nicht ihre Schuld, dass seine Welt gerade zertrümmert am Boden liegt. Die Polizistin nickt ihm noch einmal zu, dann steigt sie in den Streifenwagen.

Yvonne tritt aus dem Haus, die Augen hinter einer Sonnenbrille verborgen.

»Ich kann jetzt nicht sprechen.« Patrick drückt das Gespräch weg und geht einen Schritt auf sie zu. Er spürt ihre Verzweiflung, ihre Angst. Am liebsten würde er sie in den Arm nehmen, doch er traut sich nicht.

»Benjamin weiß Bescheid.« Yvonne soll spüren, dass sie nicht allein ist. Er ist hier, egal, was ihre Schwiegermutter gesagt hat. Er ist für sie da.

»Danke.« Yvonnes Stimme klingt wie das heisere Piepsen eines aus dem Nest gefallenen Spatzes. Er muss sich beherrschen, nicht die Hand nach ihr auszustrecken. Jede Faser in ihm strebt zu ihr. »Sie wird es schaffen.« Er sagt das Erste, was ihm in den Sinn kommt.

»Es schien alles gut zu sein.« Sie ballt die Fäuste, beißt sich auf die Unterlippe. »Ich weiß nicht, warum sie das getan hat.« Sie hebt den Kopf. Eine Träne rollt über ihre Wange. »Hast du Benjamin gesagt, dass sie versucht hat, sich umzubringen?«

»Nein«, antwortet Patrick.

»Das ist gut.« Ihre Schultern entspannen sich. Immerhin das hat er richtig gemacht. Yvonne nimmt die Sonnenbrille ab und er versinkt in ihren blauen Augen. Er sieht die Trauer, die Sehnsucht und die Angst.

»Wir schaffen das.« Nun streckt er doch die Hand nach ihr aus, er will sie beschützen, bei ihr sein, die Welt für sie geraderücken, und es macht ihn verrückt, dass er das nicht kann.

»Ich weiß nicht.«

»Du darfst nicht zweifeln.«

»Ich weiß nicht, welches *wir* es schaffen wird.«

Ein Wagen hupt. Unbemerkt von ihnen ist das Taxi herangefahren. Yvonne setzt die Sonnenbrille wieder auf. Eine Mauer aus getöntem Kunststoff, die ihn aussperrt. Sie macht einen

Schritt von ihm weg, einen zweiten. Renate tritt jetzt aus dem Haus.

»Sie sind ja immer noch hier.« Ihre Stimme klingt müde und verzweifelt. Auch sie trägt eine Sonnenbrille, um ihren Schmerz vor der Welt zu verbergen.

Patrick sieht zu, wie beide Frauen einsteigen, dann schwingt er sich auf sein Rad und folgt dem Taxi. Als der Wagen in die Einfahrt zum Klinikum einbiegt, radelt er einfach weiter. Es ist keine bewusste Entscheidung, doch kaum ist sie getroffen, weiß er, dass es die richtige ist. Er kann jetzt nicht Benjamin gegenübertreten. Er tritt in die Pedale, bis der Schmerz in seinen Oberschenkeln ihn dazu zwingt, langsamer zu werden. Die Stadt hat er schon längst hinter sich gelassen. Er radelt an Feldern vorbei, die Sonne brennt auf seinen gebeugten Nacken herab. Schweiß tropft ihm von der Nase, sein gesamtes Ich besteht nur noch aus der kreisenden Bewegung seiner Beine. Schließlich biegt er zum Kanal ab. Er weiß längst nicht mehr, wie lange er schon unterwegs ist. Er hat keinen Hunger, keinen Durst, keine Chance auf ein neues Leben. Weil da ein blasses Mädchen ist, das versucht hat, sich umzubringen. Patrick rast die abschüssige Straße entlang, legt sich in die Kurve, übersieht das Schlagloch, das der Frost in den Asphalt gefressen hat. Das Rad buckelt wie ein Pferd und er fliegt im hohen Bogen übers Lenkrad. Das war's, denkt er, und hat noch Zeit, sich zu wundern, weil nicht sein ganzes Leben vor seinem inneren Auge abläuft – zumindest Yvonne hätte er gern noch ein letztes Mal gesehen – dann kracht sein Körper auf den harten Boden. Die Wucht des Aufpralls presst ihm die Luft aus den Lungen.

34. KAPITEL

In der Eingangshalle steht der Pfarrer. Unordentliche Frisur, randlose Brille, das Gesicht in mitleidige Falten gelegt. Mit seinen fast zwei Metern steht er wie ein Pfeiler zwischen den Menschen. Und das ist er. Ein Pfeiler im Sumpf der Verzweiflung. Yvonne kennt den Klinikseelsorger aus Teambesprechungen. Suchend blickt er sich um. Noch hat er sie nicht entdeckt. Noch ist Zeit.

Für was?, denkt Yvonne. Um wegzulaufen? Es gibt kein Zurück in die Unschuld des Erwachens. Leonies Selbstmordversuch ist eine Zäsur, so wie der Unfall eine Zäsur war. Es gibt nur noch ein Leben davor und danach. Lieber Gott, denkt sie, nimm mir nicht auch noch mein Kind. Bitte!

Wilms schweifender Blick stoppt, als er sie sieht. Yvonnes Zwerchfell zieht sich zu einem lautlosen Schluchzen zusammen. Die automatische Tür gleitet auf. Sie schafft es nicht hindurchzugehen, sich der Wahrheit zu stellen. Mein kleines Mädchen ist tot. Panik nagelt ihre Füße an den Boden. Renate geht weiter, bemerkt zu spät, dass Yvonne ihr nicht folgt. Wendet sich verwirrt um.

»Was ist?«, fragt sie.

Yvonne will antworten, doch noch immer kämpft ihr Zwerchfell mit diesem Schluchzen, das ihr den Atem nimmt. Schlieren tanzen vor ihren Augen. Sie taumelt. Renate ist an ihrer Seite, stützt sie. Und auch der Pfarrer ist jetzt bei ihr. Er nimmt ihren Arm.

»Deine Tochter ist auf der pädiatrischen Intensivstation«, sagt er. »Die Ärzte kümmern sich um sie.«

Ein Rauschen füllt Yvonnes Schädel. In ihrem Zwerchfell löst sich die Starre. Keuchend atmet sie ein. Die Ärzte kümmern sich um sie. Das bedeutet, Leonie lebt. Das bedeutet, sie wird es schaffen.

Schon einmal haben Ärzte sie gerettet. Nicht in dieser Stadt. Aber sie haben ihr ihr kleines Mädchen zurückgegeben, das sie fast verloren hätte, weil sie einen Augenblick nicht aufgepasst hat. Auf einmal waren da die Bremslichter vor ihr, links die Tunnelmauer. Sie hat den Wagen nach rechts gezogen, dann der schreckliche Knall, der plötzliche Schmerz und Leonies Kreischen. In kleinen Stößen bläst Yvonne die Luft aus den Lungen, atmet gegen die Panik an. Die Hand des Pfarrers liegt wie ein Wärmepflaster auf ihrer Schulter. Er führt sie zum Aufzug, drückt den Knopf für die fünfte Etage.

Er hält seinen Badge vor den Sensor neben der Stationstür und sie schwingt auf. Monitore piepen. Eine Schwester kommt ihnen entgegen, Lesebrille im Haar, strenge Miene, der hellblaue Kasack hängt an ihrem hageren Körper. Sie sieht Yvonne, stockt, ihr Blick wandert zum Schockraum der Station, zählt eins und eins zusammen, schluckt. Die Schwester weiß, wer sie ist, und sie weiß, dass sie nicht als Lehrerin, sondern als Mutter kommt. Auch Yvonne erinnert sich an die Schwester, sie ist weniger streng, als ihr Gesichtsausdruck vermuten lässt. Bis vor zwei Jahren hat Yvonne hier auf der Station einen ihrer Patienten unterrichtet. Der Junge hatte eine dieser Muskelerkrankungen, die dazu führen, dass man beatmet werden muss. Im Alter von siebzehn ist der Junge dann gestorben und die Stelle auf der geschlossenen Psychiatrie wurde frei.

»Ich bringe dich erst einmal ins Besucherzimmer.« Der Pfarrer sagt es so laut, dass auch die Schwester ihn hört. Sie wird die Information weitergeben. Die Mutter ist auf der Station. Sie ist eine von uns. Der Pfarrer führt sie an der geschlossenen Tür vorbei, hinter der Yvonne ihre Tochter weiß. Sie hört die klare Stimme einer Frau, versteht Worte wie Aktivkohle. Ihr Hals ist trocken, das Schlucken fällt ihr schwer. Sie schiebt einfach einen Fuß vor den anderen, schlurft mehr, als sie geht. Der Pfarrer drückt sie in einen senfgelben Sessel.

Renate setzt sich neben sie. Ihre Blicke flitzen durch den Raum, als sei sie auf der Suche nach einem Fluchtweg. Ihre Nase glänzt feucht. Der Pfarrer zieht ein Tuch aus der silbernen Kleenexbox, die auf dem Tisch steht, und drückt es ihr in die Hand. Verständnislos starrt sie auf das weiße Tuch, dann begreift sie und putzt sich die Nase. Schritte auf dem Flur, Yvonne strafft die Schultern, doch die Schritte eilen vorbei. Yvonne greift nach dem Wasserglas, das ihr der Pfarrer reicht, hält sich daran fest. Sie spürt Leonie an ihrer Seite. Gestern noch hat sie neben ihr gelegen. Sie haben zusammen geweint und zusammen gelacht, trotzdem ist ihre Tochter irgendwann in der Nacht aufgestanden, hat sich den Whisky und die Tabletten genommen, die Katzen ausgesperrt und versucht, sich umzubringen. Yvonne fühlt sich hilflos, schuldig. Was ist sie für eine Mutter, die arglos schläft, während ihre Tochter mit dem Tod ringt? Wieder ballt sich ihr Zwerchfell zur Faust. Yvonne kneift die Lippen zusammen, wenn sie ihren Tränen jetzt freien Lauf lässt, wird sie nicht mehr aufhören können zu weinen. Sie will nicht weinen. Nicht jetzt. Nicht hier. Sie sieht zur Tür. Noch immer geschlossen. Dahinter das Piepen der Monitore, Stimmen. Ihr Blick wandert weiter, über die in einem warmen Rot gestrichenen Wände. Großformatige Bilder, die nur aus Strichen und Klecksen zu bestehen scheinen, ziehen den Blick in ihre Tiefen. Keine Uhr. Die Zeit in diesem Raum lässt sich nicht messen.

Endlich öffnet sich die Tür. Yvonnes Herz setzt einen Schlag aus, dann stolpert es weiter. Dummes Herz. Doktor Ilona Brinkmeyer kommt herein. Die Oberärztin hat dunkle Ringe unter den von Fältchen eingerahmten braunen Augen. Sie trägt einen verknitterten Kittel über dem Kasack, ein Stethoskop baumelt um ihren Hals. Sie wirkt müde, aber das wirken die Ärzte auf Intensivstationen immer. Sie zieht sich einen Stuhl heran. Renate runzelt die Stirn. Yvonne kennt ihre Schwiegermutter gut genug, um zu wissen, was in ihr vorgeht. Renate wäre ein männlicher Arzt lieber. Sie ist es so gewohnt. Es entspricht ihrem Denken.

Yvonne ist jedoch froh, dass Ilona Dienst hat. Sie haben sich immer gut verstanden. Die Oberärztin zählt auf, was sie alles getan haben und noch tun werden, um Leonie zu retten. Sie redet über mögliche Spätfolgen und ihre Zuversicht, dass Leonie es schaffen wird.

Nur der letzte Satz dringt in Yvonnes Bewusstsein. »Kann ich zu ihr?«

»Sie schläft jetzt.« Ilona beugt sich vor, legt ihre Hand auf Yvonnes Arm. Eine Geste, die zu ihr passt. Alles an ihr ist mütterlich. Die braunen Augen, der Busen, über dem sich der Kasack spannt, die Stimme. »Hast du eine Idee, warum sie das getan hat?« Ilonas Blick huscht für einen Augenblick zum Pfarrer.

Auch ohne es zu sehen, weiß Yvonne, dass er mit dem Kopf schüttelt. Sie haben schweigend hier gesessen und sie war ihm dankbar, dass er nicht versucht hat, ihre Angst mit Worten zuzudecken. Yvonne schüttelt den Kopf. Ihre Kehle ist wie zugeschnürt.

»Hat sie vielleicht einen Brief hinterlassen?«

Hinterlassen. Yvonne mag das Wort nicht. Es klingt so endgültig. Leonie lebt.

»Das hat die Polizei auch gefragt«, antwortet Renate, weil sie Yvonnes Schweigen nicht aushält. »Aber in ihrem Zimmer war nichts.«

Wann, denkt Yvonne. Wann hat die Polizei das gefragt? Sie kann sich nicht erinnern. Sie sieht nur Leonies blasses Gesicht, das Zittern ihrer Lider. Yvonne drückt die Fingernägel in die Handballen. Der Schmerz bringt sie zurück in diesen Raum.

»Facebook? Twitter? Instagram?«, zählt Ilona auf.

So viele Möglichkeiten, sich zu verabschieden. Jede ein Messerstich in ihr Herz. An keine davon hat sie gedacht. Yvonne wird schlecht bei dem Gedanken, dass irgendwo im Netz ein Abschiedsbrief kursiert. Unbeachtet. Unbemerkt. Vielleicht hat irgendwer Leonies letzte Worte gelesen und sich nichts dabei gedacht? Ist das wirklich möglich? Kann ein Kind mit Dutzenden vernetzt sein und niemand reagiert?

Schlafe nicht, wenn die Unglücklichen wach sind. Sie hat geschlafen, ist nicht einmal wach geworden, als Leonie in der Nacht das Schlafzimmer verlassen hat. Sie hat geträumt. Glückliche Träume. Hitze steigt ihr in die Wangen. Während ihre Tochter sich mit Whisky und Tabletten aus dem Leben kicken wollte, hat sie von Patrick geträumt.

»Das hat die Polizei auch gefragt.«

Wieder ist es Renate, die antwortet. Sie hat sich jetzt gefasst. Leonie ist außer Lebensgefahr und jetzt heißt es weitermachen. Yvonne schämt sich. Während ihre Worte sich in ihrem Gehirn verlaufen und einfach nicht den Weg zu ihren Stimmbändern finden, gelingt es ihrer Schwiegermutter zu funktionieren. Wie damals nach dem Unfall.

»Aber wir kennen ihr Passwort nicht.« Schniefend drückt sich Renate das Kleenex an die Nase.

»0711«, murmelt Yvonne.

»Mein Gott!« Renate greift nach ihrer Perlenkette. Tränen schießen ihr in die Augen.

»Was ist?« Ilona blickt von ihr zu Yvonne.

»Der Todestag ihres Vaters.« Renate schluchzt auf. »Das arme Kind!«

»Ihr solltet unbedingt ihre Accounts checken.« Auch wenn Ilona die Worte routiniert über die Lippen bringt, passen sie nicht zu ihr.

»Ich kann dich nach Hause begleiten und bleiben, während du alles durchcheckst«, mischt sich jetzt der Pfarrer ein. »Da musst du nicht allein durch.«

»Ich will nicht.« Yvonne räuspert sich. Sie klingt wie ein störrisches Kind. »Ich möchte«, sagt sie, obwohl sie *will* meint, »hier sein, wenn sie wach wird.«

»Das wird nicht so bald der Fall sein«, erwidert Ilona. »Aber natürlich ist es deine Entscheidung.« Ihrer Stimme ist nicht anzumerken, ob sie enttäuscht ist, weil Yvonne ihren Rat nicht befolgt.

»Ich kann das machen«, bietet sich Renate an.

»Nein.« Der Widerspruch ist schneller ausgesprochen als gedacht. »Es tut mir leid«, fügt Yvonne hinzu, um ihrer Ablehnung die Schärfe zu nehmen. Renate meint es nur gut, aber sie will nicht, dass Renate die Worte liest, die nicht für sie geschrieben sind.

Und auch nicht für dich, flüstert es kleingrün in ihr. Sie ist nicht mit ihrer Tochter vernetzt. Weder auf Facebook noch auf Twitter, oder was es sonst noch gibt. Sie hat gerade mal WhatsApp auf ihrem Handy.

»Wir könnten ihr Handy hierherbringen«, versucht Wilms zu vermitteln.

»Besprecht das in Ruhe.« Dieser Satz klingt wie ein Abschied, doch Ilona hat noch mehr zu sagen. »Leonie wird die nächsten zweiundsiebzig Stunden hierbleiben«, erklärt sie. »Sobald sie wach und bereit ist, wird einer der Psychologen mit ihr sprechen.« Ilona hält inne, lässt Raum für Fragen. Doch

Yvonne hat keine Fragen, sie weiß, wie es abläuft. Sie weiß es aus ungezählten Akten. Was sie nicht weiß: warum? Warum hat Leonie das getan? Warum hat sie nicht daran gedacht, das Handy ihrer Tochter mitzunehmen? Aus dem gleichen Grund, aus dem du auch nicht an einen Abschiedsbrief gedacht hast, tönt es kleingrün in ihr. Weil du überhaupt nicht gedacht hast. Planlos. Kopflos.

»Auch mit dir, wenn du das möchtest«, fährt die Oberärztin fort.

Renate schluchzt auf.

»Und natürlich mit Ihnen.« Ilona nickt Renate zu. »Sie sind die Großmutter, nicht wahr? Yvonne kann froh sein, dass sie Sie hat.«

Renate gelingt ein schmerzliches Lächeln. Die Aufmerksamkeit der Oberärztin versöhnt sie damit, dass Doktor Brinkmeyer kein Mann ist.

»Wenn du möchtest, können wir Leonie nach der Akutphase in eine andere Klinik verlegen lassen«, wendet sich Ilona wieder an Yvonne. »Es gibt Absprachen.«

»Absprachen?« Für einen Moment ist Yvonne verwirrt, dann versteht sie. Nach der Akutphase wird Leonie auf die Geschlossene kommen. Yvonne schluckt. Wie soll das funktionieren?

»Warum das?« Renate blinzelt verwirrt. Sie klammert sich wieder an ihre Halskette.

Ilona erklärt es ihr.

»Und wo wäre das?«

Auch diese Frage beantwortet ihr die Oberärztin.

»Aber das ist doch viel zu weit weg!«, protestiert Renate.

Yvonne duckt sich unter ihrem Blick. Deine Schuld, sagen Renates Augen. Es ist alles deine Schuld.

»Vielleicht finden sich andere Lösungen«, lenkt Ilona ein. »Yvonne ist ja nicht die einzige Lehrerin an unserer

Krankenhausschule. Seit ein paar Wochen habt ihr ja auch noch einen neuen Kollegen.«

»Aber dieser neue Lehrer ist doch schuld«, bricht es aus Renate hervor. »Ohne ihn wäre das alles nicht passiert.«

»Hör auf!« Yvonne presst die Hände gegen die Ohren. »Hör endlich auf!«, kreischt sie, dann bricht sie schluchzend zusammen.

35. Kapitel

Zuerst kehrt das Hören zurück. Insekten summen, in der Ferne rauscht Verkehr, eine Stimme. Aufgeregt.

»Hallo, junger Mann!«

Jemand tätschelt seine Wangen. Kalter Zigarettenrauch, der metallische Geruch von Blut.

Patrick will etwas sagen. Er spürt auch, wie sich seine Lippen bewegen, doch heraus kommt nur ein Stöhnen.

»Werden 'Se mal wach, junger Mann.« Der Geruch von kaltem Zigarettenrauch kommt näher. Patricks Mund füllt sich mit dem sauren Inhalt seines Magens. Er hustet. Jemand wuchtet ihn auf die Seite. Heiße Flüssigkeit fließt über seine Lippen, seine Wangen. Blutige Schlieren, viel zu helles Licht. Er blinzelt, sieht den schaumigen Inhalt seines Magens und das verbogene Vorderrad seines Fahrrads. Er lebt.

»Da ruf ich doch wohl besser den Krankenwagen.« Der Geruch nach kaltem Zigarettenrauch entfernt sich. Patrick dämmert weg. Er weiß nicht, wie viel Zeit vergangen ist, als er das nächste Mal aus der Bewusstlosigkeit auftaucht. Es können Minuten sein oder auch Stunden. Vorsichtig macht er Inventur. Sein Schädel wummert wie eine Base Drum, sein Nacken fühlt sich an wie gepfählt. Er kann die Finger bewegen, die Zehen. Sich aufrichten? Er spannt die Muskeln an, hebt den Kopf. Die

Welt dreht sich und Galle schießt ihm in die Kehle. Stöhnend sinkt er zurück aufs Pflaster. Scheiße, denkt er. Scheiße! Und die Welt wird wieder schwarz.

»Kennen wir uns nicht?« Die Stimme einer Frau. Sie klingt wie ein Hall. Patrick schlägt die Augen auf, erkennt das Gesicht.

»Wir sind uns doch heute Morgen schon einmal begegnet?« Patrick nickt. Messer bohren sich in seine Halswirbel. Etwas Kaltes streicht über seinen Arm.

»Das pikst gleich«, sagt eine Stimme und dann fordert ihn die gleiche Stimme auf, eine Faust zu ballen.

»Ich komm hier ja jeden Tag lang.« Die Stimme, die nach kaltem Zigarettenrauch riecht. »Glück hat er gehabt. Hier fährt sonst höchstens mal ein Trecker vorbei. Der hätte ihn doch glatt überrollt, der war ja nicht zu sehen hinter der Kurve.«

Der, das ist er. Wie es wohl ist, von einem Trecker überfahren zu werden? Patricks Gedanken driften fort.

»Spüren Sie das?« Jemand greift ihm an die Füße, die Beine, die Hüfte.

»Ja«, krächzt Patrick. Etwas wird unter seinen Kopf geschoben, ein Riemen unter seinem Kinn geschlossen. Er liegt jetzt flach auf dem Rücken, sieht den Himmel über sich, der Wind treibt Schleierwolken vor sich her, eine Taube flattert eilig durch sein Gesichtsfeld.

»Wir bringen Sie jetzt zum Klinikum.« Das Gesicht einer Ärztin schiebt sich zwischen ihn und den Himmel.

Das Klinikum ist genau der Ort, vor dem er geflohen ist. Seine Schuld, seine Schuld. Die Zigarettenrauchstimme dringt wieder in seine Gedanken.

»Schmidt. Anton. Rentner«, sagt sie. Sein Retter fügt noch seine Adresse hinzu. »Ich hab ihn gleich in die stabile Seitenlage gebracht.«

»Sie haben alles richtig gemacht«, hört er die Stimme der Ärztin.

»Ich hab schon dreimal an die Stadt geschrieben. Wegen dem Schlagloch. Aber es kümmert sich ja keiner. Alles verfällt.«

Patrick wird angehoben, dann in den Krankenwagen geschoben. Die Ärztin setzt sich neben ihn, lächelt ihn an. »Das wird wieder«, sagt sie.

»Was ist …?« Patricks Kehle fühlt sich an, als hätte er keinen Tropfen Flüssigkeit im Körper. Vielleicht hat er das auch nicht. Er weiß nicht, wie lange er auf dem Asphalt gelegen hat. Es können Minuten gewesen sein, Stunden.

»Die Polizei kümmert sich um Ihr Rad«, erklärt die Ärztin, dann fragt sie ihn nach seinem Namen und reicht ihm einen Spuckbeutel, als er ihn braucht.

Im Krankenhaus stecken sie ihn in eine Röhre und nehmen ihm dann das Teil ab, in dem sein Kopf wie in einer Schraubzwinge klemmt. Sie schneiden ihn aus seiner Kleidung und bringen ihn in ein abgedunkeltes Zimmer. Ein Pfleger hilft ihm, sich notdürftig zu reinigen, dann liegt er, in ein OP-Hemd gehüllt, im Bett und will nur noch schlafen. Es stört ihn nicht einmal, dass das Kopfkissen verklumpt ist. Doch zuerst muss er Gewissheit haben. Er greift nach seinem Handy, das der Pfleger auf den Nachttisch gelegt hat, scrollt sich durch seine Adressliste. Die Buchstaben tanzen vor seinen Augen. Endlich hat er die Nummer gefunden, die er sucht. Es ertönt das Freizeichen. Als ihn eine freundliche Frauenstimme auffordert, nach dem Signalton eine Nachricht zu hinterlassen, legt er auf. Er kann ihr nicht auf die Mailbox sprechen. Natürlich geht Yvonne nicht ans Telefon. Sie wird hier irgendwo sein. Unwillkürlich wandert sein Blick zur Decke. Er greift wieder nach dem Handy, wählt Benjamins Nummer.

Auch hier erreicht er nur die Mailbox.

»Wie geht es Leonie?« Er spricht die einzige Frage aufs Band, die ihn interessiert, dann schließt er die Augen und dämmert weg. Sein Handy summt. Eine eingehende SMS. Sie ist von Benjamin. WO STECKST DU?! Patrick fühlt sich angeschrien. Er drückt auf das Antwortsymbol. *Was ist mit Leonie?*

Sein Handy klingelt. Es ist Benjamin.

»Verdammt noch mal, wo steckst du?«

»Hier.«

»Wo hier?« Benjamins Stimme klingt, wie seine SMS aussieht.

»Im Krankenhaus.«

»Wieso das?«

»Unfall«, sagt Patrick. »Gehirnerschütterung.«

»Ich fass es nicht!« Für einen Moment dringt nur Benjamins Atem an Patricks Ohr.

»Leonies Tochter versucht, sich umzubringen, und du baust einen Unfall. Hast du etwa auch ...?«

»Woher weißt du von Leonie?«

»Die Oberärztin von der pädiatrischen Intensiv hat mich angerufen. Besteht da ein Zusammenhang?«

»Ich weiß es nicht«, murmelt Patrick.

»Ich hab dir gesagt, du sollst die Finger von ihr lassen!«, brüllt Benjamin los. »Du bist gefeuert!«

»Das kannst du nicht machen.«

»Muss ich auch gar nicht. Dein Vertrag ist bis zu den Ferien befristet und ich werde ihn bestimmt nicht verlängern.«

»Benjamin«, unterbricht ihn Patrick.

»Gute Besserung. Ich kümmere mich dann mal um die Kollateralschäden deines Liebeslebens.« Benjamin drückt das Gespräch weg. Fassungslos starrt Patrick gegen die Krankenhausdecke. Leonie hat versucht, sich umzubringen, er hat eine Gehirnerschütterung und sein bester Freund hat ihm gerade gekündigt. Vielleicht ist das alles auch gerade nicht wahr, sondern ein böser Traum, und wenn er das nächste Mal die Augen aufschlägt, liegt er in seinem eigenen Bett und es ist sein Handywecker, der ihn aus dem Schlaf holt.

Doch es ist nicht sein Wecker, der ihn aus unruhigen Träumen reißt, sondern der verhalten süße Duft einer Blumenwiese.

»Ja, ich bin jetzt bei ihm.« Amelias Stimme.

Schlimmer geht immer, denkt er. Was verdammt noch mal macht ausgerechnet Amelia hier? Er schlägt die Augen auf. Sie hat das Smartphone am Ohr. Die Stirn gerunzelt, schaut sie auf ihn herab.

»Danke, das werde ich.« Sie lässt das Smartphone in ihre Handtasche fallen und setzt sich auf die Bettkante. Die plötzliche Bewegung der Matratze bereitet ihm Übelkeit.

»Warum bist du hier?«, presst Patrick zwischen den Zähnen hervor.

»Du siehst schrecklich aus.« Sie streckt die Hand aus und streicht ihm mit den Fingerspitzen eine verschwitzte Haarsträhne aus der Stirn.

Unwillkürlich drückt sich Patrick tiefer in das klumpige Kissen.

»Weiß-Blau war noch nie meine Farbe«, spottet er.

»Ich mache mir wirklich Sorgen.«

»Um mich oder um deine Karriere?«

»Natürlich um dich.« Sie wirft die Arme hoch und schüttelt den Kopf. »Ganz so ein Arschloch bin ich nun auch nicht. Mann, Patrick. Du bist mein Freund. Was meinst du, was ich mache, wenn mich die Polizei aus einer Sitzung holt und mir mitteilt, dass mein Ehemann einen schweren Unfall hatte?«

»Weiter?«

»Was weiter? Siehst du doch. Ich bin hier.«

»Das meine ich nicht.« Patrick greift sich an den Hinterkopf und tastet die Beule ab, über der sich seine Haut spannt. Mit einem schmerzlichen Zischen zieht er die Hand zurück. »Ich dachte eher, du bedankst dich für die Nachricht und gehst zurück in die Sitzung.«

»Wenn du mir das zutraust, bist du ein größeres Arschloch als ich.«

Patrick schweigt. Was soll er darauf auch antworten.

»Was ist jetzt?«, fragt Amelia. Schweigen kann sie nur, wenn sie dafür bezahlt wird.

»Was soll sein?«, entgegnet Patrick müde. »Gehirnerschütterung. Bettruhe.«

»Und deine kleine Freundin?« Amelia sieht sich im Zimmer um, als hätte Yvonne sich hier irgendwo versteckt.

»Sie weiß es nicht.«

»Nicht?« Amelias Augenbrauen wandern in die Höhe. »Moment.« Sie steht auf und zieht sich einen Stuhl heran. »Das interessiert mich.« Sie sitzt vor ihm, die Füße nebeneinander, die Hände im Schoß, den Kopf wie ein aufmerksames Kind geneigt, und lächelt ihm aufmunternd zu. »Lass es raus, Buddy!«, sagt sie. »Schon vorbei mit der netten Kollegin?«

»Vergiss es!« Patrick wendet den Blick ab.

»Also gut.« Amelias Duft entfernt sich. »Na, immerhin muss ich mir jetzt keinen Kopf mehr machen, um eine Ausrede fürs Wochenende zu erfinden.«

»Das ist es also.« Patrick nickt, auch wenn es sich anfühlt, als drücke ein Nadelkissen auf seinen Nacken. »Hast du Maria deshalb auf die falsche Spur gesetzt?«

»Wenn du was brauchst, du weißt, wie du mich erreichst.« Die Tür schließt sich hinter Amelia und zurück bleiben nur ihr Duft und die Gewissheit, dass sie mal wieder keine seiner Fragen beantwortet, aber auf jeden Fall das letzte Wort behalten hat. Amelia hat es echt raus, einem das Gefühl zu geben, ein bisschen dämlich, aber sonst ganz nett zu sein.

36. Kapitel

Yvonne sitzt jetzt allein in dem Besucherzimmer. Renate hatte einen Schwächeanfall und der Pfarrer wird sie nach Hause bringen. Yvonne ist ihm dankbar. Sie hätte es nicht einmal geschafft, Renate zum Taxi zu begleiten. Ihren Platz im Besucherzimmer wird sie nur für einen Platz an Leonies Bett räumen. Irgendwann hat ihr eine Schwester Kaffee und Kekse gebracht. Leonie sei stabil, hat sie gesagt und ist dann wieder gegangen. Beides steht immer noch auf dem Tisch. Yvonne kann nichts essen, nichts trinken. Ihre Kehle ist mit Stacheldraht verschnürt, jeder Atemzug schmerzt. Ein Klopfen an der Tür.

»Ja.« Yvonne löst ihren Blick von dem Bild an der Wand. Sie hat Leonie darin gesehen und Patrick. Jeder in seinem eigenen Kubus. Sie streben voneinander fort. Sie muss sich entscheiden. Nein, denkt sie. Das kann nicht sein. Wieder schießen ihr Tränen in die Augen. Was verdammt noch mal ist passiert, dass Leonie sich das Leben nehmen wollte? Sie haben doch über alles gesprochen.

Die Tür schwingt auf. Benjamin kommt herein. Wie immer zieht er den Kopf unter dem Türstock ein. Sein Gesicht ist vom Mitleid zerknittert.

»Wie geht es Leonie?« Er setzt sich neben sie. Benjamins wuchtige Anwesenheit lässt den Raum schrumpfen.

Yvonne wünschte, er wäre nicht hier. »Woher weißt du …?« Sie presst die Worte hervor.

»Es tut mir leid für dich«, sagt Benjamin. »Ich kann mir gar nicht vorstellen, wie es in dir aussieht.«

»Sie wird es schaffen.« Yvonne klopft sich gegen das Brustbein, um das Stacheldrahtgefühl in ihrer Kehle loszuwerden. »Du hast mit Patrick gesprochen?«

»Kurz.« Benjamins Wangenmuskeln treten hervor. Er weicht ihrem Blick aus und stößt dann hervor: »Er wird die Schule verlassen.«

»Was?« Yvonnes Hand schwebt in der Luft. Seine Worte treffen auf ihre Hirnwindungen, doch sie machen keinen Sinn. Patrick geht weg? Sie will die Frage aussprechen, doch Benjamin schraubt sich in die Höhe.

»Ich muss los.« Rote Flecken bilden sich auf seinem Hals. »Aber du weißt, ich bin immer für dich da, und um den Unterricht mach dir keine Sorgen. Das kriegen wir hin.«

»Benjamin!«

Ihre Stimme lässt ihn herumfahren. »Was soll das?«

»Patrick hätte das nicht tun sollen.« Noch immer weicht er ihrem Blick aus.

Was, will Yvonne fragen, doch wieder ist Benjamin schneller.

»Er ist noch nicht über Amelia hinweg«, sagt er. Die Tür fällt hinter ihm ins Schloss und Yvonne bleibt zurück mit ihrer Verwirrung und dem Piepen der Monitore, das gedämpft zu ihr dringt.

Als sich die Tür das nächste Mal öffnet, ist es Ilona. »Du kannst jetzt zu ihr«, sagt sie. »Leonie ist wach.«

Yvonne folgt Ilona auf die Station. Ihre Schuhe quietschen auf dem Linoleum und es riecht nach Desinfektionsmitteln und Antibiotika. Ilona bleibt vor einem Paravent stehen.

»Damit ihr ein bisschen Privatsphäre habt«, meint sie.

Yvonne nickt dankbar, dann tritt sie hinter den Paravent. Ilona bleibt zurück. Die Oberärztin spürt, dass sie jetzt überflüssig ist. Sie muss Yvonne nichts erklären, nicht die Monitore, nicht die Perfusoren, nicht die Kabel. Yvonne kennt sich aus.

Leonies Lider schimmern bläulich, als würde die Iris durchscheinen. Yvonne setzt sich auf den Stuhl, den ihr eine Schwester ans Bett stellt.

»Leonie?« Sie beugt sich vor, streicht ihr über die Stirn: kalt ist sie, klebrig von Schweiß. Ihr Atem riecht sauer und nach kalter Kohle. Yvonne kennt den Geruch aus ihrer Kindheit. Ihr Opa hat nach Kohle gerochen. Nach mehr als vierzig Jahren unter Tage steckte ihm der Geruch in den Poren.

»Warum hast du das getan?« Yvonne hat ihrer Tochter sagen wollen, dass sie für sie da ist, dass alles gut wird, dass sie sie liebt, doch heraus kommt die kleingrüne Steinbeißerfrage. Warum hast du das getan? Was übersetzt bedeutet: Warum hast du mir das angetan?

Leonie dreht den Kopf zur Seite. Yvonnes Hand rutscht aufs Kissen.

»Alles wird gut.« Jetzt sagt Yvonne doch all die Sachen, die sie hätte sagen sollen. Auch wenn ihr die Worte die Kehle zerschneiden. Weil es jetzt zu spät ist. Das Kind liegt im Brunnen beziehungsweise hängt am Tropf. Weil es versucht hat, sich umzubringen. Sie schaut auf die Infusionen, die in ihre Tochter hineinlaufen, die Kabel, die ihren schmalen Mädchenkörper mit den Überwachungsgeräten verbinden. Sie ist erst fünfzehn, denkt Yvonne. Aber die Kinder, die sie aus der Psychiatrie kennt, sind auch nicht älter, manche sogar jünger. Auch sie haben Eltern, die es nicht fassen können, die nicht verstehen, wie das passieren konnte. Ihrem Kind passieren konnte. Über Yvonne rauscht die Klimaanlage, irgendwo auf der Station hupt ein Perfusor. Sie hält das Schweigen nicht länger aus, will nicht warten, bis die richtigen Worte kommen. Weil es vielleicht

232

keine gibt. Also rettet sie sich ins Offensichtliche. »Du wirst ein paar Tage im Krankenhaus bleiben müssen.«

»Ich geh nicht in die Klapse.« Abrupt wendet Leonie den Kopf. Ihre Augen sind zwei glänzende Kiesel. Hart und unnachgiebig.

»Du brauchst Hilfe.«

»Es war ein Unfall.« Leonies Unterlippe zittert.

Und auch wenn es Yvonne das Herz zerreißt, weil sie ihr glauben möchte – weil es dann nicht ganz so schrecklich wäre, sondern nur noch ein Versehen –, widerspricht sie ihr.

»Du hast dich mit deinen Krücken ins Wohnzimmer geschleppt ...«, krächzt sie, »... die Flasche Whisky aus dem Schrank geholt.« Yvonne redet gegen den Schmerz in ihrer Kehle an. »Anschließend bist du ins Bad gegangen, um die Tabletten zu holen, und das war ein Unfall?« Die letzten Worte schreit sie fast.

Eine Schwester kommt um den Paravent herum. Sie sagt nichts, legt nur den Finger auf die Lippen. Sie sind nicht allein auf der Station. In jedem Bett und jedem Inkubator kämpft ein Kind um sein Leben. Große Kinder, kleine Kinder. Jedes von ihnen will leben, nur ihr eigenes nicht.

»Warum?«, flüstert Yvonne.

»Du hast mich angelogen«, antwortet Leonie, als sie schon fast die Hoffnung auf eine Antwort begraben hat. Die Vokale stolpern über die Konsonanten. Sie sieht Yvonne nicht an, sondern hat den Kopf zum Fenster gewendet, auch wenn da nichts zu sehen ist. Gestreiftes Licht fällt durch die Lamellen der Jalousien.

»Hab ich nicht«, stößt Yvonne spontan hervor und sie hat dabei ein schlechtes Gewissen. Der Kuss im Park. Sie hat keine Ahnung, wie Leonie davon erfahren haben kann. »Ich habe dir vielleicht nicht alles erzählt«, fügt sie hinzu. »Aber ich habe dich nicht angelogen.«

»Du gibst es also zu?«

»Ja, mein Gott.« Yvonne greift nach Leonies Kinn und zwingt ihre Tochter, ihr in die Augen zu schauen. »Was ist daran so schlimm? Es war ein Abschiedskuss.«

»Emma hat ihn gesehen.« Leonie nuschelt. Ihre Lider klappen zu.

»Was?« Yvonne tätschelt die Wangen ihrer Tochter. Nicht einschlafen, denkt sie. Schlaf nicht ein. Emma kann sie nicht gesehen haben, sie war auf Klassenfahrt.

»Am Haus.« Unwillig dreht Leonie den Kopf weg. »Er war da. Hat er bei dir geschlafen? Etwa in Papas Bett?«

»Aber das ist doch absurd.« Yvonne weiß nicht, ob sie erleichtert oder verzweifelt sein soll.

»Er war da«, flüstert Leonie. »Veronika hat mit ihm gesprochen.«

»Das mag ja sein.« Yvonne greift wieder nach dem Kinn ihrer Tochter. Sie darf nicht einschlafen, nicht jetzt. »Aber ich weiß nichts davon.«

»Warum sollte ich dir glauben?« Leonies Lider zittern. Sie runzelt die Stirn, versucht ihren Blick zu fokussieren. Schließlich gibt sie auf und schließt die Augen. Sie sieht aus, als schliefe sie, doch ihr Puls spricht eine andere Sprache.

»Lass sie schlafen.« Ilona legt die Hand auf Yvonnes Schulter. »Das ist das Beste, was du im Moment für sie tun kannst. Geh nach Hause. Wir rufen an, sobald sie wieder ansprechbar ist.«

»Okay.« Yvonne schiebt den Stuhl zurück und steht auf. Sie taumelt, Ilona stützt sie. »Und iss was«, sagt die Ärztin. »Du hilfst ihr nicht, wenn du auch noch zusammenklappst.«

Yvonne kehrt ins Besucherzimmer zurück. Ein Ehepaar wartet dort. Obwohl die Sessel bequem sind, sitzen sie auf der äußersten Kante, die Hände auf den Knien. Sie sprechen leise Türkisch miteinander, nicken ihr zu. Die Augen der Frau sind gerötet und der Schnurrbart des Mannes hängt traurig von seiner Oberlippe. Yvonne nimmt ihre Tasche und verabschiedet sich.

»Alles wird gut«, sagt die Frau zu ihr und versucht ein Lächeln.

»Alles wird gut«, erwidert Yvonne mit einem Nicken, dann verlässt sie die Intensivstation. Ihre Beine wollen ihr nicht so recht gehorchen. Wie ein Storch im Salat stakst sie zum Aufzug, drückt den Knopf fürs Erdgeschoss. Erschöpft lehnt sie sich an die Wand. Tränen laufen ihr über die Wangen. Was für ein absurdes Gespräch. Was für eine beschissene Situation. Der Aufzug stoppt. Yvonne richtet sich auf und wischt die Tränen fort. Eine dunkelhaarige Frau betritt den Aufzug. Sie ist elegant gekleidet, ihr Blick klebt auf ihrem Handy. Eine Parfümwolke umweht sie. Unwillkürlich weicht Yvonne zurück, nicht wegen des Parfüms, auch wenn es zu aufdringlich für ein Krankenhaus ist. Sie erkennt die Frau, obwohl sie sie erst zweimal gesehen hat. Sie ist froh, dass sie mit dem Rücken zu ihr steht. *Er wird die Schule verlassen. Er ist noch nicht über Amelia hinweg.* Benjamins Worte. Ist sie deshalb hier? Holt sie ihn ab? Zurück in ihr Frankfurter Yuppie-Leben?

37. Kapitel

Die Jeans schaben unangenehm über die Blutergüsse und Kratzer an den Schienbeinen. Ein Blick in den Spiegel zeigt, dass eine Sonnenbrille eine echte Verbesserung seines Aussehens wäre, nur leider hat Benjamin ihm keine eingepackt. Patrick hält den Kopf sehr gerade, während er den Kulturbeutel in die Reisetasche legt. Immer wenn er sich nur ein bisschen vorbeugt, fühlt sich das an, als würde ihm der Kopf gleich abfallen. Unwillkürlich greift Patrick nach seinem Nacken.

Das sei ganz normal bei einem Schleudertrauma, hat die Ärztin ihm erklärt, und dass dieses Gefühl im Laufe der Zeit verschwinden würde. Ebenso wie die Kopfschmerzen und die diversen und sehr schmerzhaften Blutergüsse, die ihm der Sturz an allen möglichen und unmöglichen Körperstellen beschert hat.

Nur ein Schmerz wird bleiben. Patrick nimmt sein Handy vom Nachttisch und schiebt es in die Hosentasche. Er zwingt sich, nicht auf das Display zu schielen. Yvonne hatte genügend Zeit, sich bei ihm zu melden. Sie hat es bisher nicht getan und er wird sich nicht aufdrängen. Für einen Moment fragt er sich, ob er nicht doch besser etwas auf ihren Anrufbeantworter hätte sprechen sollen. Hätte? Sollen? Zwei Worte, die für eine verpasste Gelegenheit stehen. Also Schnee von gestern. Er hat ihr nicht auf den AB gesprochen und ob sie sich deshalb oder aus anderen Gründen nicht bei ihm gemeldet hat, weiß nur sie allein. Patrick hinkt über den Flur, sein linkes Knie schmerzt. Er stoppt, als die Ärztin ihm entgegenkommt.

»Wie ich sehe, sind Sie so weit«, stellt sie fest und drückt ihm seine Unterlagen in die Hand. Sie sagt noch, dass er sich wegen der weiteren Krankschreibung an seinen Hausarzt wenden solle, dann schütteln sie sich die Hände und die Ärztin geht weiter.

Patrick hat das Gefühl, etwas Wichtiges nicht vergessen, sondern zurückgelassen zu haben. Drei Tage hat er in diesem abgedunkelten Zimmer gelegen und gewartet. Drei Tage hat er sich bei jedem Klopfen an seiner Zimmertür im Bett aufgerichtet und trotz der Schmerzen ein Grinsen in seine Mundwinkel gezwungen. Um den Anblick seines zerschundenen Gesichtes erträglicher zu machen, hat er sich einen Scherz zurechtgelegt. So nach dem Motto: Innen ist alles heil geblieben, nur mit dem Wenden hat es nicht geklappt. Kein guter Witz, aber mehr hat sein geschütteltes Hirn nicht produziert. Und er hat ihn auch nicht gebraucht, denn es war nie Yvonne, die den Kopf durch den Türspalt steckte.

Die Nachbarin begegnet ihm im Treppenhaus. Erstaunt mustert sie sein Gesicht. Patrick möchte sich lieber nicht vorstellen, welcher Film gerade in ihrem Kopfkino anspringt. Auf seinem Schreibtisch erwartet ihn ein Brief der Personalabteilung, außerdem ein Zettel von Benjamin. Patrick hat das Gefühl, es sei besser zu sitzen, bevor er sich mit diesen beiden Schreiben auseinandersetzt. Vorsichtig klemmt er sich hinter den Schreibtisch, lehnt sich zurück und starrt auf das Haus auf der anderen Straßenseite. Das sich in den Fenstern spiegelnde Sonnenlicht blendet ihn und er greift nach der Schnur der

Jalousie und kippt die Lamellen. Erst als die Welt ausgesperrt ist, greift er nach dem gefalteten Blatt, auf dem sein Name steht.

Es würde später und ob sie heute Abend mal in Ruhe miteinander sprechen könnten, schreibt Benjamin. Patrick zerknüllt den Zettel und nimmt den Briefumschlag in die Hand. Er ist ziemlich dick und wie erwartet dankt die Sachbearbeiterin ihm für die Zusammenarbeit und kündigt an, dass sein Vertrag wie vorgesehen zum Ferienbeginn erlischt. Um keine Fristen zu versäumen, solle er sich bitte umgehend arbeitssuchend melden. Sollte ihm das wegen seiner angegriffenen Gesundheit derzeit nicht möglich sein, bestünde die Möglichkeit, sich telefonisch, schriftlich oder online auf der Website der Agentur für Arbeit zu melden. Die persönliche Meldung könne dann zu einem vereinbarten Termin nachgeholt werden. Mit freundlichen Grüßen – bla, bla.

Patrick lässt das Blatt fallen und schließt die Augen. Er hat keine Ahnung, wie es weitergehen soll, und für einen Moment tut er sich schrecklich leid. Er vermisst Yvonne und ist traurig, dass Leonie ihm keine Chance gegeben hat. Wie verzweifelt muss sie sein, dass sie eher bereit ist, ihrem Leben ein Ende zu setzen, als ihn hineinzulassen. Kein Wunder, dass sich Yvonne nicht meldet. Besser ein Ende mit Schrecken als ein Schrecken ohne Ende. In Patricks Schädelknochen wummert der Schmerz. Ihm ist übel, die Knie zittern. Er schleppt sich zu seinem Bett. Nur einen Moment die Augen schließen.

Der Duft von geschmorten Tomaten und gegrilltem Fleisch weckt ihn. Schlaftrunken richtet Patrick sich auf. Sein Kopf schmerzt immer noch, doch die Übelkeit ist vergangen. Sein Magen knurrt. Er stemmt sich in die Höhe und hinkt in die Küche.

Benjamin steht mit Schürze vor dem Bauch auf dem Küchenbalkon und wendet Bauchfleisch und Würstchen. In der rechten Hand hält er die Grillzange, in der linken eine Flasche Bier. Auf dem Herd simmern Schmortomaten und im Ofen wächst ein Laib Weißbrot.

»Ich habe gehofft, dass dich der Geruch weckt.« Benjamin winkt ihm mit der Grillzange zu.

»Wie spät ist es?« Patrick weiß nicht, was er von diesem Friedensangebot halten soll.

»Gleich halb neun.«

»So spät schon.«

»Du hast geschlafen wie ein Stein, ich wollte dich nicht wecken. Aber dann hab ich gedacht, ich mach uns was Feines zu essen.«

Kommentarlos nimmt sich Patrick ein Glas aus dem Schrank und füllt es mit kaltem Leitungswasser. Er trinkt durstig und stützt dabei seinen Nacken mit der freien Hand.

»Du siehst echt fertig aus.«

»Schaut schlimmer aus, als es ist«, antwortet Patrick und dann sagt er den Satz, der für Yvonne bestimmt war: »Innen ist alles in Ordnung, nur das Wenden hat nicht geklappt.«

Benjamin runzelt die Stirn, dann nickt er wie jemand, der nicht sicher ist, ob gerade ein Witz gemacht worden ist. Yvonne hätte dieser Satz zumindest ein Schmunzeln entlockt. An Benjamin ist er verschwendet.

Patrick setzt sich an den gedeckten Küchentisch und legt den Kopf in die Hände. »Du hast es echt wahr gemacht.« Er denkt an das Schreiben der Personalabteilung. Er versteht es nicht. Benjamin kocht hier, als sei nichts geschehen, dabei hat er ihm den Boden unter den Füßen weggezogen.

»Was hättest du an meiner Stelle getan?« Benjamin spritzt Bier über das Fleisch. Zischend schießen blaue Flammen in die Höhe.

»Nichts«, sagt Patrick. »Ich hätte mich rausgehalten.«

»Ach ja?« Benjamin fährt zu ihm herum und fuchtelt mit der Zange in seine Richtung. »Yvonnes Tochter hat versucht, sich umzubringen.«

»Wie geht's ihr?«

»Sie ist in der Geschlossenen.«

»Das ist gut.« Patrick denkt an die Villa, die so viel freundlicher ist, als der Name vermuten lässt. »Und Yvonne?«

»Krankgeschrieben.«

»Hast du mit ihr gesprochen?«

»Du nicht?«

Patrick schüttelt den Kopf. Das zieht zwar im Nacken, aber er traut seiner Stimme gerade noch weniger als seinen Halswirbeln.

»Das dachte ich mir.« Benjamin wendet seine Aufmerksamkeit wieder dem Fleisch auf dem Grill zu. »Sie ist echt fertig.«

»Weiß sie …?«

»Von deinem Unfall?«, unterbricht ihn Benjamin. Die Wurst, die er gerade wendet, schwebt über dem Grill, als könne er sich nicht entscheiden, welche Seite er auflegen möchte.

»Im Klinikum weiß jeder alles«, antwortet er schließlich. »Lass sie in Ruhe. Sie hat jetzt echt andere Sorgen.«

»Und ich auch, was?« Patrick stemmt sich in die Höhe und holt sich ebenfalls ein Bier aus dem Kühlschrank. Jetzt Bier zu trinken, ist vielleicht nicht die beste Idee, doch sein Leben ist eh im Eimer, da schadet eine Flasche Bier auf leeren Magen auch nicht mehr.

»Hör mal«, sagt Benjamin. »Das ändert nichts an unserer Freundschaft. Oder? Du hättest auch nicht anders gehandelt.«

Diese Bemerkung lässt Patrick lieber unkommentiert. Du hättest auch nicht anders gehandelt, ist ein typisches Totschlagargument. Und vielleicht nicht einmal falsch. Jeder von ihnen läuft in seinen eigenen Schuhen. Nur dass er gerade nicht weiß, wohin die Reise für ihn geht. Der Backofen klingelt.

»Ich hab mit Maria gesprochen.« Benjamin holt das Brot aus dem Ofen und legt es zum Auskühlen auf ein Kuchengitter.

»Warum habe ich mir das nicht gedacht?« Seufzend schenkt Patrick sich Bier ins Glas. Er schüttelt die Flasche sacht und produziert eine perfekte Blume. Wieder legt er zum Trinken die Hand in den Nacken, um seinen schmerzenden Kopf zu stützen. »Was sagt denn die Stille Post?« Resigniert wischt er sich den Schaum von der Oberlippe und unterdrückt ein Rülpsen.

»Amelia war hier.«

»Das weiß ich selbst.«

»Gibt dir das nicht zu denken?«

»Natürlich gibt mir das zu denken, aber wahrscheinlich gehen meine Gedanken in eine andere Richtung.«

»Ihr wart so lange zusammen.«

»Dir ist schon klar, dass sie einen Lover hat, oder? Und dass sie mich nur als Alibi braucht?«

»Da wäre ich mir nicht so sicher«, erwidert Benjamin. »Außerdem brauchst du ein Zuhause.«

»Du schmeißt mich also raus.« Patrick zeigt auf den Grill, das duftende Brot, die Salatschüsseln. »Ist das ein Abschiedsessen?«

»Dass du hier untergekommen bist, war eh nur vorübergehend. Das war dir doch klar.«

»Ja.« Mit einem Ruck schiebt Patrick den Stuhl zurück und steht auf. »Scheiß auf deine Würstchen.« Er stürmt aus der Küche und greift sich seine Reisetasche. Ehe Benjamin ihn aufhalten kann, ist er aus der Wohnung raus. Erst als er am Bahnhof steht, dämmert ihm, dass er keine Ahnung hat, wo er hinsoll. *»Wenn du was brauchst.«* Amelias Worte klingeln in seinem Schädel. *»Du weißt, wie du mich erreichst.«* Er wählt ihre Nummer. Sie meldet sich verschlafen, ist erst verwirrt und kriegt sich dann nicht mehr ein vor Lachen. »Natürlich kannst du kommen«, sagt sie. »Ich liebe Win-win-Situationen.«

38. KAPITEL

Yvonne sitzt in ihrer Küche und starrt auf die Straße hinaus. Hanni und Nanni dösen auf der Fensterbank. Seit Leonies Selbstmordversuch sind sie anhänglicher geworden und halten sich immer in ihrer Nähe auf. Es gibt nichts, das sie noch tun könnte. Die Katzen sind gefüttert, die Wohnung gesaugt, das Bad geputzt. Jetzt wo Leonie in der Klinik ist, hat sie niemanden, hinter dem sie herräumen kann. Die Sonne heizt den Asphalt vor dem Haus auf. Es ist Juli und zu spät, um zu frühstücken, und zu früh fürs Mittagessen. Das Frühstück hat Yvonne ausfallen lassen und sie hat auch keine Lust zu kochen. Und wie es aussieht, kann sie auch nicht einfach zu Renate hochgehen. Seit Leonies Selbstmordversuch steht der Fahrstuhl zwischen ihren Wohnungen still. Keine Brötchen mehr am Morgen, keine spontanen Besuche. Renate hat sich in ihre Wohnung zurückgezogen. Dort brütet sie hinter herabgelassenen Jalousien. Wahrscheinlich wartet ihre Schwiegermutter darauf, dass sie den ersten Schritt tut. Und wahrscheinlich sollte sie das auch. Yvonne weiß, dass dieses Schweigen kein Zustand ist, der auf Dauer bestehen bleiben kann. Trotzdem findet sie nicht die Kraft, auf Renate zuzugehen, weil sie ihre gesamte Energie braucht, um sich Leonies Enttäuschung und Wut zu stellen.

Yvonne birgt das Gesicht in den Händen. Und das alles nur, weil Patrick vor ihrem Haus stand. Sie hat ihn zur Rede stellen wollen und bei Benjamin angerufen. Aber da war er schon verschwunden. Yvonne erinnert sich daran, wie sie Amelia im Krankenhaus gesehen hat. Er hat sich tatsächlich an dem Tag vom Acker gemacht, an dem ihre Tochter versucht hat, sich wegen ihm das Leben zu nehmen? Allein der Gedanke treibt ihren Blutdruck in die Höhe. Und trotzdem träumt sie von ihm, und auch wenn sie die Träume unter Albträumen subsumiert, ist da dieses Ziehen in ihrem Magen, wenn sie nur an ihn denkt. Und es hilft gar nichts, wenn sie ihn in Gedanken als Feigling, Arschloch und miese Ratte tituliert.

Seufzend steht Yvonne auf. Ihre Knochen schmerzen wie die einer arthritischen alten Frau, dabei ist es nur die Müdigkeit. Jede Nacht geben sich die Albträume die Klinke in die Hand, mal sieht sie Bremslichter, mal Leonies blasse Hand, mal küsst sie Patrick. Dann wird sie wach und ihr Kopf ist voller Wut und Angst und sie starrt auf das leere Kopfkissen an ihrer Seite und beobachtet mit vor Müdigkeit tränenden Augen, wie aus dem Dunkel der Nacht ein neuer Tag aufsteigt.

Yvonne schüttet den kalten Kaffee in die Spüle und lässt Wasser über ihre Handgelenke laufen. Ihr fehlt die dröhnende Musik aus Leonies Zimmer. Zwei Wochen ist ihre Tochter nun schon in der Klinik, zwei Wochen, in denen Yvonne nicht wusste, wohin mit ihrer Sorge und ihrem schlechten Gewissen. Ihre Hausärztin hat sie krankgeschrieben, es hat Gespräche mit den Therapeuten in der Klinik gegeben, aber noch immer kriegt sie eine Gänsehaut, wenn sie an Leonies Zimmertür vorbeigeht.

Einen Tag nachdem Leonie von der Intensivstation in die Geschlossene verlegt wurde, hat Yvonne jeden Tropfen Alkohol und alle Tabletten entsorgt. Sogar das Rum-Aroma und die Calcium-Brausetabletten sind im Müll gelandet. Yvonne dreht den Wasserhahn zu. Ein vorbeifahrender Schwertransporter lässt die Fensterscheiben leise klirren. Auf dem Küchentisch vibriert Yvonnes Handy. Eine Kurznachricht von Veronika. Umrahmt von Herzchen steht da: *Wir denken an dich! Heiner hat Aprikosenschmandkuchen gebacken! Schwing die Hufe!*

Vielleicht sollte ich das wirklich tun. Unschlüssig starrt Yvonne aufs Display. Ihr knurrender Magen gibt den Ausschlag. Kurz entschlossen steckt sie das Handy in die Hosentasche und greift nach ihrem Schlüsselbund. Wenig später sitzt sie auf ihrem Rad und radelt Richtung Innenstadt. Die Ampel an der großen Kreuzung springt um auf Gelb und Yvonne bremst ab. Ein junger Vater schiebt einen Kinderwagen über die Straße. Er ist in sein Handy vertieft, runzelt dabei die Stirn und sieht nicht, dass sein Kind ihm zulächelt. *Kümmer du dich um dich dich,* denkt Yvonne. Aber sie möchte dem Mann am liebsten zurufen, dass er jeden Tag mit seinem Kind genießen soll, als wäre es der letzte, doch wahrscheinlich würde er sie für verrückt erklären.

Yvonne schiebt ihr Fahrrad in den Ständer vor dem Café Blond. Als sie die Tür aufstößt, steigt ihr der Duft von Aprikosen und frisch gebrühtem Kaffee in die Nase. Die Kaffeemaschine hinter der Theke zischt über das Gemurmel der wenigen Gäste hinweg, die an den Tischen sitzen und sich unterhalten.

»Da bist du ja.« Veronika stellt das Tablett mit dem abgeräumten Geschirr auf einen freien Tisch und stürzt auf sie zu, als hätten sie sich Jahre nicht gesehen. Yvonne versinkt in ihrer Umarmung. Die Freundin duftet nach Hefegebäck und Kaffeebohnen und ein wenig nach Milch.

»Nicht viel los?« Yvonne blickt sich um, während sie sich an den Familientisch neben der Verkaufstheke setzt.

»Es sind halt Ferien.«

»Stimmt.« Yvonne schlägt sich gegen die Stirn. »Das hatte ich glatt vergessen.«

»Und käsig, wie du bist, hast du wahrscheinlich auch vergessen zu essen.«

Yvonne will widersprechen, doch das Knurren ihres Magens verrät sie.

»Dachte ich mir.« Veronika verschwindet hinter der Theke und kehrt mit einem Becher Kakao und einem Käsebrötchen zurück.

»Hattest du nicht Schmandkuchen versprochen?«

»Erst isst du etwas Vernünftiges. Keine Widerrede.«

»Ja, Mama.« Yvonne beißt in das Brötchen, krachend zerbirst die Krume zwischen ihren Zähnen. Der Käse schmiegt sich gegen ihren Gaumen und die Butter zerfließt ihr auf der Zunge. Yvonne schämt sich, weil sie diesen Bissen so genießt. Ihre Tochter hat versucht, sich umzubringen, und sie lässt sich ein Käsebrötchen schmecken.

»Wie geht's Leonie?«, fragt Veronika, als hätte sie ihre Gedanken gelesen.

Yvonne kaut und schluckt. Schließlich sagt sie: »Sie ist ruhig und beherrscht.«

»Ist das ein gutes Zeichen?«

»Ich weiß es nicht.« Der Käse klebt wie Esspapier an ihrem Gaumen. Yvonne schiebt den Teller mit dem angebissenen Brötchen von sich.

»Okay.« Veronika schiebt den Teller wieder in ihre Richtung »Ich halte die Klappe und du isst. Deal?«

»Deal.« Yvonne greift nach dem Becher und trinkt einen Schluck von dem heißen, süßen Kakao.

Erst als sie das Brötchen verputzt hat, kehrt Veronika an ihren Tisch zurück. Diesmal stellt sie drei Kuchenteller mit golden schimmerndem Aprikosenschmandkuchen auf den Tisch. Heiner kommt aus der Backstube und setzt sich zu ihnen an den Tisch.

»Zeit für ein süßes Frühstück«, sagt er. »Wie geht's Leonie?«

»Hab ich dir doch schon erzählt.« Veronika stößt ihn an.

»Ich hab's aber nicht verstanden.«

Heiner hat sich von seiner Frau noch nie den Mund verbieten lassen und Yvonne ist ihm auch nicht böse. Die beiden sind ihre ältesten Freunde. Leonie ist mit ihren Kindern aufgewachsen. Sie haben das Recht zu fragen.

»Die Therapeuten sagen, dass sie bald nach Hause kann.«

»Das ist doch gut, oder?« Heiner greift nach einer Kuchengabel.

»Mir geht der Arsch auf Grundeis.« Yvonne erzählt von ihrer Aufräumaktion. »Ziemlich hysterisch, oder?«, schließt sie zerknirscht. »Schließlich weiß ich, dass sie immer einen Weg finden, wenn sie es wirklich wollen.«

»Hysterisch?« Veronika schnaubt. »Ich würde wahrscheinlich noch jedes Messer entfernen.«

»Daran habe ich auch gedacht«, gibt Yvonne zu. »Aber es macht keinen Sinn. Ich muss lernen, ihr wieder zu vertrauen.« Sie hebt die Schultern und lässt sie wieder fallen. »Sagt die Therapeutin. Trotzdem habe ich den Messerblock weggeräumt. Ich dachte, ich muss Leonie nicht gleich mit der Nase auf jede Möglichkeit stoßen.«

»Du hast Nerven.« Veronika schüttelt den Kopf.

»Lass sie in Ruhe!«, mischt sich Heiner ein. »Sie weiß, was sie tut. Iss!« Er zeigt mit der Gabel auf Yvonnes Kuchenteller. »Du siehst scheiße aus.«

»Meinst du, Kuchen hilft?« Lächelnd greift Yvonne nun ebenfalls nach einer Kuchengabel.

»Auf jeden Fall«, sagt Heiner selbstbewusst. Für einen Moment mampfen sie schweigend. Die Süße der Aprikosen vermischt sich auf der Zunge mit dem säuerlichen Schmand.

»Genial!«, seufzt Yvonne, als sie den Kuchen bis auf den letzten Krümel vertilgt hat.

»Meine Rede.« Entspannt lehnt sich Heiner zurück. »Wie geht's jetzt weiter?«

»Wir werden eine Therapie machen.«

»Hast du noch mal was von dem Typen gehört?« Seit Patrick verschwunden ist, ist er für Heiner nur noch *der Typ*.

»Das mit dem Foto tut Moritz unheimlich leid«, sagt Veronika. »Er hat versucht, Leonie auf dem Handy zu erreichen.«

»Sie hat dort keins.«

»Das habe ich mir schon gedacht.«

»Seine Freundin hat ihn langgemacht wegen der Sache.« Heiner klingt, als sei er sehr zufrieden mit dem Mädchen.

»Hat sie nicht«, widerspricht ihm Veronika.

»Aber das hast du mir erzählt.«

»Dieser Mann macht mich wahnsinnig.« Veronika verdreht die Augen. »Kannst du dir eigentlich noch irgendetwas anderes außer Rezepten merken?«

»Du lebst davon, Weib.« Heiner grinst. »Da siehst du mal, wie schwer ich es habe«, wendet er sich an Yvonne.

»Auf jeden Fall«, bestätigt sie. Den beiden bei ihren Plänkeleien zuzuhören, ist wie eine Pause von ihrem eigenen Leben.

»Weshalb haben sie sich denn dann gestritten?«, will Heiner wissen.

»Frag deinen Sohn«, antwortet Veronika spitz.

»Lieber sterbe ich dumm.«

»Es war wegen des Briefes.« Veronika blickt sich um, dann holt sie einen Umschlag aus ihrer Schürzentasche. Er ist zerknittert und weist Spuren auf von etwas, das aussieht wie Kaffeepulver. Moritz' Name und Adresse sind mit grellpinken Buchstaben auf den Umschlag gemalt und etwas verschmiert. Eine Erinnerung breitet ihre Schwingen aus, doch bevor Yvonne sie greifen kann, ist sie fortgeflogen.

»Er ist hier in der Stadt abgestempelt.« Veronika dreht den Umschlag in der Hand.

»Du liest die Post deines Sohnes?«, fragt Heiner empört.

»Er hat ihn weggeschmissen.«

»Das ist bestenfalls eine Ausrede, Weib«, knurrt Heiner.

»Ach Manno.« Veronika zieht die Nase kraus. »Natürlich habe ich ihn gelesen.« Sie beugt sich vor und fährt flüsternd fort: »Die beiden haben sich echt gefetzt.«

»Was steht denn nun drin?« Heiner greift nach dem Umschlag, doch Veronika ist schneller. Der Umschlag verschwindet wieder in ihrer Schürzentasche. »Es ist ein Liebesbrief«, flüstert sie nach einem weiteren Blick in die Runde.

»Von wem?« Unwillkürlich senkt auch Yvonne die Stimme.

»Das ist es ja.« Veronika zieht den Brief aus der Tasche. »Er ist anonym.«

»Anonym?« Yvonne greift nach dem Umschlag, sieht die runden Druckbuchstaben, die grellpink auf das Papier gemalt sind, und weiß auf einmal, wo sie so einen Stift schon einmal gesehen hat.

39. KAPITEL

»Guten Morgen.« Patrick schlurft in die Küche. Auch wenn er seit Wochen wieder in ihrer Frankfurter Wohnung lebt, fühlt es sich immer noch falsch an, sich zu Amelia an den Tisch zu setzen. Und trotzdem wird er genau das tun, wie jeden Morgen seit seiner Entlassung aus dem Krankenhaus. Kein Job, keine Wohnung, nur Amelia, die ihm kurzerhand Asyl gewährt hat. Und nun ist er dabei, in seinem alten Leben Fuß zu fassen.

Amelia blickt nicht einmal von ihrem Laptop auf. Ihre Stirn ist konzentriert gerunzelt.

»Spät geworden gestern?« Es wird immer spät bei Amelia. Sie schlägt die Augen auf und arbeitet und macht das, bis sie irgendwann nachts das Licht löscht. Und selbst dann arbeitet ihr Kopf weiter. Er ist voller Zahlen und Vertragsklauseln und der Angst, dass es nicht reicht.

»Du denkst an heute Abend?« Ihre Stimme klingt, als sei ihr die Antwort gleichgültig. Und wahrscheinlich ist sie das auch. Sie haben einen Deal. Geschlossen an dem Tag, an dem Benjamin ihn rausgeschmissen hat. Er ist zurückgekehrt zu ihr, wenn auch ins Arbeitszimmer, wo das Gästesofa steht. Doch das ahnt nicht einmal die Putzfrau. Jeden Freitagmorgen schmeißt er sein Bettzeug aufs Ehebett. Er ist ein Mosaikstein in dem Bild, das sich die Welt von Amelia machen soll. Und diese ganze

Scharade dient nur dem Zweck, Brigitte Görner glauben zu machen, Amelia sei in festen Händen und glücklich.

Wahrscheinlich ist sie auch glücklich. Nur nicht mit ihm. Und ebenso wenig mit ihrem Lover, Brigittes Mann Robert, der sich die Tränensäcke hat wegoperieren lassen, weil sie nicht zu seinem dynamischen Image passen. Genauso wenig wie die Frau, die ihn am Kanthaken hat und die er nicht so einfach loswird wie die Tränensäcke.

Nein, Robert ist es nicht, dem Amelias erster Gedanke am Morgen und ihr letzter am Abend gehört. Es sind ihre Klienten, ihre Arbeit, ihre Angst zu versagen, nicht gut genug zu sein.

Und wieder ist Patrick der Einzige, der diese andere Amelia kennt. Die Amelia, die im Wohnzimmer auf dem Parkettboden liegt, die Hände auf den Bauch gepresst, und versucht, die Panik wegzuatmen. Patrick ist kein Psychologe, aber er ist sich ziemlich sicher, dass sie einen braucht. Dringender als einen Fake-Ehemann, der nicht einmal sein eigenes Leben auf die Kette kriegt. Vielleicht hat Benjamin ja doch recht und er ist nie erwachsen geworden.

Nach den Semesterferien wird er wieder an der Uni einsteigen. Doris war begeistert, als er in ihrer Sprechstunde aufgetaucht ist. Ein Grund weniger, sich um die Zukunft zu sorgen. Trotzdem kann er nicht schlafen. Sobald er die Augen schließt, hält er die schluchzende Yvonne im Arm. Er spürt die Wärme ihres Körpers so intensiv, dass er sein Handy nimmt und ihren Namen in seinen Kontakten anstarrt. So oft war er schon versucht, sie anzurufen, aber dann gellt die Stimme ihrer Schwiegermutter wieder durch seinen Schädel.

Patrick nimmt sich eine Tasse aus dem Gestell und stellt sie unter die sündhaft teure Kaffeemaschine. Das Mahlwerk rumort und der würzige Duft frisch gemahlener Kaffeebohnen vertreibt den schlechten Geschmack in seinem Mund. Auch bei ihm ist es spät geworden. Doch es sind nicht die Arbeit und die

Angst zu versagen, die ihn wachhalten. Eine Arbeit hat er nicht mehr und was das Versagen angeht, da ist er einen Schritt weiter als Amelia. Patrick setzt sich an den Tisch.

»Wann sollen wir da sein?« Wenigstens das hier kann er richtig machen.

»Um sechs. Besorgst du Blumen?«

»Kann ich machen.« Patrick weiß, dass Brigitte keine toten Schnittblumen mag, und Amelia weiß es auch. Doch es geht nicht darum, der Gastgeberin eine Freude zu machen, sondern darum, so zu tun als ob.

»Ausgerechnet heute.« Amelia klappt den Laptop zu und greift nach ihrer Müslischale. Sie zieht die Fersen an, kauert sich auf den Stuhl und stellt die Schale auf ihre Kniescheiben. So hat sie schon immer gegessen. »Der Vertrag muss unbedingt Montag beim Klienten sein.«

»Machst du ihn halt am Wochenende fertig. Du hast doch eh nichts vor.«

Amelia hat nie etwas vor, außer …

»Wolltest du dich mit Robert treffen?« Weder die Frage noch die Vorstellung schmerzen. Wieder geht ihm Yvonne durch den Kopf. Er spürt ihre Tränen in seiner Schlüsselbeingrube, den Abdruck ihrer Nase. Die Illusion ist so lebendig, dass er sich an den Hals greift. Diese Erinnerungen tun weh. Der Gedanke an Robert dagegen berührt ihn überhaupt nicht.

»Wirklich zu blöd, dass ausgerechnet heute Abend das alljährliche Sommerfest der Kanzlei ist«, sagt er mit leisem Spott. »Eine seit Jahrzehnten bestehende Tradition, um den Mitarbeitern und ihren Familien zu danken«, zitiert Patrick den Text der Einladungskarte.

»Ich frage mich, wie lange sie mich noch hinhalten wollen.« Amelia zieht die Nase kraus. Ein Milchbart färbt ihre Oberlippe.

»Vielleicht nach diesem Deal.« Patrick trinkt von seinem Kaffee. Er schmeckt gut, perfekt, erinnert ihn an den Kaffee im Café Blond. Auch eine Erinnerung, die schmerzt. Von Benjamin weiß er, dass Leonie lebt und eine Therapie macht. Gut für Yvonne. Nur leider zu spät für ihn. Ohne darüber nachzudenken, zieht er sein Handy aus der Tasche.

»Sie ruft nicht an.« Amelia stellt die Müslischale zurück auf den Tisch. »Finde dich damit ab.« Sie geht ins Bad.

»Bis heute Abend!«, ruft Patrick ihr hinterher.

Amelia kehrt um fünf in die Wohnung zurück. Noch in der Haustür schleudert sie die Pumps von den Füßen. Der Blazer landet an der Garderobe, der Rock gleitet ihr im Flur von den Hüften, die Bluse folgt an der Tür zum Bad.

»Hast du die Blumen besorgt?«, ruft sie aus der Dusche.

»Nein«, antwortet Patrick und bückt sich nach Bluse und Rock.

»Verarsch mich nicht.« In ein Handtuch gewickelt drängt sie sich an ihm vorbei ins Schlafzimmer. Ihre Füße hinterlassen feuchte Abdrücke auf den Fliesen.

»Was soll ich anziehen?«

»Ich bin nicht deine Zofe«, entgegnet Patrick und starrt auf die Bluse und den Rock über seinem Arm. »Das Geblümte.«

»Das sagst du immer.« Amelias Kopf taucht neben dem Türrahmen auf.

»Und du ziehst es nie an«, kontert Patrick.

»Okay«, ruft Amelia. »Das Geblümte.«

Doch als sie aus dem Schlafzimmer kommt, trägt sie ein mittelbraunes Leinenkleid mit weißem Rundkragen. »Na?« Sie stellt ein Bein vor und breitet die Arme aus.

»Du siehst aus wie eine Klosterschülerin.« Patrick hängt Amelias Bluse und Rock zu ihrem Blazer. Jetzt hängt die Anwältin an der Garderobe.

»Macht dich das an?« Amelia legt den Kopf schief und mustert ihn von unten herauf.

Sie lachen gemeinsam. Es ist so viel einfacher, mit Amelia befreundet als mit ihr verheiratet zu sein.

Wie immer hält Amelia seine Hand, als sie den Garten ihres Chefs betreten. Robert kommt ihnen mit ausgebreiteten Armen entgegen. Die Umarmung, in der Amelia versinkt, dauert nur den Bruchteil einer Sekunde zu lang.

»Du siehst großartig aus.« Er wendet sich an Patrick. »Schön, dass Sie es einrichten konnten.« Er nimmt Amelias Arm und führt sie fort. »Kennst du eigentlich schon ...«, hört Patrick ihn noch sagen, dann verschluckt die einsetzende Musik seine Stimme. Eine Band steht auf einer erhöhten Bühne. Gitarre, Keyboard, Schlagzeug. Sie spielen unaufdringliche Melodien, die die Gespräche nicht stören. Helle Kinderstimmen tönen vom Rand der Wiese. Patrick sieht ein Trampolin und einen Clown. Heute ist Familientag und die Gastgeber haben dafür gesorgt, dass auch die Kinder ihren Spaß haben.

»Wie geht es Ihnen?« Brigitte Görner steht jetzt neben ihm. In der Hand hält sie ein kältebeschlagenes Weißweinglas.

»Danke, gut.« Mit einer angedeuteten Verbeugung reicht er ihr die Blumen.

»Wie reizend«, sagt sie und winkt einem der Kellner, damit er ihr den Strauß abnimmt.

»Wie ich hörte, sind Sie nach den Semesterferien wieder an der Uni.«

»Ja«, antwortet Patrick. »Sie wissen ja, wie das ist.« Man kippt aus seinem Leben und greift nach dem erstbesten Brett, das vorbeitreibt. Natürlich sagt er das nicht. Er wird sich nicht von ihrer weißen Bluse, dem geblümten Faltenrock und den Gesundheitssandalen täuschen lassen. Sie mag zwar aussehen wie die Vorsitzende der evangelischen Frauenhilfe in Hinterpusemuckel, doch das ist sie nicht. Sie ist Roberts Frau. Die Frau, die er mit Amelia betrügt, und die Frau, die über Amelias berufliche Zukunft entscheidet. Und auch wenn

Patrick Amelia nicht mehr liebt, so ist sie immer noch – oder wieder – seine Freundin, also begnügt er sich mit einer nichtssagenden Floskel. »Der Täter kehrt immer wieder an seinen Tatort zurück.« Er grinst breit.

»Wie schön für Amelia.« Brigitte erwidert sein Lächeln eher schmallippig. Patrick befällt das ungute Gefühl, dass sie Gedanken lesen kann. Er schluckt trocken und sie winkt einen Kellner herbei. Nachdem er sich ein Glas Weißwein vom Tablett genommen hat, prostet sie ihm zu. »Menschen wie Amelia und Robert brauchen jemanden, der für sie da ist.«

»Braucht das nicht jeder?«

»Wie geht's Ihrem Kopf?« Brigitte wechselt einigermaßen unelegant das Thema.

»Besser.« Unwillkürlich greift sich Patrick in den Nacken und muss lachen. »Ich bin mit dem Vorderrad in ein Schlagloch geraten und ziemlich hart gelandet.«

»Ja«, sagt Brigitte. »Manchmal macht das Leben so etwas mit einem.« Ihr Blick schweift ab.

Patrick ist sich ziemlich sicher, dass sie nicht von seinem Unfall redet.

»Was macht der Unterricht im Flüchtlingsheim?«

»Großartig.« Zum ersten Mal erreicht das Lächeln auch ihre Augen. Sie erzählt ihm von den Menschen, denen sie bei ihrer Arbeit begegnet. »Viele sind Analphabeten«, sagt sie. »Man macht sich ja kein Bild.« Sie stockt. Die Musik hat aufgehört. Robert Görner ist jetzt auf die Bühne getreten. Er hält ein Glas in der Hand, mit dem er gegen das Mikro tippt, um zu prüfen, ob es eingeschaltet ist.

Patricks Nacken kribbelt auf einmal. Er kann Amelia nirgends sehen, ist sich aber sicher, dass sie in der Nähe der Bühne ist.

»Liebe Mitarbeiter.« Roberts sonore Stimme schallt aus den Lautsprechern. Aus den Augenwinkeln sieht Patrick, wie der Clown den Finger auf den rot geschminkten Mund legt.

Robert begrüßt die Partner, dankt seiner Frau, die wie immer für das Wetter gesorgt habe – an dieser Stelle branden Applaus und Lachen auf –, und fügt dann hinzu, er habe noch eine besondere Überraschung. Er hebt sein Glas und bittet Amelia auf die Bühne. Es ist also so weit. Patrick blickt zu Brigitte, doch die starrt auf die hochgewachsene Gestalt neben ihrem Mann.

»Amelia Schildknecht ist seit Jahren in unserer Firma und ich bin sehr froh und glücklich, sie heute als assoziierte Teilhaberin bestätigen zu dürfen.« Robert Görner sagt noch eine ganze Menge über Amelia und die Leute klatschen begeistert. Nur Brigitte nicht. Sie hält sich an ihrem Glas fest. Patrick hat das Gefühl, dass ihr Mann sie mit dieser Rede überrumpelt hat. Kein Gedanke, der ihm gefällt.

»Sie hat hart dafür gearbeitet.« Er will Amelia verteidigen, sie beschützen.

»Das hat sie allerdings.« Brigitte nimmt ihr Glas und leert es in einem Zug. »Sie hat sogar *Ihr* ...«, sie sieht ihm in die Augen. Auf einmal erinnert sie ihn überhaupt nicht mehr an eine nette Dame von der Frauenhilfe aus Hinterpusemuckel. Auf einmal fürchtet er sich vor ihr und vor dem, was sie sagen wird. Doch es ist zu spät. »... Kind dafür getötet.«

40. Kapitel

Rebecca Stagels Praxis ist im Ärztehaus am Markt. Die Fenster sind geschlossen, über ihnen rauscht die Klimaanlage. Trotzdem schwitzt Yvonne. Um sich abzulenken, schaut sie sich um. Doch bis auf einen Bürostuhl und Doktor Stagels Kirschholzsekretär mit den gedrechselten Beinen gibt es wenig zu sehen. Bis auf den Sekretär wirkt der Raum völlig reizlos. Yvonne kennt solche Besprechungszimmer aus der Geschlossenen. In manchen befinden sich Entspannungsmatten und Spielzeug. Hier ist nichts von alledem. Wahrscheinlich hat Doktor Stagel mehr als einen Raum zur Verfügung. Aber der Schreibtisch passt zu ihr, denkt Yvonne, robust und gleichzeitig ein bisschen verspielt. Sie beobachtet die Ärztin, die ihr gegenüber in einem der weinroten Sessel sitzt. Doktor Stagel notiert sich gerade etwas, doch sie schaut auf, als würde sie Yvonnes Blick spüren. Ihre freundlichen braunen Augen erwidern Yvonnes Blick über den Rand ihrer Lesebrille hinweg. Sie lächelt. Die letzten Strahlen der Abendsonne malen Lichtreflexe auf ihr hüftlanges, von grauen Strähnen durchzogenes Haar. Es gibt keinen Grund, sich zu fürchten. Und doch sind Yvonnes Handflächen klebrig vom Schweiß. Es geht auf einmal alles so schnell. Nach Leonies Selbstmordversuch schien die Zeit zunächst stillzustehen, doch jetzt rast sie. Normalerweise hätten sie Wochen auf einen Termin gewartet, selbst als Privatpatienten, doch Doktor Stagel hat sie nach ihren regulären Praxisstunden einbestellt. Einer der Vorteile, wenn man Teil des Systems ist. Man kümmert sich umeinander. Zu den Nachteilen gehört, dass immer viel zu viele Menschen Bescheid wissen, oder es zumindest denken. Doktor Stagel räuspert sich. Es ist ihr erster gemeinsamer Termin. Bisher hat Leonie allein mit der Ärztin gesprochen. Sie sitzt ebenfalls in einem der Sessel, deren Polsterung fest genug ist, um fluchtbereit auf dem Rand zu sitzen. Doktor Stagel hat Leonie weich sächselnd aufgefordert, doch bitte im Sessel Platz zu nehmen, das sei doch viel netter, und dann den Rollstuhl hinausgeschoben. Yvonne sitzt neben ihrer Tochter, auch auf dem äußersten Sesselrand. Sie spürt die Anspannung in ihren Oberschenkeln. Vor Leonie steht eine silberne Kleenexbox auf dem Couchtisch, wie Yvonne sie aus dem Besucherzimmer der Intensivstation kennt. Ob es so etwas wie einen Versandhandel für Traumabedarf gibt? Die Frage streift ihr Bewusstsein, dann konzentriert sie sich wieder auf die Therapeutin. Stagels Lächeln ist einladend und fürsorglich. Während sie spricht, hat Yvonne die ganze Zeit das Gefühl, sich räuspern zu müssen. Der Steinbeißer krallt sich in ihre Kehle. Yvonne findet, er hat gute Gründe, sich zu fürchten, schließlich geht jedes falsche Wort auf seine kleingrüne Kappe. Die Therapeutin sagt etwas über Vertrauen. Yvonne schnaubt unwillkürlich und Stagels linke Augenbraue schießt in die Höhe. Sofort schämt sie sich für ihre Unbeherrschtheit. Sie hätte das nicht tun sollen, sich besser unter Kontrolle halten müssen. Aber wie soll das gehen? Ihr Kopf schmerzt, das Sommerkleid klebt an ihrem Körper und ihre Finger sind so geschwollen, dass die beiden Eheringe tief ins Fleisch schneiden. Sie weicht Stagels Blick aus.

»Ich verstehe, dass Ihnen das im Moment schwerfällt.«

»Es tut mir leid.« Yvonne massiert sich die Schläfen und lächelt entschuldigend. Obwohl sie sitzt, hat sie das Gefühl, auf Eiern zu laufen. Bei jedem falschen Wort zerbricht etwas. Natürlich fällt es ihr schwer, Vertrauen zu haben. Seit Leonie wieder zu Hause ist, steht Yvonne jede Nacht mindestens vier Mal vor ihrem Bett und lauscht, ob sie noch atmet. Wenn die Katzen morgens vor Leonies geschlossener Tür hocken und maunzen, fühlt sich das an wie ein Schlag auf den Solarplexus.

»Wenn eine Jugendliche einen Selbstmordversuch unternimmt, heißt das nicht zwangsläufig, dass sie sterben möchte«, erklärt Doktor Stagel. »Oft möchte sie nur nicht – so – weiterleben wie bisher.« Yvonne fragt sich, ob diese Bemerkung als Trost oder eher als Auftakt gemeint ist. Und wenn als Auftakt: Für was? Sie weiß es, als Stagel sich an Leonie wendet. Yvonne sieht jetzt nur noch ihr Profil: rosige Wangen, eine einzelne Schweißperle am Haaransatz. »Wolltest du so nicht weiterleben?«, fragt die Ärztin.

»Ich weiß nicht. Ich war enttäuscht.« Leonie stockt, ihr Blick flattert zu Yvonne, dann senkt sie die Lider. Wahrscheinlich denkt sie gerade an das Gespräch in der Klinik. Yvonne krümmt sich innerlich, duckt sich weg. Sie fühlt sich schuldig. Zu Recht, sagt die Steinbeißerstimme in ihr.

»Du warst enttäuscht?« Das sanfte Sächseln der Ärztin.

»Weil Mama mich angelogen hat.« Leonies Stimme klingt jetzt piepsig, gepresst. »Sie hat mich verraten.«

Yvonne will sich rechtfertigen. Nicht angelogen, will sie sagen, und dass doch alles ein Missverständnis gewesen ist. Sie weiß nicht, warum Patrick an dem Nachmittag vor ihrem Haus war. Sie hat ihn nie wiedergesehen. Er ist aus ihrem Leben verschwunden, als hätte es ihn nie gegeben. Nur aus ihren Träumen und Gedanken nicht und das ist das Problem. Sie schämt sich, weil sie immer noch an ihn denkt, sich immer noch nach ihm sehnt.

»Was genau hast du als Verrat empfunden?«

»Dass er da war.«

»Aber davon wusste ich nichts.« Yvonne kann einfach nicht mehr an sich halten. Stagel lässt sie gewähren. Ihre braunen Augen blicken von ihr zu Leonie.

»Du hast ihn geküsst.«

»Ist das Verrat?«, fragt Stagel. »Dass deine Mutter einen anderen Mann geküsst hat?« Sie sagt *anderen Mann* und Yvonne weiß, dass sie jetzt über Tom sprechen werden.

»Sie hat kein Recht.« Leonie verschränkt die Arme. Sie zittert.

Rede darüber, denkt Yvonne. Hör nicht auf. Es schmerzt, ihre Tochter so leiden zu sehen. Es schmerzt, den Hass zu hören. Aber sie wird es aushalten. Diesmal wird sie es aushalten. Doch Leonie schwenkt um.

»Ich hab doch nur noch Mama«, murmelt sie und fügt hinzu: »Seit dem Unfall.«

Auch wenn sie vorbereitet ist, zuckt Yvonne zusammen. Allein das Wort bohrt sich wie ein Dolch in ihr Herz.

Stagel nickt. »Das war sicherlich sehr schlimm für dich und natürlich auch für Sie.« Ihr Blick wendet sich Yvonne zu. Jetzt ist es also so weit.

»Natürlich.« Yvonnes Oberschenkel zittern vor Anstrengung, nicht wegzulaufen.

»Wollen Sie darüber reden?«

Nein, schreit es kleingrün in ihr. Doch sie weiß, dass sie nur noch diese Chance hat. Sie denkt an das Familiengespräch in der Geschlossenen. Laut schluchzend hat Leonie hervorgestoßen: »Du hast Papa getötet. Wegen dir kann ich nicht laufen.« Yvonne hat es nicht ausgehalten und ist auf den Flur gerannt.

Deshalb sitzen sie jetzt hier bei Doktor Stagel. Um diesen Unfall aufzuarbeiten, wie es die Therapeuten im Klinikum genannt haben, beziehungsweise, um diesen Teufelskreis aus Schuld zu durchbrechen und ihren Frieden miteinander zu machen. So hat Stagel es ausgedrückt. Egal, wie man es nennt,

Yvonne will es hinter sich bringen. Nie wieder will sie Leonie halb tot in ihrem eigenen Erbrochenen finden. Sie will reden, aber etwas Kleingrünes in ihr versucht, sie daran zu hindern. »Ich erinnere mich nicht«, antwortet sie zögernd, dabei ist ihr schlecht, so präsent ist alles: die aufleuchtenden Bremslichter, der schreckliche Knall, Leonies Kreischen. Dunkelheit und eine Frauenstimme.

»Frau Engelbrecht?« Mühsam öffnet Yvonne die Augen. Über ihr kreisen Doktor Stagels Gesichter. Es sind drei an der Zahl und sie drehen sich in einem wilden Reigen, angefeuert von Leonies Stimme, die panisch, schrill »*Ma-ma!*« ruft. Doktor Stagels Gesicht verschwindet, jemand greift nach ihren Beinen, zieht sie in die Höhe. Yvonne spürt, wie das Blut zurück in ihr Gehirn rauscht.

»Wasser«, stößt sie hervor. »Kann ich bitte …« Die Worte kleben an ihrem Gaumen. Sie weiß nicht, warum sie zwischen Couchtisch und Sessel liegt, die Kleenexbox auf dem Bauch. Sie weiß nur, dass die Kühle des Bodens, die durch ihr Sommerkleid dringt, angenehm ist. »Können Sie aufstehen?« Ihre Beine werden abgestellt und das Gesicht der Ärztin taucht über ihr auf. Es ist nur noch ein Gesicht. Yvonne wertet das als gutes Zeichen und nickt. Doktor Stagel hilft ihr in den Sessel und reicht ihr ein Glas Wasser. »Sollen wir Schluss machen für heute?«

»Nein«, sagt Yvonne hastig. Sie will endlich wieder schlafen können. Natürlich weiß sie, dass es nicht mit einem Gespräch getan ist, aber dies hier ist der erste Schritt zurück zur Normalität. Sie will ihn gehen und nicht stehen bleiben, weil ihr Kreislauf sie im Stich lässt. »Es ist nur die Hitze.« Sie lächelt Leonie an, die sie mit angstvoll aufgerissenen Augen anstarrt. »Alles gut«, murmelt sie.

»Lassen Sie sich Zeit.« Doktor Stagel setzt sich wieder in ihren Sessel und schiebt die Lesebrille zurück auf die Nase.

»Möchtest du eine Pause machen?« Sie wendet sich an Leonie, gibt Yvonne die Zeit, die sie braucht, um sich zu sammeln.

»Nein«, antwortet Leonie zögernd. »Aber vielleicht etwas zu trinken.«

»Gern.« Stagel schenkt ihr ein Glas Wasser ein und wartet geduldig, bis Leonie es wieder abgesetzt hat und nickt.

»Was weißt du vom Unfall?«, fragt sie dann.

»Nichts«, antwortet Leonie. »Es hat auf einmal wehgetan und dann war ich im Krankenhaus und Oma hat an meinem Bett gesessen.«

»Das ist nicht viel.« »Stagel lächelt aufmunternd.

»Leonie war ja noch so klein.« Yvonne zwingt sich ebenfalls zu einem Lächeln.

»So klein?« Stagel mustert Yvonne über den Rand ihrer Lesebrille hinweg. »Der Unfall war vor sechs Jahren? Oder?«

»Ja. Natürlich.«

»Also war Leonie neun Jahre alt.«

»Wir waren auf dem Weg nach Hause.« Yvonne räuspert sich. Sie sieht, dass Stagel etwas auf ihrem Block notiert. »Tom hatte uns zum Essen eingeladen.« Bei dem Gedanken an ihn strömt eine Woge von Zärtlichkeit in ihren Bauch. »Er hatte einen großartigen Auftrag an Land gezogen. Ich war so stolz.«

»Sie sind gefahren?« Yvonne nickt, verliert sich wieder in ihren Erinnerungen. Seine Hand, die sich um ihre Faust legt. Papier wickelt Stein ein. Das Lachen in seiner Stimme.

»Wir haben *Schnick, Schnack, Schnuck* gespielt«, sagt sie schließlich, »und ich hab verloren – absichtlich.«

Leonie presst ein Kleenex gegen die Lippen.

»Wir haben Musik gehört, uns unterhalten.« Yvonne taucht in ihren Traum. Sie spürt ein Lächeln in den Mundwinkeln. »Leonie hat Herzchen an die Seitenscheibe gemalt. Es war kalt, hat geregnet, die Scheiben waren beschlagen.« Ihr Lächeln erstirbt. »Ich bin nie gern bei Regen gefahren, aber Tom hatte Wein zum Essen getrunken.« Yvonne stockt. Bis hierhin ist ihre Welt noch in Ordnung. Aber vor ihr ist der Tunnel.

»Und dann?« Stagels freundliches Sächseln holt sie in die Gegenwart zurück. Sie sitzt nicht mehr hinterm Steuer und es ist auch nicht der Sicherheitsgurt, der gegen ihren Bauch drückt. Es sind ihre Arme, mit denen sie sich umschlingt, um nicht auseinanderzubrechen. Yvonne räuspert sich. Konzentrier dich, denkt sie. Tu es für Leonie.

»Ich war wohl abgelenkt.« Sie presst die Worte hervor. Das abendliche Angelusläuten hallt über den Marktplatz, Leonie atmet heftig. Das alles ist real. Nicht real ist das Kreischen. Das ist nur in ihrem Kopf. »Auf jeden Fall habe ich zu spät und falsch reagiert.« Sie presst die Faust gegen die Zähne, um den Schrei zu unterdrücken, der sich in ihr formt. »Tom war nicht angeschnallt.«

»Warum nicht?«, hakt Stagel ein.

»Weil …« Yvonne stockt. »Ich weiß es nicht«, sagt sie schließlich. Die Frage haben auch die Polizisten gestellt und die Leute von der Versicherung. Sie hat eine Ordnungsstrafe bezahlen müssen. Aber sie weiß es nicht.

»War er der Typ dafür?«

»Nein.« Yvonne schüttelt den Kopf. »Im Gegenteil. Er war sehr auf Sicherheit bedacht.« Das Atmen fällt ihr schwer.

»Was ist mit dir?«, fragt die Ärztin Leonie. »Woran erinnerst du dich?«

Yvonne atmet auf, hat das Gefühl, noch einmal davongekommen zu sein, und hasst sich dafür. Schließlich sind sie hier, um über den Unfall zu sprechen. Wie schrecklich kann die Wahrheit sein?

»Ich saß hinten.«

»Der Zusammenstoß hat ihr die Beine zerschmettert«, fährt Yvonne fort. »Deshalb kann sie nicht mehr laufen. Das heißt …«

»*Ma-ma!*« Wie viel Verzweiflung doch in zwei Silben passt. Yvonne bricht ab. Sie weiß selbst nicht, warum sie damit angefangen hat. Vielleicht will sie damit ihre Schuld kleinreden.

Stagels Stift gleitet über das Papier. Schließlich blickt sie wieder über den Rand ihrer Brille. »Sie haben gerade gesagt: *Ich war wohl abgelenkt.* Warum *wohl?*«

»Weil ich mich nicht erinnere. Zumindest nicht so genau. Ich grüble, aber ich kriege diesen einen Moment nicht zu fassen.«

»Meinen Sie, es hat etwas damit zu tun, dass Ihr Mann nicht angeschnallt war?«

»Ich weiß nicht.« Yvonne hat ein Flashback, hört das Radio, das Quietschen der Scheibenwischer, Toms Stimme. »In meinen Träumen ist er wütend.«

»Auf Sie?«

»Vielleicht. Ich kann sein Gesicht nicht sehen.« Yvonne schluchzt. Ihre Kehle zieht sich zusammen, will die Worte zurückhalten.

»Und«, fragt Stagel sanft, »wollen Sie das?«

»Was?«, fragt Yvonne, obwohl sie die Antwort kennt. »Sein Gesicht sehen? Wie soll das gehen?«

»Ich könnte Sie in Trance befragen.«

»In Trance.« Allein bei dem Gedanken verknotet sich etwas in Yvonnes Magen. »Was würde das ändern? Mein Mann ist tot und meine Tochter sitzt im Rollstuhl.«

»Wie ist es mit dir?«, fragt Stagel. »Möchtest du es wissen?«

»Nein.« Leonie schüttelt den Kopf und weicht in ihren Sessel zurück. »Ich bin nicht schuld«, bricht es zu Yvonnes Entsetzen aus ihr hervor. »Warum sagen Sie das?«

»Aber …« Eine Handbewegung von Stagel bringt Yvonne zum Schweigen.

»Warum glaubst du, dass ich das denke?«

»Weil Sie es sagen.«

»Tue ich das?«

»Ja.«

»Und was genau sage ich?«

»Das wissen Sie doch selbst«, faucht Leonie. »Sie sagen, dass ich schuld bin. Dass er wegen mir nicht richtig angeschnallt war. Dass er böse mit mir war.«

»Und?«, fragt Stagel sanft. »War er böse mit dir?«

41. KAPITEL

Sie sitzen im Taxi. Die Lichter der Großstadt ziehen an ihnen vorbei. Amelia hat die Sandaletten abgestreift und wackelt mit den Zehen. Sie greift nach seiner Hand und drückt sie. »Das war genial, oder?« Sie vernuschelt die Vokale und ihre Augen glänzen. »Wie er dasteht und es verkündet. Ich hätte mir fast in die Hose gemacht.« Lachend wirft sie den Kopf zurück.

Patrick sieht das freundlich konzentrierte Gesicht des Taxifahrers. Die Augäpfel schimmern weiß in seinem dunklen Gesicht. Das Radio dudelt ganz leise, immer wieder unterbrochen von einer kratzigen Stimme, die Sachen sagt, wie: *45 zum Jumeirah am T und T Platz*, oder: *37 zum Eichkatzerl, Dreieichstraße 29*, oder: *Sie hat sogar Ihr Kind getötet.*

Falsch. Diese Stimme kommt nicht aus dem Funkgerät, sondern aus seinem Kopf.

»War das nicht einfach himmlisch?« Verträumt starrt Amelia zum Wagenhimmel hoch. Wahrscheinlich richtet sie in Gedanken gerade ihr neues Büro ein.

»Brigitte ist aus allen Wolken gefallen.«

»Ja, nicht wahr?« Amelia kichert. »Robert hat einfach Tatsachen geschaffen. Hey«, sie boxt ihn gegen den

Oberschenkel. »Kannst du dich nicht wenigstens ein bisschen für mich freuen?«

»Das tue ich doch«, antwortet Patrick.

»Du bist ein miserabler Lügner.« Amelia schüttelt den Kopf. »Hast du Angst, dass ich dich jetzt rausschmeiße? Nach dem Motto: Der Mohr hat seine Schuldigkeit getan, der Mohr kann gehen?«

»Ich hab ja noch die Adresse von dem Makler, den du mir damals empfohlen hast«, erwidert Patrick nicht ganz wahrheitsgemäß. »Meinst du, sie nimmt das so hin?« Er denkt an Brigitte, die Wut in ihren Augen. Und er denkt daran, was sie zu ihm gesagt hat.

»Wird sie wohl müssen.« Amelia angelt mit den Zehen nach ihren Sandaletten.

»Und wenn nicht?«

»Mach dir keinen Kopf.« Amelia beugt sich vor und streift die Sandaletten über die Füße.

Patrick atmet ihren Geruch nach *Coco Mademoiselle*, Sekt und Schweiß ein.

»Was soll sie machen?« Amelia beantwortet ihre Frage selbst. »Ihr Veto einlegen?« Sie schnaubt betrunken. »Dann würde sie ihr Gesicht verlieren. Also wird sie es nicht tun.«

»Und andere Möglichkeiten hat sie nicht?« Patrick will eigentlich nicht mit Amelia über das Kind reden, das sie nicht wollte. Es tut weh, dass sie sich gegen ein gemeinsames Kind entschieden hat, aber er kann damit leben. Er fragt sich nur, warum sie es gegen ihn verwendet hat. Nein, denkt er. Das fragt er sich nicht. So ist Amelia. Sie kämpft immer mit allem, was sie hat. Und sie hat gewusst, dass sie ihn mit einem verlorenen Kind weichklopfen kann. Und wahrscheinlich hat sie noch nicht einmal das Gefühl, ihn angelogen zu haben. Sie war mit seinem Kind schwanger und hat es verloren. Nur dass sie sich bewusst dafür entschieden hat. Falscher Vater, falscher Zeitpunkt. »Worauf willst du hinaus?« Amelia kneift ihn in den Oberarm. »Hat sie etwas gesagt?« Keine verwaschenen Vokale mehr. Amelias Nasenflügel blähen sich auf. Sie riecht Gefahr.

»Was weiß sie über dich?«

»Wieso fragst du? Was hat sie gesagt?«

»Etwas über das Kind.« Patrick blickt wieder in den Rückspiegel. Sein Blick trifft den des Taxifahrers.

42 und 19 zu den E-Kinos, Zeil 125.

»Lass uns zu Hause darüber reden«, sagt er.

»Okay.« Amelia atmet tief ein. Sie kaut auf der Unterlippe und greift schließlich nach ihrem Smartphone. Ihre Daumen gleiten über das Display.

»Schreibst du an Robert?«

Sie nickt. Das Taxi hält. Sie sind da. Während Patrick den Fahrer bezahlt, stöckelt Amelia zum Hauseingang. Sie geht langsam, weil sie noch immer textet.

Schweigend fahren sie mit dem Aufzug hoch ins Penthouse. Amelia streift die Sandaletten ab und geht ins Wohnzimmer. Sie öffnet die Terrassentür und tritt hinaus in die Sommernacht.

»Hast du Angst, dass die Wohnung verwanzt ist?«, spottet Patrick. Sie stehen an der Brüstung zwischen den Kübelpflanzen und starren auf die Skyline von Frankfurt.

»Red keinen Unsinn. Ich will einfach nur genießen, was ich habe. Die Wohnung. Die Terrasse. Die Stadt. An so einem Ort zu Hause zu sein, habe ich mir immer gewünscht«, murmelt Amelia. Sie legt ihre Hand auf seine. »Im Gegensatz zu dir, was?«

»Stimmt wahrscheinlich.« Patrick lehnt sich mit den Ellbogen auf die Brüstung und blickt hinunter. Um diese Zeit ist sie wie ausgestorben. Nur noch in wenigen Wohnungen brennt Licht. Wagen der gehobenen Mittelklasse säumen die

Straße, dazwischen Bäume in viel zu kleinen Pflanzscheiben, Straßenlaternen. Eine Katze flitzt durch den Lichtkegel der Laterne direkt vor ihrem Haus und verschwindet unter einem SUV. Wer hier wohnt, hat es fast geschafft. Menschen wie Amelia wohnen hier. Banker, höhere Angestellte, die auf dem Sprung sind. Leistungsbereit, erfolgreich.

»Was hat sie gesagt?« Amelias Finger greifen nach seinem Jackenärmel.

»Wie kommst du darauf, dass sie etwas gesagt hat?« Patrick will nicht mit ihr spielen, das nicht. Er will es ihr nur nicht zu leicht machen.

»Ihr habt miteinander gesprochen.«

»Das ist der Sinn solcher Partys, oder?«, erwidert Patrick. »Man spricht miteinander.« Er weiß selbst nicht, warum er nicht einfach mit der Wahrheit herausrückt. Er fragt sich, ob er Angst hat. Einmal ausgesprochen, ist sie in der Welt und er kann nicht mehr so tun, als wüsste er nicht, dass Amelia ihn die ganze Zeit manipuliert hat.

»Spuck's aus, Honey.« Amelia stößt sich mit dem Fuß von der Brüstung ab und kehrt ins Wohnzimmer zurück. Er folgt ihr. Sie setzt sich aufs Sofa und klopft neben sich aufs Polster.

»Sie hat von dem Kind gesprochen.« Patrick hockt sich auf die Sessellehne. Der Alkohol macht ihm die Beine schwer. Er ist müde, vielleicht sogar müde und angetrunken genug, um einzuschlafen, ohne sich nach Yvonne zu sehnen.

»Welchem Kind?« Amelia runzelt die Stirn. »Ihr Sohn ist tot? Habt ihr über ihn gesprochen. Weil er …? Ach du Scheiße!«, unterbricht Amelia sich selbst. »Na, hoffentlich hat sie mir nichts in den Drink gemischt.« Ihr Lachen klingt gezwungen.

»Das glaubst du doch selbst nicht.«

»Ich trau der Frau alles zu.« Amelia zieht die Fersen an den Po und umschlingt ihre Knie. »Sie hasst mich.«

»Du schläfst mit ihrem Mann.«

»Na und?«, sagt Amelia. »Ich nehme ihr doch nichts weg. Die beiden haben seit Jahrzehnten getrennte Schlafzimmer.«

»Immerhin leben sie noch zusammen.«

»Das tun wir auch.«

»Noch.«

»Ich setze dich nicht vor die Tür, auch wenn du von mir aus jetzt offiziell ins Arbeitszimmer umziehen kannst«, sagt Amelia. »Ich wohne gern mit dir zusammen. Ich verstehe überhaupt nicht, warum Benjamin dich rausgeschmissen hat.«

»Wahrscheinlich wollte er Yvonne vor mir schützen.«

»Das meint Maria auch.« Amelia knibbelt sich den Nagellack von den Zehen.

»Die muss es ja wissen.«

»Also.« Amelia stellt die Füße auf den Boden, beugt sich vor und mustert ihn. »Was hat Brigittchen gesagt?«

»Sie hat über das Kind gesprochen.« Patrick will, dass sie es ausspricht.

»Du meinst …«, Amelia lässt sich gegen die Rückenlehne des Sofas fallen und bläst die Wangen auf, »… sie hat über unser Kind gesprochen. Die Fehlgeburt.«

»Nur hat sie es nicht Fehlgeburt genannt.«

»Scheiße.« Amelia springt auf. Wütend blickt sie sich im Wohnzimmer um, dann nimmt sie eins der zahlreichen Kissen und schleudert es auf den Fußboden. »Diese verfickte Schlange. Was hat sie gesagt?«

»Willst du es wirklich wissen?«

»Natürlich«, faucht Amelia.

Patrick wiederholt Brigittes Worte.

»Und du glaubst ihr? Natürlich tust du das.« Amelia lässt sich wieder aufs Sofa fallen und birgt das Gesicht in den Händen.

»Weißt du …«, Patrick setzt sich neben sie und legt den Arm um ihre Schulter, »dass du unser Kind abgetrieben hast, schmerzt nicht mehr als die Vorstellung, das Kind sei von Robert gewesen.«

»Hast du das geglaubt?«

»Wahrscheinlich hattest du zu der Zeit mehr Sex mit ihm als mit mir.«

»Bist du sauer?«

»Nein.« Patrick blickt über Amelias Scheitel hinweg in die Nacht. Ihr Haar riecht nach Rauch und Äpfeln. In der dunklen Scheibe spiegelt sich Yvonnes Gesicht. Sie lächelt traurig und Patrick erwischt sich dabei, wie er das Lächeln erwidert. »Nicht mehr«, fügt er hinzu.

»Wegen deiner Lehrerin?«

»Nein«, antwortet Patrick, obwohl es nicht die ganze Wahrheit ist. »Eher, weil ich mir das alles nie gewünscht habe.«

»Ich hatte Angst.« Amelia rückt von ihm ab und klemmt die Hände zwischen die Knie. Das hat sie früher schon getan.

Mein Gott, denkt Patrick. Ich kenne Amelia besser als mich selbst.

»Ich wusste tatsächlich nicht, wer der Vater ist …«, ihre Stimme klingt belegt, »… und ich wollte kein Kind. Es war nicht der richtige Zeitpunkt. Ich hatte noch so viel vor.«

»Wie ist es passiert? Du nimmst doch die Pille.«

»Keine Ahnung.« Amelia zuckt mit den Schultern. »Magen-Darm-Grippe. Was weiß ich. Solche Sachen passieren halt.«

»Wolltest du wirklich nicht, dass ich es erfahre?«

»Ich weiß es nicht. Ich hab gedacht, es würde die Sache einfacher machen.«

»Einfacher?«

»Für mich«, räumt Amelia ein. »Ich meine: Das war total doof, als Robert gesagt hat, ich bräuchte einen Ehemann, um assoziierte Teilhaberin zu werden, ansonsten würde Brigitte

Himmel und Hölle in Bewegung setzen, um das zu verhindern. Und glaub mir …«, Amelia greift wieder nach Patricks Hand, »… ich bin die Beste. Es geht nicht darum, dass Robert und ich …« Sie beendet den Satz nicht. Warum auch? Sie beide wissen, dass Robert und sie ein Paar sind. Alle wissen es und alle denken, dass das der Grund für ihre Beförderung ist. Auf einmal tut sie ihm leid. Amelia ist immer so stolz auf ihre Leistungen und arbeitet so hart. Doch egal, was sie in dieser Kanzlei erreicht, es wird immer heißen, sie hat sich hochgeschlafen.

»Du wolltest mich also damit weichklopfen.«

»Ich hielt es für eine gute Idee.«

»Und jetzt nicht mehr?«

»Ich träume manchmal von dem Kind.« Amelia lässt sich wieder gegen die Sofalehne fallen.

»Wir haben alle unsere Albträume.«

»Denkst du, ich bin ein schlechter Mensch?« Ihre Augenlider flattern.

»Mir war nicht bewusst, dass du überhaupt einer bist«, entgegnet Patrick.

»Du Arsch!« Liebevoll boxt ihn Amelia gegen die Schulter.

»Aber sag mal«, fügt Patrick nach einer Weile hinzu, »fragst du dich überhaupt nicht, woher Brigitte von der Abtreibung weiß?«

»Sie wird jemanden auf mich angesetzt haben.« Amelia schnaubt. »Sie gehört zu den Leuten, die so etwas tun.«

»Wem wird sie es noch erzählen?«

»Niemandem«, antwortet Amelia mit einer Zuversicht, die Patrick nicht nachvollziehen kann.

»Wie kannst du da so sicher sein?«

»Robert wird sich darum kümmern.« Amelia stemmt sich in die Höhe und blickt auf ihn herunter. Alle Weichheit ist aus ihrem Gesicht verschwunden. Es ist wirklich keine gute Idee, sie zum Feind zu haben. Das hat Patrick schon immer gewusst. Doch in diesem Moment wird ihm klar, dass es auch keine gute Idee ist, ihr Freund zu sein. Amelia hat keine Freunde, sie ist eine Schachspielerin, die die Menschen übers Spielfeld schiebt, und Patrick will nicht länger der Bauer sein, der geopfert wird, damit die Dame siegt.

»So bald wie möglich ziehe ich aus«, sagt er.

42. Kapitel

Leonie ist nach ihrem Ausbruch nicht mehr zu gebrauchen, also bricht Doktor Stagel die Sitzung ab. Kaum zu Hause angekommen, verschwindet Leonie in ihrem Zimmer und stellt ihre Musik so laut, dass Yvonnes Knochen vibrieren. Gut, dass Renate nicht da ist. Ihre eigene Angst ist schon groß genug, sie würde die ihrer Schwiegermutter nur triggern. Yvonne steht mit der Münze in der Hand vor der Zimmertür, will sich einfach Zutritt verschaffen. Aber dann lässt sie die Münze doch in den Korb fallen und geht hinaus in den Garten. Die dumpfen Bässe, die aus Leonies Zimmer dröhnen, werden von der efeubewachsenen Backsteinmauer zurückgeworfen, die das Grundstück einfasst. Yvonne lässt sich auf der Terrasse in einen Stuhl fallen. Sie ist zu Tode erschöpft. Obwohl sie in der Sonne sitzt, friert sie. Ihre Welt hat sich in der Praxis der Therapeutin verschoben. Auf einmal ist alles wieder da. Und je mehr Erinnerungen auf sie einstürmen, umso dunkler wird es in ihrem Kopf. Als würden die Schatten, die bereits den Rand der Terrasse erreicht haben, in sie hineinkriechen. Hanni springt auf ihren Schoß und rollt sich auf ihren Oberschenkeln zusammen. Mechanisch krault Yvonne ihr das Nackenfell. Das Schnurren vertreibt die Dunkelheit in ihr. Nanni ist nicht zu sehen. Möglicherweise ist sie bei Leonie im Zimmer. Vielleicht liegt sie auf ihrem Schoß und tröstet sie. Yvonne hofft, dass es so ist, doch es ist sehr viel wahrscheinlicher, dass sie sich unter dem Bett verkrochen hat, um der lauten Musik zu entkommen.

Als die Musik abbricht und Raum schafft für das Zirpen der Grillen, haben die Schatten Yvonnes Zehen erreicht. Unwillkürlich, als würde sie einen Schlag erwarten, spannt sie die Schultern an. Hinter ihr schleift die Schiebetür von Leonies Zimmer über die Gummidichtung. Nanni reibt sich an ihren Beinen und wird von Hanni verscheucht, die ihren Platz auf Yvonnes Schoß verteidigt.

»*Ma-ma?*« So viel Leid in zwei Silben. Leonies Krücken klackern über die Fliesen. Sie zieht sich einen Gartenstuhl heran und setzt sich neben sie.

Yvonne würde ihre Tochter am liebsten in den Arm nehmen, sie wiegen und halten. Leonie ist so blass, ihre Augen sind vom Weinen gerötet, doch sie wirkt entschlossen. »Was ist damals passiert?«

Die Frage braucht einen Moment, um in Yvonnes Hirnwindungen anzukommen, gehört und verstanden zu werden.

»Es war nicht deine Schuld«, antwortet sie schließlich. Ihre Stimme schleift wie die Zimmertür.

»Manchmal träume ich«, sagt Leonie.

Nicht nur du, denkt Yvonne, unterbricht ihre Tochter jedoch nicht.

»Er war auf mich wütend, oder?«, flüstert Leonie.

Yvonne nickt, auch wenn sie am liebsten den Kopf schütteln würde. Es hat keinen Zweck. Die Wahrheit ist ausgesprochen. Es gibt kein Zurück.

»Warum hast du mir das nie gesagt? Warum hast du zugelassen, dass ich dir die Schuld gebe?« Leonies Stimme bricht. Sie ballt die Hände zur Faust, presst die Fingernägel in die

Handballen. Yvonne versteht, dass ihr das hilft. Manchmal braucht man einen körperlichen Schmerz, wenn die Seele weint.

»Ich wusste es nicht«, flüstert Yvonne. »Ich wusste es wirklich nicht.«

»Das heißt, ich habe recht?«, fragt Leonie. »Er war wütend auf mich? Ich bin schuld?« Ihre Stimme schraubt sich in die Höhe.

Fauchend springt Hanni von Yvonnes Schoß und gesellt sich zu Nanni, die mit zuckendem Schwanz etwas in der Wiese belauert.

»Nein«, murmelt Yvonne. »Ich bin gefahren. Ich habe die Bremslichter des Wagens vor uns zu spät gesehen und bin auf die rechte Spur ausgewichen.« Sie atmet gegen den Schmerz in ihrer Brust an. »Deshalb ist der Van uns in die Seite gefahren. Deshalb ist Papa tot und deshalb sind deine Beine zerschmettert.«

»Aber wegen mir war er nicht angeschnallt.« Leonies Stimme bricht.

»Er war gerade dabei, den Gurt wieder anzulegen.« Yvonne will sie trösten.

»Sag's mir, Mama. Bitte.« Leonie beugt sich vor und greift nach ihrer Hand. Ihre Finger sind kalt und ein bisschen klebrig. »Was ist damals passiert?«

»Du hast dich losgeschnallt.« Yvonne tastet sich durch die Erinnerung, die so alt und gleichzeitig so neu ist. Jedes Wort ein Dorn, der blutende Wunden reißt. Sie stockt, will nicht weitersprechen. Nicht ohne die Ärztin. Doch es ist zu spät.

»Bitte«, schluchzt Leonie.

Yvonne sieht Toms Gesicht, spürt seinen Atem an ihrer Wange. »Du wolltest etwas aufheben«, fährt sie fort. »Ich glaube, deine Barbie. Papa hat gesagt, du sollst dich wieder hinsetzen.«

»Das habe ich auch getan«, flüstert Leonie. Ihre blauen Augen sind jetzt fast durchsichtig, so als sähe sie in die Ferne.

»Du bist nicht mit dem Gurtschloss zurechtgekommen«, hilft ihr Yvonne. Die Erinnerung ist jetzt so lebendig, dass sie das Brummen des Motors zu hören glaubt, gelbe Lichter zischen an ihren Augenwinkeln vorbei. »Also hat Papa sich losgeschnallt und dir geholfen.« Sie spürt die Wärme von Toms Körper an ihrem Oberarm. »Wir waren im Tunnel, ich konnte nicht anhalten.«

»Es wollte einfach nicht einrasten«, schluchzt Leonie.

»Er hatte sich gerade wieder hingesetzt«, flüstert Yvonne, »wollte sich anschnallen. Da haben sie unser Lied gespielt.«

»Hey, hör mal!«, sagt Tom in ihrem Kopf. Er dreht das Radio lauter. Sie blickt kurz in den Rückspiegel. Leonie malt Herzchen ans beschlagene Seitenfenster.

Leonie summt eine Melodie und in Yvonnes Kopf formen sich die Worte von *As Tears Go By*: *Smiling faces I can see – But not for me* und plötzlich Toms Stimme: »Pass auf!« Die Bremslichter, der Knall, das Kreischen von Metall, Leonies Schrei.

»Er hätte sich nicht losgeschnallt, wenn ich es nicht getan hätte.« Leonies Stimme ein angstvolles Keuchen. »Er würde leben.«

»Wenn ich Papa bei *Schnick, Schnack, Schnuck* nicht hätte gewinnen lassen«, Yvonnes Finger formen das Zeichen der Schere, »wären wir mit seinem Wagen gefahren. Der hatte einen Beifahrerairbag.« Die Schatten haben Yvonnes Schienbeine erreicht. Die Katzen jagen durch den Garten, es ist alles wie immer und doch ist nichts mehr wie zuvor. »Vielleicht wäre alles gut gegangen, wenn wir fünf Minuten eher losgefahren wären, aber der Kellner kam nicht mit der Rechnung. So waren wir zur falschen Zeit am falschen Ort.«

»Was war der Grund?«

»Das habe ich dir doch gerade gesagt«, antwortet Yvonne. »Ich habe nicht rechtzeitig gebremst.«

»Was ist damals passiert?« Es ist das erste Mal, dass Leonie die Frage stellt. Vorher haben sie nie über den Unfall gesprochen, aus Angst, aus Schuld, aus Scham. Yvonne hat das Gefühl, dass nicht mehr nur sie und Leonie auf der Terrasse sitzen, sondern dass Tom im dritten Gartenstuhl sitzt. Die Hände hinter dem Kopf verschränkt. Entspannt nickt er ihr zu, macht ihr Mut, weiterzusprechen.

»Ein Lkw-Fahrer hatte einen Herzinfarkt.« Yvonne sieht zu Tom. Er lächelt aufmunternd. »Sein Lkw ist gegen die Tunnelwand geprallt, die nachfolgenden Wagen konnten nicht mehr rechtzeitig bremsen. Es ging alles so schnell.« Hanni setzt zum Sprung an und flitzt dann durch den Garten, eine Grille im Maul. Nanni folgt ihr, will ihr die Beute abjagen. »Ich hab das Lenkrad herumgerissen. Ich konnte nicht nachdenken. Vor mir die Bremslichter, links von mir die Mauer. Es tut mir so leid.«

Toms Gestalt verblasst. Zurück bleibt nur ein leerer Gartenstuhl, auf dessen Armlehne sich eine Fliege putzt. Hanni und Nanni rollen übereinander durchs Gras. Ihr Fauchen ist für einen Moment das einzige Geräusch, das zu Yvonne durchdringt, dann hört sie Leonies leises Summen. *As tears go by.*

»Manche Dinge passieren einfach«, flüstert Yvonne. »Eins kommt zum anderen, jedes für sich ist belanglos und doch geschieht in der Summe etwas Schreckliches.«

»Es tut mir so leid, Mama.« Leonie legt ihren Kopf auf Yvonnes Schoß.

»Du hast nichts getan, das dir leidtun müsste.«

»Doch.« Leonie richtet sich auf und wischt sich die Tränen aus den Augen. »Doch«, wiederholt sie. »Eine Menge.«

»Du trägst keine Schuld an Papas Tod.«

»Aber ich habe sie dir gegeben.« Leonie presst die Worte geradezu heraus. Ihre Hände umklammern die Stuhllehne, ihre Fingerknöchel treten weiß hervor, blutleere helle Flecken.

»Ich habe mich in meinem Rollstuhl zurückgelehnt und dir die Schuld an allem gegeben, was in meinem Leben schiefgelaufen ist.« Leonie wischt sich die Tränen aus den wasserhellen Augen. Yvonne ahnt, an wen sie jetzt denkt, hadert mit sich, ob sie es aussprechen soll. Leonies seelisches Gleichgewicht ist so fragil, andererseits fühlt sie sich ihr gerade so nahe.

»Moritz?«

»Ist es so offensichtlich?« Leonies Stimme klingt trostlos. Hanni springt auf ihren Schoß und reibt ihren Kopf an ihrer Brust. Yvonne ist der Katze geradezu dankbar.

»Du hast ihm einen Brief geschrieben, nicht wahr? Aus der Klinik.«

»Woher weißt du das?«

»Die Farbe des Stiftes.« Yvonne zuckt mit den Achseln. »Ich hab's mir einfach gedacht, als Veronika mir von dem Liebesbrief erzählt hat.«

»Sie hat dir den Brief gezeigt?«, flüstert Leonie atemlos. »Wieso hatte sie ihn? Weiß sie es?«

»Sie hat ihn gefunden«, Yvonne denkt an das Gespräch im Café. Sie kann ihrer Tochter nicht sagen, dass Moritz ihren mit so viel Herzblut geschriebenen Brief weggeworfen hat. »Und nein, ich denke nicht.«

»Und du hast ihr wirklich nichts gesagt?« Misstrauisch kneift Leonie die Augen zusammen und wieder einmal wird Yvonne bewusst, wie viel Ähnlichkeit sie mit Renate hat.

Sie lacht leise auf und schüttelt den Kopf. »Veronika ist zwar meine beste Freundin, so wie Emma deine ist, aber du bist der Mensch, den ich immer am meisten lieben werde. Selbstverständlich habe ich ihr nichts gesagt.«

»Ich weiß gar nicht, ob Emma wirklich noch meine beste Freundin ist.« Leonie senkt den Blick. Ihre Tränen tropfen auf das Fell der Katze.

»Natürlich ist sie das.« Yvonne streckt die Hand nach ihrer Tochter aus.

»Sie ist jetzt ständig mit ihrem Freund zusammen.«

»Das gehört doch dazu.«

»Aber nicht für mich.« Leonie boxt sich gegen die Oberschenkel und verschreckt springt Hanni von ihrem Schoß und rennt in die Wohnung.

»Moritz hätte auch keine Augen für dich, wenn du nicht im Rollstuhl sitzen würdest.«

»Wie kannst du das sagen?«

Yvonne ist geradezu dankbar, dass Leonies Augen streitlustig blitzen.

»Du bist für ihn wie eine kleine Schwester. Ihr seid zusammen aufgewachsen.«

»Aber ich liebe ihn.«

»Ich weiß.«

»Meinst du, er ahnt etwas?«

»Ich denke nicht«, antwortet Yvonne. »Er hätte den Brief sonst bestimmt nicht seiner Freundin gezeigt.«

»Er hat ihn seiner Freundin gezeigt?«

»Ja. Die beiden haben sich deshalb heftig gestritten.«

»Liebe ist echt scheiße.« Leonie grinst kläglich.

»Ja.« Patricks Gesicht taucht vor Yvonnes innerem Auge auf. »Das ist sie.«

43. Kapitel

»Ich glaube, das war alles, oder?« Doris lehnt sich auf ihrem Bürostuhl zurück und unterdrückt ein Gähnen. Sie haben über einen Artikel und diverse Veranstaltungen gesprochen.

»Ich denke, ja« Patrick klappt das Notebook zu und sammelt seine Notizen ein. Grünpflanzen versperren den Blick auf den schönsten Campus Deutschlands, wie es in der Unibroschüre heißt. Wie immer riecht es in Doris' Büro nach feuchter Erde und *Kölnisch Wasser*. Eine Mischung, die ihm Kopfschmerzen bereitet.

»Hast du noch fünf Minuten?«

»Ja.« Patrick klappt das Notebook wieder auf. Doris ist keine Frau, die sich mit Small Talk aufhält, also will sie etwas von ihm.

»Was kann ich für dich tun?« Unbewusst lehnt er sich jetzt ebenfalls zurück. Seine Körperhaltung sagt: Immer her mit der Arbeit.

»Es geht nicht darum, was du für mich tun kannst«, sagt Doris. »Sondern darum, was ich für dich tun kann.«

Für einen Moment stockt Patricks Atem, dann hat er sich wieder in der Gewalt. Auch wenn die Institutsleiterin mit ihren immer etwas wirren grauen Locken, dem mütterlichen Busen und den freundlichen, braunen Augen aussieht, als wäre sie einem kleinen Tratsch nicht abgeneigt, ist sie kein Mensch, dem man sein Herz ausschütten sollte. Auf ihre Art ist Professor Doris Panzer eine ebenso geschickte Schachspielerin wie seine zukünftige Exfrau.

»Du weißt, wie sehr ich dich schätze.«

»Was ist los?« Patrick gibt die entspannte Körperhaltung auf und beugt sich vor. Leute, die geschätzt werden, werden meistens im nächsten Atemzug geschasst.

»Sei nicht so negativ«, sagt Doris. »Ich frage mich nur, ob du wirklich wieder hier angekommen bist. Ich mache mir Sorgen um dich. Amelia und du, ihr habt euch getrennt, oder?«

»Vor über einem Jahr.«

»Du bist also darüber hinweg?«

»Natürlich.« Patrick presst die Backenzähne aufeinander. Er will dieses Gespräch nicht führen, nicht hier, nicht mit ihr. Mit niemandem. Doch Doris ist seine Chefin. Er kann nicht einfach sagen: Kümmer du dich um dich. Die Erinnerung an die beiden alten Leutchen schmerzt wie der Sturz vom Rad.

»Du arbeitest sehr viel.«

Es klingt wie ein Vorwurf. Was verdammt noch mal will sie von ihm? »Tun wir das nicht alle?«, fragt Patrick vorsichtig zurück.

»Sicher«, schmettert Doris den Ball sofort wieder in sein Feld.

»Was ist dann das Problem?« Patrick klappt das Notebook wieder zu. Sie will nicht arbeiten, sondern über ihn reden. Dafür gibt es leider kein Computerprogramm.

»Vielleicht schaust du dir bei Gelegenheit mal deine Seminarevaluationen an.« Doris sagt es beiläufig, als würde sie eine Bemerkung übers Wetter machen.

»Meine was?« Im ersten Moment glaubt Patrick, sich verhört zu haben, doch dann realisiert er, dass er Doris sehr wohl verstanden hat. »Was ist damit?

»Sie sind gut.«

»Ja dann.« Sag mir einfach, was du willst, denkt er.

»Schau sie dir trotzdem mal an«, wiederholt Doris. »Und vielleicht vergleichst du sie mit deinen alten Evaluationen.«

»Ich nehme an, das hast du bereits getan.« Patrick hat keine Lust auf Psychospielchen.

»Das habe ich allerdings.« Noch immer sitzt Doris sehr entspannt in ihrem Stuhl. Ihr Blick gleitet über ihn hinweg. »Sie waren besser. Sehr viel besser. Du warst mal der beliebteste Dozent des Instituts.«

»Ich bin gerade erst wieder da.« Patrick rechtfertigt sich ganz automatisch.

»Aber du bist nicht mehr der Gleiche.«

»Niemand von uns ist noch so wie vor einem Jahr. Meine Haare werden dünner. Ich kriege einen Bauch.« Er klopft sich auf den flachen Magen. »Vielleicht liegt's daran.« Patrick grinst. Der Scherz als Waffe. Ihm ist nicht nach Grinsen, weil er weiß, was anders ist. Er ist Yvonne begegnet und sie hat sich gegen ihn entschieden. Er hätte nicht anders gehandelt. Kein Mensch stellt sich gegen sein eigenes Kind. Fast keiner. Er denkt an Amelia. Sie hat es getan, weil ein Kind nicht in ihre Pläne gepasst hat.

»Ich habe den Eindruck, du bist gar nicht richtig hier.« Doris setzt sich jetzt aufrecht hin, die Ellbogen auf dem Tisch, Fingerspitzen an Fingerspitzen.

Das tun Menschen, um sich zusätzlichen Halt zu geben. Auch Patrick nimmt jetzt die Schultern zurück. Wofür braucht Doris zusätzlichen Halt? Ist dieses ganze Gesülze nur ein verunglücktes Vorspiel für einen Rausschmiss?

»Ich arbeite sechzig Stunden in der Woche in diesem Institut.« Ihm fällt noch mehr ein, was er sagen könnte, doch das wäre unkollegial. Oder ist es das, worum es geht? Soll er um seinen Platz kämpfen, beweisen, dass er ein Alphamännchen ist? So wie Doris ein Alphaweibchen? Patrick war noch nie gut in diesen ganzen Spielchen. Er versteht zwar die Regeln, doch er mag sie nicht.

»Das stimmt natürlich.« Doris nickt. »Und das weiß ich auch. Was ich allerdings nicht weiß: Wo bist du in der Zeit?« Sie beugt sich vor und mustert ihn mit ihren klugen Augen.

»Versuch's mal in meinem Büro oder im Seminar.« Patrick ringt um Gelassenheit. »Mittags auch mal in der Mensa.«

»Du willst mich missverstehen.« Doris nickt.

»Ehrlich gesagt ist es nicht so einfach, dich zu verstehen.« Patrick reibt sich den Nacken. Seit dem Unfall hat er in Stresssituationen das Gefühl, seine Nackenmuskeln ziehen sich zusammen. »Ist das jetzt ein Rausschmiss?«

»Natürlich nicht.«

»Aber?«

»Wieso denkst du, es gibt ein *Aber*?«

»Du klingst wie ein *Aber*.«

»Wir sind hier wie eine große Familie.« Doris lächelt nachsichtig. »Wir achten aufeinander.«

»Natürlich.« Patrick hat weniger das Bild einer fürsorglichen Mutter vor Augen als das einer Spinne mit grauen Locken und Lesebrille. »Sonst noch etwas?«

»Denk einfach drüber nach.« Doris' Blick gleitet wieder über ihn hinweg. »Irgendwie ist dein Herz nicht mitgekommen«, meint sie nachdenklich. »Ist es vielleicht noch in Australien?«

»Sicher nicht.« Das weiß Patrick genau. Sein Herz ist in einer Stadt, die um einen See gebaut ist, bei einer Frau, die keine Verwendung dafür hat. Aber das stört so ein Herz herzlich wenig. »Danke für den Hinweis.« Patrick klemmt sich Mappe und Notebook unter den Arm. Doris nickt. Er ist entlassen.

»Das ist es, was ich an der Zusammenarbeit mit dir schätze«, sagt Patrick schon im Gehen. »Die offene Kommunikation.«

»Du weißt, wo du mich findest.« Doris zupft sich ein trockenes Blatt aus dem Haar.

Patrick überlässt ihr das letzte Wort. Einigermaßen wütend stapft er durch das verwaiste Vorzimmer. *Dein Herz ist nicht hier. Evaluationsbögen!* Er schnaubt. Wenn er auf sein Herz verzichten kann, werden das die Studenten wohl auch können. Oder hat einer bei *Bemerkungen* geschrieben: *Der Dozent wirkt herzlos?* Oder: *herzloser Vortrag?* Patrick stürmt durch die Gänge des Instituts. Niemand begegnet ihm, selbst die Mensa ist bereits geschlossen, der herbstliche Campus menschenleer. Dozenten, Angestellte und Studenten sind schon längst im Wochenende. Der Gedanke ans Wochenende ist fast so erhebend wie der Gedanke an Evaluationsbögen. Er wohnt zur Untermiete in der Wohnung einer Kollegin, die für ein Jahr in Cambridge ist. Alles an der Wohnung ist weiß und schwarz. Fliesen, Möbel, selbst das Geschirr. Immerhin hat sie keine Blumen und keine Haustiere. Er muss also nur aufpassen, dass er nichts kaputt macht und keine Flecken auf den weißen Polstern hinterlässt. Trotzdem ist er froh, dass er die Wohnung übernehmen konnte. Nachdem er von der Abtreibung erfahren hatte, wollte er nur noch weg von Amelia. Seit er ausgezogen ist, hört und sieht er nichts von ihr und das ist gut so. Es ist nicht nur die Tatsache, dass sie das Kind nicht haben wollte, es ist eher die Erkenntnis, dass er sie immer mehr geliebt hat als sie ihn. Heute fragt er sich, was sie eigentlich in ihm gesehen hat. Wo sie hart ist, ist er weich. Wo sie rechnet, liebt er. Eigentlich die ideale Ergänzung, wenn Amelia nicht so ein manipulatives Miststück geworden wäre. Sie weiß immer genau, welche Knöpfe sie drücken muss. Wie seine Chefin, denkt er. Doris weiß, dass er den Rest des Abends mit den Evaluationsbögen verbringen wird. Genau das wollte sie erreichen. Wenn er auch keine Ahnung hat, warum.

In seinem Büro erwarten ihn nur die Kaffeetasse an seinem Platz und ein Brief mit einem Post-it von Doris: *Sorry! Ist wohl zwischen die Seiten meines Research Journals geraten.*

Patrick zieht das Post-it ab. Sein Name ist mit runden Druckbuchstaben auf den Umschlag geschrieben. Keine Schrift, die er kennt. Wer könnte ihm schreiben? Er dreht ihn um, liest den Absender und auf einmal ist alles wieder da: Leonie auf der Trage, so blass, so still. Die Lider bläulich schimmernd. Yvonnes Schwiegermutter, ihr wütendes Zischen: »Wenn meine Enkeltochter stirbt, dann wegen Ihnen.« Seine Schuld! Der Brief entgleitet seinen Fingern. Patrick lässt sich auf seinen Stuhl fallen und birgt den Kopf in den Händen. Was verdammt noch mal will Leonie von ihm?

44. KAPITEL

Yvonne winkt dem Italiener, der gerade den Sonnenschirm aufspannt, einen Gruß zu und trabt dann an. Obwohl es bereits Oktober ist, sind die Tage immer noch warm und sonnig. Doch jetzt ist es noch frisch. Vielleicht gönnt sie sich nach der Runde ein Schokoladeneis. Eine Liedzeile nistet sich als Endlosschleife in ihren Gedanken ein: *Heute kann es regnen, stürmen oder schneien* ... Ihr Leben ist wieder im Lot.

Die Melodie hilft ihr über die ersten Kilometer. Sie ignoriert die Schmerzen in Oberschenkeln und Schienbeinen und fragt sich, was ihre kleine Familie plant. Eigentlich wollte sie heute nicht laufen. Immerhin hat sie Geburtstag. Doch Leonie war ziemlich bemüht, sie aus dem Haus zu kriegen. Yvonnes Arme schwingen locker neben ihrem Körper, während sie im Laufrhythmus immer die gleiche Liedzeile denkt. Jeder Atemstoß verpufft als Dampfwolke vor ihrem Gesicht.

Yvonne läuft ihrem Schatten hinterher, der ihr – lang gezogen und schmal – immer einen Schritt voraus ist. Für die Dauer eines Atemzuges taucht ein zweiter Schatten neben ihrem auf. Bevor sie Patricks Namen überhaupt nur denken kann, ist er wieder verschwunden. Yvonne seufzt. Sie will nicht an den Sommer denken, wo eine einzige – viel zu kurze – Woche lang eine neue

Liebe möglich schien. Patrick hat sich nie wieder gemeldet. Leonies Verzweiflungstat hat ihn vertrieben. Nicht einmal nachgefragt hat er. Er ist einfach aus ihrem Leben verschwunden wie die Atemwolken vor ihrem Gesicht. Trotzdem ... Ein Wort, das nachhallt. Trotzdem ...

Yvonne verlässt den Weg und joggt über die taufeuchte Wiese, als würde das gegen die Sehnsucht helfen. Einfach querfeldein laufen, die ausgetretenen Pfade verlassen. Auch die ausgetretenen Pfade ihrer Erinnerung. Patrick ist fort und er wird nicht zurückkehren. Yvonne weiß nicht einmal, ob sie sich das wünscht. Leonie macht jetzt eine Therapie. Sie wirkt gereift, ausgeglichener. Ihre Beziehung ist enger geworden, gleichzeitig bietet sie aber auch mehr Raum. Sie konnten sogar über Patrick sprechen und Leonie hat sich entschuldigt. Trotzdem ist es vorbei. Wenn er sich wenigstens einmal gemeldet hätte. Aber so? Die kleinen Wellen auf dem See reflektieren das Sonnenlicht. Ein blitzendes Spektakel, noch ungestört von den Segelbooten, die am Anleger dümpeln. Wärme breitet sich in Yvonnes Muskeln aus. Das Herbstlaub leuchtet rot und gelb in der Sonne, die warm auf Yvonnes Rücken scheint. Bucheckern zerplatzen unter ihren Joggingschuhen. Es gibt so viel, für das sie dankbar sein kann.

»Hach!« Der Seufzer verliert sich in einer besonders fluffigen Dampfwolke. Auf einmal versteht Yvonne Menschen, die das Bedürfnis haben, Bäume zu umarmen. Ihr Körper sehnt sich geradezu nach dem Kontakt mit borkiger Rinde. Bevor sie Gefahr läuft, sich selbst zum Affen zu machen, zieht sie das Tempo an und kehrt auf den Weg zurück. Es ist Samstag. Die Rentner und jungen Mütter drängen sich beim Wochenendeinkauf in den Lebensmittelgeschäften, also ist Yvonne nicht gezwungen, sich ihren Weg im Zickzack zwischen Kinderwagen und Rollatoren hindurch zu bahnen. An einem normalen Samstag würde Yvonne sich jetzt auch auf ihr Rad schwingen und die Wochenendeinkäufe in Angriff nehmen. Doch weil sie heute Geburtstag hat, wurde sie zum Joggen geschickt. Drei-und-vierzig! Drei-und-vierzig! Das ist nicht mehr Anfang vierzig, das ist schon eher Mitte vierzig, und dann folgt die fünfzig, fünfundfünfzig, sechzig, fünfundsechzig, Rente – Großmutter sein? Schon bald auf diesem Lebensweg wird Leonie ausziehen, ihr eigenes Leben beginnen. Irgendwann wird sie Renate verlieren. Dann bleibt sie allein zurück. Allein in einer viel zu großen Wohnung. Der Gedanke macht ihr Angst. Sie hat einmal mit Veronika darüber gesprochen. An einem dieser dunklen Tage, die sie seit Leonies Selbstmordversuch hat.

»Wir bilden eine Rentner-WG und leisten uns einen schnuckeligen Pfleger«, hat die Freundin gesagt.

Sie saßen im Café. Vor Yvonne stand ein Becher mit heißer Schokolade und viel Sahne. Seelen-Food.

»Mach dir deshalb keinen Kopf.« Veronika beugte sich vor, als teilten sie ein Geheimnis.

»Und was ist mit mir?« Heiners mehlige Hände lagen plötzlich auf Veronikas Schultern. »Was soll ich mit einem schnuckeligen Pfleger?«

»Du hast mich.« Veronika zwinkerte ihr zu. »Der Pfleger ist für Yvonne.«

»Okay.« Grinsend ist er in der Backstube verschwunden und Veronika hat sich das Mehl von den Schultern geklopft. »Und für mich.« Ihr Flüstern war so leise, dass selbst Yvonne es kaum hören konnte.

Die halbe Runde ist geschafft. Unwillkürlich fliegt Yvonnes Blick über den See. Die ersten Segelboote nehmen ihr die Sicht auf die Bank am anderen Ufer. Dort haben sie gesessen und sich umarmt. Patrick und Amelia. Seine damalige zukünftige Ex- und jetzt wieder Ehefrau. Er ist wie nach einer Urlaubsreise in sein altes Leben zurückgekehrt. Das macht sie zu einem Urlaubsflirt. Zu jemandem, über den man nicht spricht. Der auffrischende Wind bläht die Segel, das Boot rauscht über den See, gibt den Blick frei auf die Bank am anderen Ufer. Sie liegt im hellen Sonnenlicht. Yvonne stolpert, kriegt plötzlich keine Luft mehr, kneift die Augen zusammen und reißt sie wieder auf. Das Bild bleibt das Gleiche: Sie sieht ein blondes Mädchen im Rollstuhl, daneben ein Mann mit dunklen Haaren. Und auch wenn sie seine Augen nicht sieht, weiß Yvonne, dass sie nebelgrau leuchten. Nach Atem ringend, greift sie sich in die Seiten, beugt sich vor. Ihre Knie zittern, sie japst nach Luft. Was macht Patrick hier? Bevor sie den Gedanken zu Ende gedacht hat, richtet sich ihr Körper auf, laufen ihre Füße wieder los. Immer schneller rennt sie, das Adrenalin treibt sie voran. Ihre Füße stampfen auf den sandigen Weg, ihr Atem geht stoßweise und ihr Herz wummert im Rhythmus des Wortes, das ihr Verstand mit jedem Schritt skandiert. Patrick! Patrick!

»Hallo Mama!« Leonie rollt ihr ein Stück entgegen. Patrick erhebt sich von der Bank. Er hält eine einzelne Rose in der Hand.

»Was?« Schon allein dieses Wort überfordert Yvonne. Keuchend stützt sie sich auf den Oberschenkeln ab. Schweiß tropft ihr von der Nase. Ihr Gesicht fühlt sich zum Platzen heiß an. In ihren Schläfen hämmert ihr Puls.

»Ich hab ihm einen Brief geschrieben.« Leonie klingt so atemlos, wie sich Yvonne fühlt. »Es war falsch.«

»Aber warum hast du es dann getan?« Yvonne will sich aufrichten, doch die Welt dreht sich. Also hält sie sich weiter an ihren eigenen Oberschenkeln fest.

»Nicht der Brief«, erklärt Leonie. »Der war richtig. Das damals. Im Sommer.«

»Du hättest mich fragen müssen.«

»Damit du Nein sagst?«

»Das scheint mir ein guter Grund zu sein.« Yvonnes Atem beruhigt sich langsam. Patrick steht noch immer bewegungslos vor der Bank. Eine Statue mit einer Rose. Sie sieht die Frage in seinem nebelgrauen Blick. Der Wind spielt in seinem Haar.

»Ist es nicht.« Über Leonies Wangen rinnen die Tränen, die Yvonne mit aller Kraft zurückhält. »Du hättest es wegen mir getan. Sprich mit ihm.« Sie beugt sich in ihrem Rollstuhl vor und ihre Finger fahren über Yvonnes Wange. »*Ma-ma.*«

Wie viel Liebe doch in zwei Silben passt. Yvonne richtet sich auf und starrt ihrer Tochter hinterher, die zum Eisstand rollt.

»Herzlichen Glückwunsch zum Geburtstag.« Patrick räuspert sich und streckt ihr die Rose entgegen wie damals vor dem Kino.

»Ja, danke.« Yvonne nimmt sie und kommt sich lächerlich vor. Sie will ihn fragen: Warum bist du hier? Was willst du von mir? Doch sie schafft es nur, sich kleingrün nach seiner Frau zu erkundigen. Amelia. Die schöne Frau mit dem dunklen Haar. Die in Frankfurt lebt. Zu der er geflohen ist.

»Die Scheidung ist eingereicht.« Er erzählt ihr, dass er wieder an der Uni arbeitet und dass er die ganze Zeit an sie denken muss und sich immer gefragt hat, warum sie ihn so komplett aus ihrem Leben gestrichen hat.

Sie will widersprechen.

»Versteh mich nicht falsch.« Mit einer Handbewegung schneidet er ihr das Wort ab. »Ich weiß ja, dass Leonie wichtiger war, aber … Herrgott.« Er bricht ab, wischt mit den Händen über seine Oberschenkel. Sie sitzen jetzt auf der Bank, auch wenn Yvonne keine Ahnung hat, wann sie sich hingesetzt haben. Die Rose liegt zwischen ihnen. Eine Hummel landet auf der Blüte. »Ich meine, ich lag da in meinem Klinikbett und hab auf dich gewartet.«

»Du hast was?«

»Darauf gewartet, dass du vorbeikommst oder wenigstens anrufst.«

»Ich verstehe kein Wort.« Yvonne hat das Gefühl, im falschen Film zu sein. »Wo hast du denn gelegen und wann?«

»Benjamin hat dir nichts gesagt.« Patrick nickt, als hätte er genau das erwartet, und dann erfährt Yvonne von dem Unfall.

»Ich hab sie gesehen«, murmelt sie, als Patrick schweigt.

»Wen?«, fragt Patrick. »Amelia?«

Yvonne nickt. »Ich habe nicht gewusst, dass sie wegen des Unfalls … Ich dachte …« Yvonne bricht ab. Sie weiß nicht mehr, was sie gedacht hat. Ihr Kopf war viel zu voll mit ihren eigenen Sorgen und mit jedem Tag, der verstrich, ohne dass Patrick sich meldete, wurde es schwieriger, etwas anderes zu denken, als: Er ist fort. Er hat mich im Stich gelassen. Und jetzt sitzen sie hier und Yvonne muss erfahren, dass er einen Unfall hatte und dass Benjamin ihr das verschwiegen hat. Benjamin, den sie immer für ihren Freund gehalten hat. Sie ist so wütend, dass sie die Fäuste ballt. »Warum?« Ohne es zu wissen, spricht sie die Frage aus. »Warum hat er nichts gesagt?«

»Er hat's gut gemeint«, nimmt Patrick seinen Freund in Schutz. »Er wollte dich beschützen. Er denkt, ich bin nicht erwachsen genug für dich.«

»Und?« Trotz ihrer Wut auf Benjamin stiehlt sich ein Schmunzeln in Yvonnes Mundwinkel. »Bist du das?«

»Ich weiß es nicht«, murmelt Patrick. Mit der Spitze seines Zeigefingers streicht er ihr eine feuchte Haarsträhne aus der Stirn und beugt sich vor. Seine nebelgrauen Augen nähern sich, sie spürt seinen Atem auf ihrer Wange, seine Lippen legen sich auf ihre, zart wie der Flügelschlag eines Schmetterlings. Die Wut verpufft wie kondensierter Atem in der Morgenluft. Yvonne schließt die Augen.

»So, ihr Turteltauben«, sagt Leonie. »Die beiden vorderen sind einmal Zitrone und einmal Schokolade.« Strahlend streckt sie ihnen zwei Eishörnchen mit Sahnehauben entgegen. Als jeder ein Hörnchen in der Hand hält, hebt Leonie ihr Eis wie ein Sektglas.

»Happy Birthday, Mama«, sagt sie und wischt sich eine Träne von der Wange.

EPILOG

Der Traum beginnt immer gleich: Wassertropfen spiegeln sich im Licht der vorbeirauschenden Straßenlaternen. Es ist warm im Wagen, das Gebläse läuft auf Hochtouren und pustet die beschlagenen Scheiben frei. Die Scheibenwischer quietschen.

Yvonne sitzt am Steuer, die Hände locker am Lenkrad. Der Sicherheitsgurt drückt gegen ihren Magen. Sie hat zu viel gegessen. Sie alle haben zu viel gegessen. Tom hat einen Riesenauftrag an Land gezogen und sie zur Feier des Tages ausgeführt. Er sitzt neben ihr, redet über den Auftrag. Seine Stimme ist aufgeregt. Euphorisch. Yvonne kämpft gegen die Bleigewichte auf ihren Lidern an, will aufwachen, den Traum jetzt, wo ihre Familie noch heil ist, hinter sich lassen. *Schnick, Schnack, Schnuck.* Papier wickelt Stein ein. Sie will nicht in den Stadttunnel fahren. Auf keinen Fall.

»Hey, hör mal!« Tom dreht das Radio lauter. Sie blickt kurz in den Rückspiegel. Leonie malt Herzchen ans beschlagene Seitenfenster. Ihr Herz wummert im Rhythmus der Musik, die aus den Autolautsprechern dröhnt. Yvonne schnappt nach Luft, ihre Finger krallen sich ins Bettlaken. Und dann schlägt sie die Augen auf und blickt in Patricks nebelgraue Augen. Er liegt auf der Seite, den Kopf auf der Hand aufgestützt, und sieht aus, als würde er sie schon länger beobachten. Hinter den Vorhängen kämpft sich der Tag durch eine dichte Wolkendecke. Noch ist das Licht grau im Zimmer. Die Klimaanlage surrt leise.

»Hast du wieder geträumt?« Mit der Fingerspitze streicht er ihr eine Haarsträhne hinters Ohr, dann beugt er sich vor und küsst sie. Sein Atem schmeckt nach Schlaf und ein wenig nach Gin. Sie sind gestern Abend noch an der Hotelbar gewesen.

»Es ist so lange her.« Yvonne kuschelt sich in seinen Arm. »Ich dachte, er käme nie wieder.«

»Du hast Angst.« Patrick schiebt seinen Arm unter ihren Nacken und zieht sie in seine Arme. »Da kommt auch schon einmal ein Albtraum zurück.«

Wie einfach und einleuchtend diese Erklärung ist und wie warm sein Körper. Yvonne vergräbt ihre Nase in Patricks Schlüsselbeingrube, atmet seinen Duft ein. »Wie spät ist es?

»Gleich sieben.«

»Meinst du, ich kann sie noch anrufen?« Yvonne greift über Patrick hinweg nach ihrem Handy, das auf dem Sideboard liegt.

»Wahrscheinlich nicht«, sagt Patrick. »Sie ist die Erste heute Morgen. Wahrscheinlich ist sie schon im OP.«

»Sie werden uns doch anrufen, oder?«

»Oft genug darum gebeten hast du zumindest.«

Das Schmunzeln in Patricks Mundwinkeln kann Yvonne nicht täuschen. Er macht sich genauso viel Sorgen wie sie. Wenn es um die OP ging, waren er und Renate immer die Vorsichtigeren, die Mahner. Für einen Moment schiebt sich Toms Gesicht zwischen sie und Patrick. Er nickt ihr zu. Unsere Tochter schafft das, sagt sein Blick.

»Sie hat eine WhatsApp geschickt.«

»Was schreibt sie?«

»Sie schickt einen gehobenen Daumen und Herzchen.« Yvonne streichelt das Display. Auf einmal ist die Angst in ihr so übermächtig, dass sie nicht atmen kann. Was, wenn etwas schiefgeht? Was, wenn sie heute ihre Tochter verliert?

»Sie wird es schaffen.« Patrick drückt sie fest an sich. »Atme! Mehr kannst du im Moment nicht tun.«

»Ich weiß«, murmelt Yvonne. »Trotzdem …« Das Hotelzimmer erscheint ihr auf einmal eng und düster, obwohl es hell und geräumig ist.

»… hast du Angst«, beendet Patrick ihren Satz. »Und das ist gut und richtig. Es ist immerhin ein großer Schritt für Leonie.«

Oh ja, denkt Yvonne und langsam passt sich ihr Herzschlag dem sehr viel ruhigeren von Patrick an. Ein großer Schritt. Der vorerst letzte in einer Reihe von großen Schritten.

So viel ist in den letzten drei Jahren passiert. Nach ihrer Begegnung im Park haben sie sich erst einmal Zeit gelassen, sich wirklich kennenzulernen. Yvonne ist immer noch entsetzt, wenn sie daran denkt, dass Benjamin ihr Patricks Unfall verschwiegen hat. Und weil sie nach Leonies Selbstmordversuch auch nicht mehr die Geschlossene betreten konnte, ohne dass ihr das Herz bis zum Halse schlug, hat sie ihre Stelle in der Gummibärchenschule gekündigt und betreut seitdem Förderschüler an Leonies Penne. Patrick ist noch immer an der Uni, aber die Betonung liegt auf noch. Er wird nach den Ferien Leiter der Gummibärchenschule. Benjamin ist nämlich zu seinem Mann nach Berlin gezogen. Sobald Leonie auf zwei Beinen stehen kann, wollen sie heiraten.

»Lass uns rübergehen.« Yvonne setzt sich auf die Bettkante.

»Aber erst frühstücken wir. Ich will nicht, dass du umfällst.« Patrick setzt sich ebenfalls auf.

»Okay.« Yvonne stemmt sich in die Höhe und geht ins Bad. Das Hotel ist nicht besonders komfortabel, doch es liegt nahe bei der Uniklinik. Von ihrem Zimmer aus kann Yvonne die Backsteingebäude sehen. Irgendwo da hinten wird Leonie gerade in den OP geschoben. Und wenn sie den OP verlässt, wird sie einen Unterschenkel weniger haben.

Beim Frühstück erinnert sich Yvonne an das Gespräch kurz vor Leonies Abitur, als ihre Tochter von sich aus das Thema, das so lange unausgesprochen zwischen ihnen gestanden hatte, anschnitt. »Die anderen machen ein Freiwilliges Soziales Jahr oder ein Sabbatical. Ich könnte das Jahr doch nutzen und laufen lernen.«

Yvonne hatte keine Ahnung, was sie antworten sollte. Sie hatte das Gefühl, ein falsches Wort könne alles wieder zerstören, und sie war sich ziemlich sicher, dass ihr nur falsche Worte durch den Kopf gingen. Also hielt sie die Klappe und ließ Leonie reden. Auch Patrick schwieg. »Wenn ich es mache«, hat Leonie schließlich gesagt, »dann nur, um meinen Ehemann mit der Prothese verprügeln zu können.«

»Ich glaube nicht, dass Heather Mills ihren Mann mit ihrer Prothese vermöbelt hat.« Yvonne hielt das Schweigen nicht mehr aus, vor allem, weil sie sich fragte, ob es einen Mann im Leben ihrer Tochter gibt. Und auch jetzt beschäftigt sie das.

Sie sitzen schon einige Zeit vor dem OP und halten sich an den Händen. Immer wenn die Schwingtüren aufgehen, blickt Yvonne auf, doch es ist nie der Chirurg, den sie kennen.

»Hi!« Eine junge Stimme, die sie kennt, lässt Yvonne aufblicken. Moritz steht vor ihr, die Hände in den Hosentaschen seiner tief auf den Hüften sitzenden Jeans vergraben.

»Was machst du denn hier?«

»Ich wollte hier sein, wenn sie wach wird«, sagt er.

»Und wo ist Emma? Ist sie auch hier?«

Moritz Ohren färben sich rot und er weicht Yvonnes Blick aus. »Darf ich?«, fragt er.

»Natürlich.« Yvonne klopft auf den freien Platz neben sich. Doch Moritz zieht es vor, sich etwas weiter weg zu setzen. Patrick und Yvonne tauschen einen kurzen Blick und ein Schulterzucken.

Seit Moritz nicht mehr bei seinen Eltern wohnt – er macht eine Ausbildung zum Krankenpfleger und will später Medizin studieren –, sieht Yvonne ihn kaum noch, doch sie fragt sich, ob das auch für Leonie gilt. Bevor Yvonne den Gedanken vertiefen kann, schwingt die OP-Tür auf. Diesmal ist es der richtige Chirurg und er lächelt.

Quellen

Ich habe diese Frau geliebt aus dem Album *Als Ob Es Gar Nichts Wär,* Pete Wyoming Bender, 1981

As Tears Go By, The Rolling Stones, 1965

Wie schön, dass du geboren bist aus dem Album *Radio Lollipop* Rolf Zuckowski, 1981

Danksagung

Als Autorin tauche ich ein in fremde Welten. In manche dieser Welten kann ich nicht nur in meiner Fantasie eintauchen, sondern auch im realen Leben. Zum Beispiel in die Welt einer Schule für kranke Kinder. Auch wenn meine Schule ganz anders geworden ist, so ist sie doch inspiriert von einer real existierenden Einrichtung und den wunderbaren Menschen, die dort unterrichten. Ich danke dem Team um Herrn Giesen der Schule für Kranke an der Vestischen Kinder- und Jugendklinik in Datteln für die Einblicke, die sie mir gewährt haben, und für das Wort »Gummibärchenschule«.

Und natürlich danke ich meinen Lektorinnen Frau Woitkowiak, Frau Schaumlöffel und Frau Tiller, sowie dem Team von Tinte & Feder, die mir geholfen haben, aus meiner Idee dieses Buch zu machen. Und ganz zum Schluss danke ich meinem Mann, der immer an meiner Seite ist und dafür sorgt, dass ich regelmäßig zum Atmen auftauche.

Zeitfracht Medien GmbH
Ferdinand-Jühlke-Straße 7
99095 Erfurt, Deutschland
produktsicherheit@kolibri360.de

Druck:
CPI Druckdienstleistungen GmbH
im Auftrag der
Zeitfracht Medien GmbH
Ein Unternehmen der Zeitfracht - Gruppe
Ferdinand-Jühlke-Str. 7
99095 Erfurt